CUAUHTÉMOC

HISTÓRICA

GRANDES TLATOANIS DEL IMPERIO

ANTONIO GUADARRAMA COLLADO

CUAUHTÉMOC

EL OCASO DEL IMPERIO AZTECA

BARCELONA · MÉXICO · BOGOTÁ · BUENOS AIRES · CARACAS
MADRID · MIAMI · MONTEVIDEO · SANTIAGO DE CHILE
2015

Cuauhtémoc. El ocaso del imperio azteca
Edición de agosto de 2015

D. R. © 2015, Antonio GUADARRAMA COLLADO
D. R. © 2014, MUSEO NACIONAL DE ARTE / INSTITUTO NACIONAL
DE BELLAS ARTES Y LITERATURA, por imagen de cubierta
El suplicio de Cuauhtémoc, de Leandro IZAGUIRRE
Reproducción autorizada por el Instituto Nacional
de Bellas Artes y Literatura, 2015
D. R. © 2015, EDICIONES B México, S. A. de C. V.
Bradley 52, Anzures DF-11590, México
editorial@edicionesb.com

ISBN: 978-607-480-852-0

Impreso en México | *Printed in Mexico*

Para Linda Ávila
que me escuchó en medio del naufragio

Puede ser un héroe
lo mismo el que triunfa que el que sucumbe,
pero jamás el que abandona el combate

THOMAS CARLYLE

Entonces los tenochcas comenzaron a matarse entre sí

Anales de Tlatelolco

La castellanización del náhuatl

En el náhuatl prehispánico no existían los sonidos correspondientes a las letras «b», «d», «f», «j», «ñ», «r», «v», «ll» y «x».

Los sonidos que más han generado confusión son los de la «ll», que en palabras como calpulli, Tollan o calli no se pronunciaba como suena en la palabra llanto, sino como en la palabra lento; y el de la «x», como en México y Xocoyotzin que no eran pronunciadas con el sonido de la «j», ni Texcoco con el sonido de la «x», sino con el sonido «sh» como shampoo, en inglés: Meshico, Shocoyotzin y Teshcuco.

Los españoles le dieron escritura al náhuatl en castellano antiguo, pero al carecer del sonido «sh», utilizaron en su grafía una «x» a forma de comodín. En náhuatl todas las palabras son graves, en la palabra «Meshico» el acento recae en la «i» y no en la «e», como se pronuncia en castellano.

También debe tomarse en cuenta que a la llegada de los españoles a América a pesar de que Antonio de Nebrija ya había

publicado el primer reglamento de gramática en lengua castellana, (la Gramática Castellana), en 1492, cada quien escribía
como consideraba acertado. La ortografía difería en el uso de
algunas letras como: «f» en lugar de «h», como es el caso de
fecho en lugar de hecho; «v» en lugar de «u» (avnque); «n»
en lugar de «m» (tanbién); «g» en lugar de «j» (mugeres);
«b» en lugar de «u» (çibdad); «ll» en lugar de «l» (mill);
«y» en lugar de «i» (yglesia); «q» en lugar de «c» (qual);
«x» en lugar de «j» (traxo, abaxo, caxa); y «x» en lugar de
«s» (máxcara).

Sobre esta colección

La historia de México Tenochtitlan se divide en tres periodos. El primero consiste en la peregrinación de las siete tribus nahuatlacas —mexicas, tlatelolcas, tepanecas, xochimilcas, chalcas, tlaxcaltecas y tlahuicas—, su llegada al valle del Anáhuac, la sujeción de los mexicas, entre otros pueblos, al señorío tepaneca y su liberación. En el segundo periodo se lleva a cabo la creación de la Triple Alianza entre Texcoco, Tlacopan y México Tenochtitlan, el surgimiento del imperio mexica, su crecimiento, conquistas y esplendor. El tercer periodo trata sobre la llegada de los españoles al continente americano, su trayecto desde Yucatán hasta el valle del Anáhuac y la caída del imperio mexica.

El objetivo de esta colección, Grandes Tlatoanis del Imperio, es novelar ampliamente la vida de los tlatoque, plural de tlatoani, que significa «el que habla». Acamapichtli, Huitzilíhuitl y Chimalpopoca, pertenecen al primer periodo; Izcóatl, Motecuzoma Ilhuicamina, Axayácatl,

Tízoc y Ahuízotl, pertenecen al segundo periodo; y Motecuzoma Xocoyotzin, Cuitláhuac y Cuauhtémoc, al tercero.

Esta colección está dividida en esos tres periodos, de los cuales ya se han publicado *Tezozómoc, el tirano olvidado* (2009), *Nezahualcóyotl, el despertar del coyote* (2012), *Moctezuma Xocoyotzin, entre la espada y la cruz* (2013) y *Cuitláhuac, entre la viruela y la pólvora* (2014). Cabe aclarar que Tezozómoc y Nezahualcóyotl no fueron tlatoque de México Tenochtitlan —el primero era de Azcapotzalco y el segundo de Texcoco—, pero era imprescindible narrar sus vidas para comprender el surgimiento del gran imperio mexica.

Es probable que al leer la primera parte de esta entrega el lector sienta que falta información o que ha sido narrada con brevedad. Esto se debe a que ya ha sido narrada con abundancia en las dos entregas anteriores: *Moctezuma Xocoyotzin, entre la espada y la cruz* y *Cuitláhuac, entre la viruela y la pólvora*. Por ello, se recomienda leer las primeras dos entregas (antes o después, como el lector lo desee) para complementar la información.

I

—¿Dónde tenéis el tesoro de Mutezuma? —pregunta rabioso un hombre de largas barbas, ojos azules y dientes amarillos.

A la sazón, otro de los barbados vierte con dilación aceite hirviendo sobre los pies del huey tlatoani Cuauhtémoc, que convulsiona en el piso, atado por gruesas sogas. Sus brazos y piernas —bañado en sudor— tiemblan descontrolados. No grita, no gime, no llora; únicamente tuerce la cara como trapo exprimido. Sus ojos se pierden en dirección al techo.

—¡Hablad, perro maldito! —exige enfurecido el hombre a cargo de la tortura.

Cuauhtémoc recibe una segunda derrama de aceite hirviendo sobre sus pies ya rojos e inflamados. Se estremece nuevamente, aunque no puede moverse mucho debido a las apretadas sogas. Inhala con ahogo. Cierra los ojos. Lo rodean más de cuarenta barbudos. La sala tiene muy poca luz, por lo tanto, apenas si los puede reconocer.

Su líder Fernando Cortés, a quien los meshicas llaman Malinche «El dueño de Malintzin[1]» observa distante y en silencio, sin tomar partido. Sabe que si intenta detenerlos, ellos se volverán contra él. Exigen el oro que se les prometió: su pago por estos años de trabajo, hambre y guerras sufridas.

Quieren el oro que ellos mismos extraviaron un año atrás, en la noche de la huida. Luego de que Tonatiuh «Pedro de Alvarado» —en ausencia de Malinche— perpetrara una matanza de aproximadamente seiscientos pipiltin «nobles» y cinco mil macehualtin que celebraban la fiesta del Toshcatl, el pueblo que se había mantenido sumiso por ciento ochenta y seis días se levantó en armas y sitió a los extranjeros en Las casas viejas «El palacio de Axayácatl», por cuarenta días sin agua ni comida.

—¿Dónde tenéis escondido el tesoro de Mutezuma? —grita el hombre al mismo tiempo que otro vierte más aceite hirviendo sobre los pies, ahora con manchas blancas, cafés y negras, del joven tlatoani.

Lo que ellos llaman «el tesoro de Motecuzoma» son en realidad las pertenencias personales de todos los tlatoque difuntos que habían sido depositadas en el Teocalco «La casa de Dios», una bóveda ubicada en Las casas viejas. Mientras

---

1 Sobre el significado de Malintzin hay muchas versiones. Una de ellas dice que fue bautizada como Marina y ya que en náhuatl no existía la letra «r» pronunciaban el nombre como Malina y que al agregarle la terminación «tzin», que en náhuatl es un sufijo que indica respeto o cariño, se le llamaba Malintzin. Otra versión dice que Malinalli era su nombre en náhuatl, que significa «hierba seca» y que simplemente se le llamaba Malintzin en forma de respeto. Otra versión es que «Mali» en náhuatl significa cautivo, y con el «tzin», Malintzin significaba «venerable cautiva». Otra versión asegura que su nombre se deriva de Malinalli, nombre del decimosegundo día del mes mexica, y que por ser nombre propio, se podían suprimir las últimas dos letras, «li», quedaba como Malinal.

estaban hospedados los extranjeros la encontraron luego de derrumbar un muro que Motecuzoma había mandado construir antes de su llegada para proteger *el tesoro sagrado*: vestimentas, penachos, sandalias, brazaletes, orejeras, bezotes y adornados con piedras preciosas y pepitas de oro.

—¡Responded! —el hombre salpica de saliva el rostro de Cuauhtémoc al momento que le grita.

El joven tlatoani no tiene idea de dónde se encuentran esas joyas, pues la noche de la huida, los extranjeros las llevaban en sus venados gigantes, los cuales cayeron al lago en medio del combate. Había miles de personas peleando. Llovía. Imposible saber dónde quedó el oro si en ese momento lo único que les interesaba a los meshicas era recuperar su ciudad.

—Este indio no hablará —dice uno de los barbudos y desvía su mirada hacia Tetlepanquetzaltzin, señor de Tlacopan, amarrado, de la misma forma que Cuauhtémoc.

—Intentemos con éste —agrega el que carga la olla con aceite hirviendo—. ¿Dónde tenéis escondido el tesoro de Mutezuma? —amenaza con quemarle los pies.

Jerónimo de Aguilar, un español que tras un naufragio, vivió en las costas mayas por casi ocho años, ha fungido como traductor —del castellano al maya— desde la llegada de los extranjeros a Meshico Tenochtitlan, mientras que la niña Malintzin, quien fue regalada a los barbudos entre muchas otras mujeres, traduce del maya al náhuatl.

—No sé —responde el señor de Tlacopan con el rostro empapado de sudor.

El hombre que está al mando de la tortura se dirige al que carga la olla de aceite y con la mirada le indica que proceda. Tetlepanquetzaltzin aúlla y convulsiona. Todos los demás observan complacidos, aunque saben que con ello no subsanan las heridas recibidas. Malinche se mantiene en silencio, distante. El acto se ejecuta cinco veces: las mismas preguntas y las mismas respuestas, ¡no sé!, ¡no sé!, ¡no sé!, se estremece y emite violentos alaridos. De pronto Tetlepanquetzaltzin le grita al tlatoani:

—¡Cuauhtémoc, ya no soporto más!

—¿Estoy yo en algún deleite o un temazcali?[2] —responde iracundo.

Los extranjeros continúan torturando a Tetlepanquetzaltzin.

—¡Está en Tlacopan! —grita desesperado—. ¡Escondido en el palacio!

—¡Andad! —ordena Malinche a sus hombres—. ¡Id por el tesoro de Mutezuma!

Todos obedecen con exaltación. Por fin ha terminado la espera. Muy pronto podrán cobrar su parte del botín y regresar a Europa. Pues ninguno de ellos quiere permanecer ahí un día más. En cuanto la sala queda vacía, Malinche camina a Tetlepanquetzaltzin, lo mira directamente a los ojos y le habla:

—¿Tenéis idea de lo que acabáis de hacer?

Aguilar y Malintzin traducen.

Tetlepanquetzaltzin asiente con la cabeza. Esta sudando y temblando.

—Ahí no hay ningún tesoro —Malinche se ve tranquilo, incluso desinteresado en la recuperación del botín—. ¿Por qué mentisteis?

—No lo sé —solloza el tecutli de Tlacopan. Sabe que no será mucho tiempo. Se encuentran en la casa del tecutli de Coyohuacan; rodear el lago a caballo o cruzarlo en canoas

---

2   Con el paso de los años la gente cambió esta frase a «¿Acaso estoy yo en un lecho de rosas?».

les demorará por lo menos medio día. Para cuando descubran que ahí no hay ningún tesoro ya habrá anochecido. Con suerte regresarán en la madrugada.

—Cuando vuelvan, no tendrán clemencia —dice Malinche y le da la espalda.

—Me matarán... —Tetlepanquetzaltzin cierra los ojos y unas lágrimas escurren por sus sienes—. Será menos doloroso que esta tortura.

Malinche mueve la cabeza de izquierda a derecha y sale sin despedirse. La niña Malintzin y Aguilar lo siguen en silencio. El señor de Tlacopan dirige su mirada hacia el tlatoani, pero él lo ignora: su rostro se encuentra empapado en sudor, sus ojos cerrados y su boca abierta. Jadea con dificultad.

—Mi señor —susurra avergonzado.

Cuauhtémoc no responde. Sólo se escucha su respiración ronca.

—Perdóneme lo que hice. Por mi culpa vamos a morir, pero no pude soportar el tormento.

Hasta el momento no ha pasado por la mente del tlatoani que hoy podría ser el último día de su vida. Tiene la certeza de que Malinche lo mantendrá con vida —tal y como lo hizo con Motecuzoma— mientras le sea útil...

Al igual que muchos tenoshcas, él aprendió en la infancia a resistir el dolor físico y emocional; entre ellos, la ausencia del padre que no conoció. El huey tlatoani Ahuízotl había muerto cuando Cuauhtémoc tenía dos años, edad que fue su condena y su salvación. Sin darse cuenta dejó de ser el hijo del tlatoani para convertirse en uno más de los primos del recién electo tlatoani Motecuzoma Shocoyotzin.

La lucha por el poder estaba en el pináculo y traía consigo un atadero de rencores y envidias que se fueron descosiendo con el paso de los años. La elección había sido una de las más complejas de la historia de Meshico Tenochtitlan. Había corrupción y grandes enemistades. Todos aseguraban que la elección la ganaría Tlacahuepan, hermano de Motecuzoma y Cuitláhuac. Para sorpresa de todos, uno de los doce miembros del Tlalocan[3] había sido asesinado, lo cual cambió el curso de la elección por completo.

Aun así, la elección no le garantizaba el poder absoluto al tlatoani, pues de cierta manera no era el único que tomaba las decisiones. Además del cihuacóatl, había decenas de ministros que discutían los asuntos del gobierno antes de que se llegara a un fallo. Motecuzoma no quería eso. Así que tras ser electo, la primera estrategia del tlatoani para hacerse del poder absoluto fue buscar entre decenas de jóvenes de la nobleza, elegir a los que le agradaban, entrenarlos él mismo para que no le llevaran la contraria, destituir a todos los miembros del gobierno anterior y mandarlos a la piedra de los sacrificios, entre ellos algunos primos (hijos del difunto Ahuízotl), pero Cuauhtémoc y su hermano Atlishcatzin, por ser niños de dos y ocho años, respectivamente, no figuraban entre los que representaban un peligro para el gobierno del nuevo señor de los tenoshcas.

La educación de los niños quedó a cargo de familiares y profesores del calmecac, debido a que su madre —Tiyacapantzin, hija de Moquihuishtli, último señor de Tlatilulco antes de ser conquistados por los meshicas— se desentendió de ellos poco después de la muerte de Ahuízotl, aunque vivieron juntos. Atlishcatzin fue siempre obediente, mientras que la rebeldía del menor fue ampliamente conocida por todos los miembros de la nobleza. Los tíos y primos intentaron educarlo

---

3   El Tlalocan era el consejo formado por doce altos dignatarios civiles, militares y religiosos encargados de elegir al nuevo tlatoani.

de acuerdo a las costumbres y en la mayoría de los casos acudiendo a los castigos más comunes. Pero ni los azotes, ni las perforaciones en los labios, ni los rasguños con púas en todo el cuerpo, ni los encierros en cuartos oscuros, ni la tortura con espinas enterradas en todo el cuerpo doblegaron al niño, que hasta entonces no tenía interés en nada ni en nadie; ni siquiera en la memoria de su padre, por todos reverenciado. Entonces su madre lo envió unos cuantos años a Ishcateopan[4], poblado por mayas chontales, para que se educara. Por lo mismo, cuando regresó años más tarde, surgió el mito de que Cuauhtémoc había nacido en aquel poblado y que ni siquiera tenía sangre meshica.

La primera vez que Cuauhtémoc sintió que iba a morir fue cuando era apenas un escuálido jovencito de quince años de edad. Había sido encerrado, sin alimentos, por siete días en una cárcel de palos de madera por desobedecer a uno de los capitanes a cargo del entrenamiento de su grupo. Al principio no se alarmó pues sabía que no lo dejarían morir de hambre ni de sed, pero conforme pasaron los días, las tripas hicieron su labor y la mente lo traicionó. «Sé que me quieres matar, Motecuzoma, pero no lo conseguirás», dijo al cuarto día. Las opiniones de su madre —de que Motecuzoma quería evitar que Cuauhtémoc o su hermano llegaran algún día a ser tlatoani— por fin habían alcanzado su objetivo. «Tienen que recuperar lo que les pertenece por herencia», les había reiterado la mujer en los últimos años, en que de súbito mostró interés por la vida de los jóvenes.

Aquella arrogancia heredada por su madre fue la que llevó a Cuauhtémoc a desobedecer las instrucciones de su capitán,

4   Actual Ixcateopan de Cuauhtémoc, en el estado de Guerrero.

quien impasible al linaje del muchacho, lo mandó castigar como lo hacía con todos sus alumnos. No era ni el primero ni el último de los miembros de la nobleza que intentaban pasar por encima de sus instructores.

Al quinto día de encierro Cuauhtémoc ya estaba delirando. Se arrastraba por el piso e imploraba agua y comida con voz casi inaudible. El guardia a su cargo lo observaba en silencio. Conocía bien su trabajo y a los prisioneros. Sabía cuándo era el momento exacto para ceder. Cuauhtémoc todavía aguantaría dos días más.

Esa tarde su hermano Atlishcatzin, de veintiún años de edad, entró a la jaula. Lo encontró acostado bocabajo en el piso, con el rostro y el cuerpo llenos de tierra. El joven Cuauhtémoc puso su mano derecha en uno de los pies de Atlishcatzin.

—Agua —bisbisó—, me estoy muriendo…

—No te vas a morir —dijo luego de negar con la cabeza.

—Agua —insistió.

—Ponte de pie —ordenó Atlishcatzin.

El joven no respondió, entonces su hermano se sentó en cuclillas y lo tomó de la cabellera.

—Me estoy muriendo —su aspecto era lamentable.

Le dio una bofetada: «Escúchame y deja de quejarte. No te vas a morir. Te faltan dos días. Esto es sólo el principio de tu sufrimiento. No es nada comparado con lo que te espera. Así que aprende a obedecer».

El joven lo miró atemorizado.

Esa fue la última vez que Cuauhtémoc sintió miedo a la muerte; y también la última en que les faltó al respeto a sus superiores…

La habitación ha quedado a oscuras, sólo entra la débil luz de una tea que yace en el pasillo. Los dos soldados que cuidaban la entrada ya fueron remplazados. Tetlepanquetzaltzin y Cuauhtémoc se han mantenido despiertos toda la tarde. Saben que los barbudos ya deben haber llegado a Tlacopan y descubierto que ahí no hay ningún tesoro. En cualquier momento entrarán enfurecidos y desbordarán su ira contra ellos.

—Perdón —insiste Tetlepanquetzaltzin, acostado bocarriba y con lágrimas deslizándose por sus sienes.

—Estuvo muy bien lo que hiciste —responde el tlatoani en voz casi inaudible—. Se merecen eso y más —sonríe con dificultad.

El señor de Tlacopan se siente aliviado y también sonríe.

—Pero... —hace una larga pausa—. Volverán más enojados.

Cuauhtémoc permanece en silencio. Su garganta emite un par de jadeos, iguales a los que liberó la tarde en que su hermano Atlishcatzin volvió a la cárcel por él para liberarlo.

—Levántate —le dijo y el joven Cuauhtémoc creyó que su hermano únicamente había salido unos cuantos segundos desde su última visita—. Se acabó tu castigo.

—Agua...

—Toma —le dio un pocillo para que bebiera.

El joven se acabó el líquido en segundos. Su hermano lo observó seriamente, sin mostrar compasión.

—Espero que con esto hayas aprendido la lección.

—¿Cuál lección? —preguntó y en ese momento se desmayó.

Despertó a la media noche.

—Agua —dijo con desesperación.

A su lado se encontraban su madre y varias tías.

—Tranquilo, ya estás en casa —una de las mujeres le ayudó a incorporarse—. Bebe agua.

Su madre, indignada, no lo observó. Fijó su atención en la oscuridad que había en el otro lado de la claraboya.

—Comida —el joven pidió sin poner atención en el lugar donde se encontraba.

—Aquí hay un poco —dijo otra mujer.

El joven Cuauhtémoc tomó el plato y metió los dedos para coger lo que había en su interior.

—Despacio... —le dijo su tía.

Pero él no obedeció: tragó todo lo que había en el plato. Al terminar levantó la mirada y observó su entorno. Entonces comprendió que estaba en su habitación. Reconoció a su madre y algunas tías.

—Déjenos solos —ordenó Tiyacapantzin con seriedad. En cuanto las otras mujeres salieron de la habitación ella se dirigió irritada a su hijo—. ¿En verdad crees que así vas a recuperar el gobierno?

El joven Cuauhtémoc se mantuvo pensativo por un instante hasta recordar completamente lo sucedido; luego bajó la mirada.

—Yo únicamente le dije al capitán lo que pensaba.

—¡No! ¡Así no funciona la política! Cuando estés en la cima podrás decir lo que te dé la gana, mientras tanto escuchas, callas y obedeces. Aprende de tu hermano.

El joven Cuauhtémoc desvió la mirada con desagrado...

—Esto es apenas el inicio —le dice el tlatoani Cuauhtémoc al señor de Tlacopan—. Malinche y sus hombres no descansarán hasta que tengan en sus manos el tesoro que ellos mismos extraviaron.

Ambos permanecen en silencio. Sus respiraciones son disonantes, con ligeros zumbidos. No hay más ruido que el que proviene del pasillo, a veces de forma lejana. Hace muchos días que el Anáhuac está así de silencioso. Los gritos de guerra y de lamento, los tambores, los caracoles, los disparos de los palos de fuego y los relinchos de los venados gigantes que tanto aturdían los oídos por días y noches han desaparecido. Todo parece estar en calma. Pero no es así. Afuera los tlashcaltecas, hueshotzincas, chalcas, acolhuas, entre otros pueblos aliados, están despojando a los meshicas y tlatilulcas de sus pertenencias: plumas preciosas, mantas de algodón, utensilios de cocina, cerámica, ropa, sal, todo, todo eso que a los barbudos no les interesa. No se escucha nada porque Cuauhtémoc y Tetlepanquetzaltzin están presos en Coyohuacan y porque ya son pocas las cosas que pueden robar los aliados de Malinche.

Más tarde Tetlepanquetzaltzin pide agua en voz baja. El tlatoani gira su cabeza un poco para ver a su compañero de tortura.

—Si piensas en agua sufrirás más —la experiencia de Cuauhtémoc en aquella jaula sigue viva en su recuerdo, pues ocurrió apenas hace cinco años.

—¿Y en qué debo pensar? —el tecutli de Tlacopan cierra los ojos y aprieta los dientes, tratando de aguantar el dolor que siente en los pies.

—En el pasado.

Tetlepanquetzaltzin abre los ojos con asombro. Gira la cabeza lentamente para ver al tlatoani. Le parece absurdo lo que acaba de escuchar. Lo que menos quiere es recordar. Ni lo bueno ni lo malo. La memoria duele en este momento.

—¿Para qué? ¿Para sufrir por lo que hicimos mal?

—Pensar en el presente o en el futuro, ciertamente es más aterrador.

—¿Y usted en qué estaba pensando hace un momento?

—En la primera vez que fui castigado en una cárcel por desobedecer. Estuve siete días sin agua ni alimentos.

—Yo nunca fui castigado de esa manera.

—Ahora que lo pienso, no me arrepiento de haberle faltado al respeto al comandante.

—¿Qué fue lo que hizo?

—Le dije que era un imbécil y desobedecí la orden que me acababa de dar.

—¿Cuál era esa orden?

—Subir a las copas de los árboles.

—Era parte del entrenamiento. A todos nos han ordenado eso en el ejército. ¿Por qué no quiso obedecer?

—Le dije que un día yo iba a ser tlatoani, y que no tenía por qué hacer eso.

El señor de Tlacopan libera una risa adolorida:

—Eso sí merecía un castigo.

—Pero fue una gran lección.

—¿Hace cuánto fue eso?

—Cuatro o cinco años, no lo recuerdo bien.

—En algo no se equivocó: llegó a ser tlatoani. Un tlatoani muy jo... —el señor de Tlacopan interrumpe lo que está diciendo, pues sabe que al tlatoani le molesta que lo juzguen por su corta edad.

—Joven —dice Cuauhtémoc.

—Quise decir: mucho más pronto de lo que cualquiera hubiese imaginado.

Cuauhtémoc suspira con angustia.

—Sé lo que muchos han dicho de mí. Los entiendo. Ahora veo por qué me criticaron tanto. Si el nuevo tlatoani hubiese tenido más experiencia no estaríamos en esta situación.

—Usted sabe que no fue por eso. Teníamos a muchos pueblos en nuestra contra, además de los tenoshcas que traicionaron a Motecuzoma y Cuitláhuac. Y luego... esa enfermedad que mató a tantos.

—Si yo no hubiese sido tan cobarde... —Cuauhtémoc admite como quien recibe una punzada en el abdomen.

El tecutli de Tlacopan cierra los ojos y traga saliva.

—Era nuestra única opción.

—Debí haber permanecido al frente hasta que me mataran...

Años atrás, Cuitláhuac lo había aleccionado sobre el tema. Caminaban por los jardines del palacio de Iztapalapan, señorío de Cuitláhuac.

—Sufrimos una de las peores derrotas ante las tropas de Hueshotzinco —le contó el hermano de Motecuzoma.

—¿Desertaste? —preguntó el joven Cuauhtémoc.

—¿Estás bromeando? ¡Jamás! Abandonar a las tropas o al pueblo en plena guerra es lo más cobarde que cualquier gobernante o capitán puede hacer en su vida. Motecuzoma acababa de ser electo tlatoani; sin embargo, seguíamos en competencia, él, mis hermanos Tlacahuepan, Macuilmalinali y yo... No quería morir tan joven —Cuitláhuac sonrió como si se riera de sí mismo—. Seguí hasta el final. Y aquí estoy —señaló las flores y los árboles extendiendo las manos hacia los lados.

—¿Qué le sucedió a Tlacahuepan y Macuilmalinali?

—Están muertos —Cuitláhuac cerró los ojos por un breve instante.

—¿Murieron en esa batalla?

—No —suspiró y levantó la mirada hacia el cielo—. Fue otra. Una terrible batalla.

—¿Motecuzoma los mandó matar? —el joven Cuauhtémoc pretendió mostrarse astuto.

—Te pedí que vinieras para hablar sobre el castigo que recibiste hace unos días —Cuitláhuac fingió no haber escuchado.

—Los mandó matar —aseguro con insolencia, como si con ello pudiese demostrar su madurez.

—Te sugiero que no vuelvas a decir eso. Ni a mí, ni a nadie más —Cuitláhuac se acercó al joven, mirándolo con ojos amenazantes—. ¿Entendiste?

—¿Por qué? —infló el pecho.

—Por si deseas seguir con vida.

La soberbia del joven Cuauhtémoc se desvaneció. Cuitláhuac se detuvo y miró directamente a su primo.

—Bien sabes que tus hermanos murieron poco después de que Motecuzoma tomara el poder. No creo que sea necesario que te recuerde la manera. A ti y a tu hermano Atlishcatzin les perdonó la vida porque eran niños.

—Mis otros hermanos también.

—¡Cállate! —Cuitláhuac le dio la espalda, se llevó las manos a la cintura y suspiró profundamente. Luego volvió hacia su primo un poco más tranquilo—. El hermano que le seguía a Atlishcatzin tenía doce años. Muy pronto iba a entrar al ejército y los otros dos ni se diga. Cualquier día, uno de ellos iba a cometer una tontería. Conoces bien las obsesiones de tu madre.

Aquello era absolutamente cierto. Cuauhtémoc desvió la

mirada. Ahora se sentía avergonzado por su actitud soberbia. No era la primera vez que le ocurría. Pero no lo podía evadir. Desde la infancia tuvo los mismos arranques.

—Es vital que pongas un alto a tus arrebatos. El castigo que recibiste la semana pasada fue el primer y único aviso de parte del tlatoani.

—¿El tlatoani?

—Así es. Fue él quien mandó castigarte, no tu maestro, que como muchos otros instructores en el pasado le dieron informes completos al tlatoani sobre tu educación y tu progreso. Aunque no lo creas, a Motecuzoma le preocupas. Pero su paciencia tiene un límite. La próxima vez no habrá compasión.

—Perdón —el joven Cuauhtémoc inclinó la cabeza.

—Sé que tu madre les ha metido ideas a ti y a tu hermano de que deben recuperar el gobierno que fue de tu padre, pero sabes perfectamente que esto no se hereda, se gana —Cuitláhuac hizo un pausa al mismo tiempo que alzó la barbilla—. Me refiero a que también se requiere de convencimiento.

—Mi madre dice que Motecuzoma ganó gracias a la corrupción del cihuacóatl.

—Así es la política. Los votos no se consiguen exclusivamente por méritos propios. Imaginemos que hoy es el día de la elección. ¿Crees que votarían por ti?

—Tal vez… —se mostró inseguro.

—¿Qué te hace creer eso? ¿Cuáles son tus virtudes?

—Soy valiente, inteligente… —el joven Cuauhtémoc comprendió que había perdido la batalla verbal.

—¡Eso no es suficiente! Siempre habrá alguien mucho más astuto y valeroso que tú. ¿A cuántos miembros del Tlalocan conoces?

El joven, al sentirse intimidado, bajó la mirada y respiró pausado.

—Creo que a tres o cuatro.

—¿Son tus amigos? ¿Te has ganado su confianza?

—No. Únicamente los conozco de nombre... y he hablado algunas veces con ellos —se veía como un venado asustado.

—¿Quieres saber cuál sería el resultado si hoy tuvieran que elegir? Ninguno de ellos votaría por ti. No eres nadie ante sus ojos. Atlishcatzin se ha ganado la confianza de Motecuzoma, ha demostrado gran valor en las guerras, es el nuevo tlacatecatl[5] y un buen candidato al gobierno. Si hoy fueran las elecciones, ten la certeza de que tu hermano, por ser mayor, más responsable y mucho más respetuoso tendría muchas más posibilidades que tú. Quizá no ganaría, porque es muy joven en comparación con los demás miembros de la nobleza que podemos aspirar al gobierno, pero por lo menos lo tomarían en cuenta en el Tlalocan. A ti no.

Un sentimiento de tristeza invadió al joven Cuauhtémoc. Su madre y la historia le habían puesto en los hombros una carga cada día más pesada. No sólo se esperaba que fuera tlatoani un día, sino que también rebasara los logros de sus antecesores y principalmente los de su padre.

Ahuízotl había sido electo poco después de la trágica muerte del tlatoani Tízoc, de la cual se le acusó por muchos años de ser el autor intelectual. Fue uno de los responsables de llevar a Meshico Tenochtitlan a su máximo esplendor, reconquistando los pueblos perdidos en el gobierno de su antecesor y conquistando muchos más por su cuenta. Su mayor

---

5   El que forma a los hombres.

legado era la construcción[6] del nuevo Coatépetl —el Templo Mayor, también conocido como el Monte Sagrado o el huey teocali—. Cuatro años había durado aquella majestuosa obra. Cuando se concluyó se llevó a cabo la celebración más grande que se hubiese visto en todo el Anáhuac. Acudieron cientos de señores principales de toda la Tierra y miles de invitados. Se sacrificaron todos los guerreros que habían sido apresados en las guerras emprendidas por Ahuízotl desde el inicio de su gobierno. Se dice que fueron entre sesenta y setenta mil cautivos. Para llevar a cabo aquellos sacrificios en cuatro días se repartieron los rituales entre todos los teocalis de todos los calputin «barrios», siendo los sacrificadores los calpuleque «plural de calpulec, que significa jefe de calpuli». Asimismo construyó el acueducto de Coyohuacan hasta Meshico Tenochtitlan y mandó demoler todos los edificios viejos para construir unos más grandes y más hermosos. Por si fuera poco, su padre se había construido la fama de hombre recio en las artes del sexo. Hasta el momento de su muerte era el hombre con más concubinas y más hijos de la historia del Anáhuac. Luego Motecuzoma superaría aquellas cifras inciertas, pues jamás se pudo saber con exactitud cuántos hijos y cuántas concubinas tuvieron. Ahora el joven Cuauhtémoc sentía que era imposible superar todos esos logros.

—¿Has deseado alguna vez ser tlatoani? —cuestionó con urgencia, para desviar la conversación.

—Toda mi vida... —Cuitláhuac comenzó a caminar al mismo tiempo que dirigía su atención a las copas de los árboles que rodeaban el jardín.

---

6   Se construía sobre la obra existente, de forma que era una ampliación, pero ellos no lo veían de esa manera.

—¿Has pensado que podrías morir antes que Motecuzoma?

—He pensado en muchas posibilidades: buenas, absurdas, crueles.

Se acercaron al palacio de Iztapalapan.

—¿Por qué haces esto? —Cuauhtémoc se mostró desconfiado.

—¿Qué?

—Cuidar de mí. Yo soy un peligro para tus aspiraciones políticas.

—¿En verdad crees eso? —lo observó detenidamente y antes de recibir una respuesta hizo otra pregunta—: ¿Deseas ser tlatoani?

—Más que nada —lo dijo de forma insegura.

—Por eso te cuido.

Estaban a punto de entrar al palacio de Cuitláhuac, pero Cuauhtémoc se inmovilizó dejando que su primo avanzara.

—¿Te estás cogiendo a mi madre?

—No —Cuitláhuac se detuvo en el primer escalón y miró a su primo por arriba del hombro—. Quiero que seas tlatoani.

—No te creo.

—Por lo visto me equivoqué al pensar que tú... —volteó hacia el interior del palacio—. Olvídalo —caminó sin mirarlo.

—Espera —el joven Cuauhtémoc lo siguió—. Disculpa lo que dije...

—No te preocupes —Cuitláhuac no se detuvo—. Ya puedes volver a Tenochtitlan —se escuchó el eco de su voz.

—No te equivocaste —dijo en voz alta al ver a su primo de espaldas.

Cuitláhuac sonrió con malicia:

—No lo sé. Tendré que pensarlo más tranquilamente.

—¿Qué es eso que tienes que pensar?

—Si en realidad vales la pena —se dio media vuelta para ver a Cuauhtémoc. El sonido de sus pies raspando el piso se escuchó con un fuerte eco.

—Puedo demostrarlo —enderezó la espalda y caminó hacia su primo.

—¿Qué?

—Que soy un hombre digno de confianza.

—Apenas eres un jovencito.

Aunque Cuauhtémoc disimuló su desaliento Cuitláhuac lo notó.

—La vida es corta —dijo Cuitláhuac con mucha seriedad—. Un día sientes que nunca serás adulto y cuando menos te das cuenta ya eres un viejo con hijos y nietos. Motecuzoma es un hombre saludable. Esperemos que así siga por muchos años. De ninguna manera le deseo el mal. Pero también entiendo, y quiero que comprendas, que en la política no se puede ser inmaduro. Si quieres llegar alto debes hacer a un lado toda esa soberbia que te ha cerrado tantos caminos. Un día, tal vez yo llegue a ser tlatoani, y quiero que tú estés ahí, a mi lado. No digo esto porque te crea indispensable, sino porque un candidato a gobernante siempre debe estar listo para gobernar, lo cual significa tener preparados a los que van a gobernar con él.

II

A los hombres barbados no les gusta sentarse en cuclillas, como a los tenoshcas. Cuando llegaron a Meshico Teno-chtitlan traían un objeto al que llaman silla y se la regalaron al tlatoani Motecuzoma Shocoyotzin. Luego de apoderarse de Las casas viejas les enseñaron a los carpinteros meshicas a fabricar este tipo de asientos y después les ordenaron que les hicieran varias decenas más. Es por ello que en la casa de Malinche, en Coyohuacan, abundan las sillas, incluso en la habitación donde se encuentran recluidos Cuauhtémoc y Tetlepanquetzaltzin.

Si bien en un principio rechazaron las sillas, consideradas indignas de las costumbres locales, ahora que les es imposible sentarse en cuclillas, han aceptado utilizarlas para sobrellevar los padecimientos de las quemaduras en los pies.

Los soldados murmuran en el pasillo. Cuauhtémoc y Tet-lepanquetzaltzin no entienden la lengua de los hombres blancos; sin embargo, por el tono, se percatan de que se están divirtiendo. De pronto se escuchan pasos en el pasillo y los soldados callan, se ponen de pie y esperan. Una voz masculina les hace preguntas. Es Malinche. Poco después entran todos. Dos soldados tlashcaltecas les entregan agua en pocillos de barro a Cuauhtémoc y Tetlepanquetzaltzin. Ambos beben con apuro. Ya perdieron la cuenta de los días que han estado sin agua. Malinche los observa en silencio y siempre con seriedad absoluta. Lo acompañan sus intérpretes. Los soldados perma-necen firmes, con una mano en el puño de sus largos cuchillos de plata.

—Dice mi señor —traduce la niña Malintzin luego de escuchar a Jerónimo de Aguilar— que tuvieron suerte pues sus hombres enfurecidos querían quemarlos vivos esta tarde por el engaño de Tetlepanquetzaltzin pero que él lo evitó.

—Los hubiera dejado —responde Cuauhtémoc sin mirar a ninguno de ellos.

Malinche da tres pasos hacia el frente. Se ve muy flaco, demasiado, comparado con el aspecto que tenía el año ante-rior. Su barba está sucia y larga. Ya no porta su traje de metal, lo cual muestra que se siente seguro de su triunfo sobre los meshicas. Observa al tlatoani Cuauhtémoc y habla.

—Dice mi señor que él no pretende hacerles daño. Por el contrario, quiere que vivan —traduce la niña Malintzin tras escuchar a Jerónimo de Aguilar, quien en ocasiones parece estar conmovido por la desgracia de los meshicas. Se dice, aunque él lo niega, que dejó esposa e hijos en tierras mayas cuando Malinche lo rescató. Su compañero de naufragio, lla-mado Gonzalo Guerrero en cambió se negó a emprender esta guerra con sus hermanos barbudos, pues para él, los mayas eran ya su familia.

—Dile a tu señor que prefiero que me mate.

Malinche se acerca a Cuauhtémoc, se inclina un poco, lo ve a los ojos con mucha serenidad y habla.

—Dice mi señor que él no es su enemigo...

—Yo no soy tu enemigo —Motecuzoma le había dicho años atrás al joven Cuauhtémoc cuando hablaban sobre su comportamiento en el calmecac.

El joven se encontraba arrodillado frente al huey tlatoani, con quien tenía una audiencia por primera vez. Si bien se conocían en persona, se habían visto en escasas reuniones familiares y se habían saludado, hasta ese momento no habían tenido una conversación formal.

Había alrededor de cuarenta funcionaros en la sala, vestidos con ropas de henequén pues tenían prohibido vestir atuendos finos frente al tlatoani. De pronto Motecuzoma les ordenó a todos que se retiraran.

—Yo no soy el enemigo, Cuauhtémoc —repitió el tlatoani cuando se quedaron solos.

El joven se mantuvo en silencio con la cabeza agachada.

—Levántate —dijo Motecuzoma casi con dulzura desde lejos, en el asiento real—. Ven.

Que el tlatoani le permitiese a alguien verlo a la cara era un privilegio de pocos. Cuauhtémoc se puso de pie y caminó al frente, algo temeroso. Hasta ese día —aunque muchos le habían contado— jamás había experimentado la intimidación que generaba el tlatoani con su presencia.

—¿Cómo estás? —observó al joven directo a los ojos.

—Avergonzado por mi mal comportamiento —respondió sin atreverse a mirar al tlatoani.

—Yo fui igual de rebelde que tú —habló con un tono afable—. Me gané el desprecio de muchos compañeros en el calmecac y en el ejército. Mis maestros me llamaron soberbio, testarudo e irrespetuoso. Yo únicamente pretendía expresar lo que pensaba, quería que me escucharan. Estaba seguro de que tenía la razón, aunque, muchas veces estuve equivocado. Pero lo más valioso de todo era mi convicción. Y eso es algo que siempre admiro en los demás... —hizo una breve pausa—, mas no por ello estoy dispuesto a solapar desplantes y arbitrariedades. Luego entendí que así no iba a llegar a ninguna parte y espero que tú también lo comprendas de una vez por todas.

—Le pido que me perdone mi señor —el joven estaba nervioso.

Motecuzoma se puso de pie y caminó al centro de la sala sin ver a Cuauhtémoc, quien no pudo evitar contemplar el hermoso atuendo del tlatoani finamente decorado con oro, plata y piedras preciosas, y su penacho de largas plumas azules, verdes, amarillas y rojas.

—He escuchado muchas disculpas a lo largo de mi gobierno y, créeme, más de la mitad han sido falsas. Prefiero ver que lo cumplas. Estoy enterado de tu brillante desempeño en el calmecac, a pesar de tu insubordinación. Es por ello que quiero dar seguimiento a tu carrera religiosa.

Aquello contrarrestaba con todo lo que el joven había escuchado sobre el tlatoani a lo largo su vida.

—Sé que has escuchado cientos de rumores sobre mi persona —continuó el tlatoani alrededor de la sala—. Pero confío en tu buen juicio. Sólo los mediocres dan validez a las habladurías sin comprobar su verosimilitud.

Todas las versiones que Cuauhtémoc había escuchado sobre la elección de Motecuzoma coincidían en que había sido impuesto por el cihuacóatl Tlilpotonqui, hijo del anterior cihuacóatl, Tlacaeleltzin; y que tras convertirse en tlatoani había mandado matar a todos los funcionarios del gobierno de Ahuízotl para hacerse del poder absoluto. Años después, para acabar con las disidencias, Motecuzoma envió al cihuacóatl, ya de edad avanzada, a una batalla, condenándolo a una muerte segura, pues había enviado un ejército mucho menor al del enemigo. También se rumoraba que en esa ocasión habían muerto dos hermanos del tlatoani: Tlacahuepan y Macuilmalinali.

—Yo admiraba a tu padre y aprendí mucho de él —continuó el tlatoani—. Ha llegado el momento de retribuir todo lo que me enseñó.

Cuauhtémoc dudó de la buena voluntad de aquel hombre cuya fama de tirano era superior a la de sus bondades.

—Para ello necesitaré de tu confianza —se detuvo frente a él—. Tu confianza absoluta. Si no confías en mí no habrá correspondencia.

El joven se enderezó y alzó la frente.

—Tendré que... —vaciló en concluir lo que pensaba— esforzarme para ganarme su confianza, mi señor —dijo; sin embargo, lo que había planeado decir era que tendría que conocerlo mejor para poder confiar en él, pero concluyó que con esas palabras haría de su primera entrevista con el tlatoani la última.

—Bien —el tlatoani sonrió tenuemente y volvió al asiento real—. Sé que visitaste a mi hermano Cuitláhuac en Iztapalapan. Imagino lo que platicaron.

Cuauhtémoc tragó saliva. Se sintió como si su interlocutor lo hubiera descubierto cometiendo un delito. A pesar de que hizo todo lo posible por no evidenciar su nerviosismo, Motecuzoma lo notó.

—No será el último que te ofrezca su apoyo incondicional. Te lo aseguro. Muy pronto llegarán muchos que ni siquiera conoces para que aceptes su amistad. Voy a ser muy claro: a un gobernante todo el tiempo lo quieren derrocar; para lograrlo se requiere de aliados, muchos, leales y eficaces. Intentarlo a solas es un acto suicida. Supongamos que envenenan al tlatoani: eso no garantiza que el homicida se apodere del gobierno. Se necesitan votos y esos votantes tienen que estar de acuerdo con la muerte del tlatoani y con la elección del sucesor.

«¿Está insinuando que Cuitláhuac quiere matarlo?», pensó Cuauhtémoc.

—Eso no significa que mi hermano quiera matarme... espero —expresó con sarcasmo el tlatoani con una ligera sonrisa—. Pero la muerte de un tlatoani siempre es inesperada. Conoces nuestra historia y sabes que a Chimalpopoca lo mataron los tepanecas, aunque hay quienes aseguran que fueron Tlacaélel, Izcóatl y Motecuzoma Ilhuicamina, con el argumento de que Chimalpopoca era nieto de Tezozómoc y por lo tanto el gobierno meshica quedaría en manos de los tepanecas; y que a Tízoc lo envenenaron porque se negaba a realizar campañas de conquista... —unió las palmas de las manos frente a su rostro y comenzó a mover los dedos uno por uno, en sincronía con los de la otra mano.

«¿Insinúa que mi padre mató a Tízoc?», pensó Cuauhtémoc.

—No malinterpretes lo que dije. Tu padre no tuvo nada que ver en eso... —Motecuzoma arrugó los labios y desvió la mirada a la derecha.

—En ningún momento pensé en eso —respondió con seguridad—. Confío en la integridad de mi padre —mintió. Sabía perfectamente que su padre había estado involucrado en aquel homicidio, que muchos pretendían endilgarle a Tlacaeleltzin. Pero sus descendientes se encargaron de desmentirlo con la única y más eficaz evidencia: Tlacaeleltzin había muerto antes de que envenenaran a Tízoc.

—Yo no soy el enemigo, Cuauhtémoc —dijo el tlatoani una vez más—. Si quieres llegar lejos, debes tener la certeza de que soy tu mejor aliado.

—Le creo, mi señor...

A partir de entonces el joven Cuauhtémoc aprendió a fingir, algo que ante Malinche nunca consiguió. El odio que sentía hacia él rebasaba el desprecio que había sentido por cualquier otra persona.

—Dice mi señor que los enemigos están en las islas de Cuba y La Española —traduce la niña Malintzin y Cuauhtémoc se muestra indiferente ante el comentario—. Si ellos se apoderan de Tenochtitlan, entonces sí estarían en problemas. Es por ello que le ofrece que colabore con él, primero diciéndole dónde tienen el oro y luego ayudándole a reorganizar el gobierno del imperio para que se puedan cobrar los impuestos a tiempo. Necesita saber los nombres de los pueblos vasallos, la calidad y cantidad de los productos que pagaban.

—Dile a tu tecutli que no soy tan imbécil como los tlashcaltecas —responde el tlatoani tajante.

Malinche cierra los ojos, niega con la cabeza, se lleva las manos a la cintura y luego responde con molestia:

—Si fuereis más astuto ya habríais aprovechado la situación en la que estáis. Vuestro destino no cambiará a menos de que aceptéis las condiciones que os ofrezco, que a estas alturas, son las mejores. Mis hombres desean quemaros vivo, vuestra gente ansía sacaros el corazón por haberlos abandonado, en cambio yo —se lleva una mano al pecho—, os quiero salvar la vida.

—Quieres un rehén —reclama Cuauhtémoc luego de escuchar la traducción de la niña Malintzin—, para salvar tu vida.

—Mi vida ya no corre peligro, señor Guatemuz. Vuestro pueblo está cansado y muriendo de hambre, y todos los señores de los pueblos vecinos han venido a ofrecerme su vasallaje —miente, pues algunos han decidido luchar por su libertad ya que por fin se ha extinto la Triple Alianza que los había mantenido bajo un yugo insostenible por años.

Sin responder, Cuauhtémoc desvía la mirada y piensa que si tan sólo pudiera caminar golpearía a Malinche en el rostro, le quitaría la espada y lo mataría, aunque sin duda entiende que en ese instante él también moriría a manos de los guardias, y que muy probablemente ni siquiera alcanzaría a herir a su enemigo.

—No seáis obstinado, señor Guatemuz —sugiere Malinche con las manos en la cintura—. Ésta es vuestra única opción.

No hay duda: tiene una sola alternativa. Así ha sido casi toda su vida, siempre con menos de un camino, a lo mucho dos a elegir.

—Es tu mejor elección —le dijo su madre años atrás—. Síguele el juego a Motecuzoma. Cuitláhuac es el hermano más leal del tlatoani y seguramente te estaba poniendo una trampa para luego delatarte.

La flama de la tea que los alumbraba bailoteaba con la corriente de aire que se filtraba por la claraboya. El joven se encontraba pensativo, sentado en el petate donde dormía en su habitación. Su madre había ido hasta ahí a media noche para saber qué le había dicho el tlatoani Motecuzoma.

—Podría ofrecer lealtad a los dos —agregó Cuauhtémoc— sin traicionar a ninguno.

—No —la mujer le acarició el cabello con ternura a su hijo de quince años—. Eso únicamente te dará mala fama.

—¿Qué te sucede? —preguntó intrigado—. ¿Por qué de pronto eres muy cariñosa conmigo si nunca lo fuiste?

La mujer cambió el semblante. Se mantuvo recta y en silencio, acomodando ideas en su cabeza. La pregunta era sencilla, la explicación no tanto. Ante la opinión pública, Tiyacapantzin había sido una madre negligente, hosca y egoísta. Colocó sus manos sobre los hombros de su hijo y comenzó a masajear suavemente.

—Tras la muerte de Tízoc, sus hijos fueron, aunque no excluidos abiertamente, sí ignorados en las dos siguientes elecciones. Luego, como ya lo sabes, Motecuzoma ordenó matar a casi todos los funcionarios del gobierno de tu padre y a muchos de tus hermanos, incluso a los bastardos. No nada más la historia de los gobernantes meshicas está manchada de sangre; también la de los tepanecas, acolhuas, y muchos más. Conoces bien la historia de Tezozómoc y Nezahualcóyotl; la de Mashtla y Tayatzin; Chimalpopoca e Izcóatl; Motecuzoma y Tlilpotonqui; tu padre y Tízoc. Para llegar a la cima hay que quitar los obstáculos, aunque estos sean familiares o amigos muy queridos. Si un día llegas a ser gobernante, tal vez tengas que deshacerte de alguien cercano. Mi más grande temor, desde que tu hermano y tú nacieron fue, precisamente que tu padre muriera, pues con ello, ustedes quedarían desamparados. Y así sucedió. Tu padre murió tras un golpe que se dio en la cabeza, cuando la ciudad se inundó. ¿Y sabes qué fue lo peor de todo eso? Que fue su culpa. Él y su obsesión por construir ese acueducto desde Coyohuacan. Para su mala suerte, en cuanto terminó su construcción, Tonatiuh nos envió las lluvias que nos había quitado el año anterior, las lluvias que habían provocado la sequía y por la que tu padre decidió construir el acueducto. Toda el agua de Coyohuacan vino a dar a Meshico Tenochtitlan. El nivel del agua llegó hasta los techos de las casas. Tu padre fue arrastrado por la corriente y se golpeó la cabeza. Tú acababas de nacer. Dos años más tarde murió Ahuízotl. Era preciso evitar que Motecuzoma o cualquier otro miembro de la nobleza les hicieran daño a ti y a tu hermano. Tuve que fingir ante todos que no amaba a mis hijos para salvarles la vida. Si los convertía en mis joyas más preciadas, los pipiltin buscarían la forma de matarlos e impedir que alguno llegase a ser tlatoani algún día. Pero al verlos desvalidos, todos tus tíos y primos vieron en ustedes el recuerdo de Nezahualcóyotl al que debían proteger y educar. Ahora han madurado y son capaces de comprender esto. Si se los decía en la infancia, me habrían delatado, quizá sin darse cuenta, con algún amigo o familiar y todos nuestros planes se habrían arruinado.

—¿Qué te hace creer que ahora confío en ti? —Cuauhtémoc se quitó de los hombros las manos de su madre—. ¿Nunca te has puesto a pensar que podría odiarte?

—Eso me dolería mucho pero lo entendería —ella caminó frente a él, se arrodilló y lo abrazó sin ser correspondida—. Tienes razones de sobra. Estuve consciente todo el tiempo del riesgo que tomaba. Y cada vez que te veía solo y enojado sentía deseos de abrazarte, pero sabía que el amor materno, con la ausencia de la estricta instrucción paterna, te haría débil. Lo que importa es que cumplas con tu destino.

—Mi destino... —dijo con la mirada perdida. Había días en los que no soportaba escuchar aquella frase, que conllevaba una carga demasiado pesada, una carga que él no había solicitado. Una carga que a pesar de todo su esfuerzo no se le había endilgado a su hermano.

—Escúchame bien —puso sus manos en las mejillas de su hijo y dirigió el rostro del joven hacia el de ella para que se vieran a los ojos—. Está en tu destino. Los agüeros lo afirmaron cuando naciste. Pero eso no garantiza que lo logres. Nosotros debemos esforzarnos para que se cumpla; tú, principalmente. ¿Lo entiendes? —le apretó las mejillas—. ¿Lo entiendes?

—Sí —se puso de pie, caminó hacia la claraboya y miró, alzando la cara, hacia el cielo oscuro y nublado.

—Lo que tienes que hacer de ahora en adelante es obedecer a tus superiores, no importa qué tan enfadado o frustrado te sientas. Cuando vayas a la guerra...

—¡Ya basta! —la interrumpió molesto—. Sé perfectamente lo que debo hacer.

—Tienes razón —la mujer salió de la habitación sin despedirse, de la misma forma que ahora Malinche ha salido, cansado de insistirle a Cuauhtémoc que acepte sus condiciones.

Los pasos de Malinche se escuchan en el pasillo cada vez menos. Los guardias en la entrada ríen y murmuran. Parece que les da gusto ver enfadado a Malinche, pues cuando se enoja es cuando peor le va a los nativos. Cuauhtémoc y Tetlepanquetzaltzin quedan solos en la habitación. Ninguno dice una palabra. Los dolores en los pies no han cesado. Están muy débiles y hambrientos. Siguen sentados, uno frente al otro, en las sillas de madera.

El tecutli de Tlacopan observa los pies de Cuauhtémoc con turbación. Tienen un aspecto aterrador, como leña quemada, cubierta por una especie de pasta derretida. No se atreve a ver sus propios pies. Cree que al hacerlo no podrá evitar las nauseas y el suplicio de verse a sí mismo. A pesar de que el tlatoani está sufriendo por las quemaduras, no lo demuestra. Tetlepanquetzaltzin admira el coraje de su compañero y al mismo tiempo detesta su obstinación.

Aunque ya se conocían, comenzaron a tratarse en el año, Diez Caña (1515), durante las fiestas de Izcali, en honor de Shiuhtecuhtli, el dios del fuego y el calor. Ese año Cuauhtémoc y Tetlepanquetzaltzin quedaron a cargo de la elaboración de la imagen que representaba al dios Shiuhtecuhtli: un armazón de varas atadas, llamadas colotli y decorada con prendas lujosas y una máscara roja o amarilla que semejaba a la de un anciano. Al caer la noche, se encendía el fuego nuevo, en el cual arrojaban decenas de animales —ratones, conejos, peces, serpientes, entre muchos más— que los jóvenes de la ciudad habían cazado en los diez días anteriores. Se proseguía al sacrificio de esclavos que eran ataviados a semejanza del dios del fuego. Se les perforaban los lóbulos a los niños nacidos en ese año. Luego se llevaba a cabo un banquete.

Cuauhtémoc, Tetlepanquetzaltzin y otros jóvenes pertenecientes a la nobleza terminaron alcoholizados con octli «pulque» en una casa de mujeres públicas, que aunque estaba prohibido, era frecuente.

La niña de trece años con la que Cuauhtémoc se acostó,

había nacido en tierras zapotecas y llevada a Tenochtitlan, donde el dueño de la casa la compró y la puso a trabajar. No sabía hablar náhuatl.

—¿Cómo te llamas? —preguntó Cuauhtémoc con alegría.

Ella se desnudó sin responder.

—¿No quieres hablar? —se quitó sus prendas y la tomó de las caderas—. Pues comencemos.

La niña se colocó de rodillas, con sus codos en el petate y la cara entre las manos para no ver nada. Cuauhtémoc contempló las pequeñas nalgas de la niña y las acarició por un instante antes de penetrarla.

Al terminar se quedó dormido. Había bebido demasiado. Después de aquella noche, Cuauhtémoc y Tetlepanquetzaltzin se frecuentaron poco. Sus caminos, entonces parecían distintos aunque relacionados. Tetlepanquetzaltzin se incorporó a las tropas de Tlacopan mientras que Cuauhtémoc comenzó su carrera religiosa.

—¿Por qué decidió dedicar su vida al sacerdocio y no al ejército? —pregunta el señor de Tlacopan.

—No lo sé —el tlatoani no lo mira.

—Entiendo si no quiere hablar —Tetlepanquetzaltzin dirige por fin su atención a sus pies quemados. Como lo esperaba, siente nauseas—. Le voy a hacer una confesión…

El tlatoani lo ignora.

—El primer sacrificio que presencié fue cuando tenía seis o siete años. Nadie me llevó. Yo subí al teocali antes de que la ceremonia iniciara y me escondí en el cuarto donde los sacerdotes solían enclaustrarse por días. En verdad quería ver de cerca cómo se hacían los sacrificios. No tenía idea de lo que estaba por ver. Llevaron al esclavo a la cima del teocali, lo acostaron bocarriba; y mientras cuatro personas le sostenían brazos y piernas, mi padre le abrió el abdomen con su cuchillo de pedernal y metió la mano, como quien busca en una petaca, y jaló el corazón con fuerza. Todo fue tan rápido. Luego cortó con su cuchillo, y lo ofrendó a los dioses alzándolo en todo lo alto. Pero lo que más me impactó fue cuando lanzó el corazón al fuego. Sin poder contenerme vomité en ese momento. Desde entonces siempre que veo carne quemándose, siento nauseas. Por eso no me dediqué a la religión. Puedo matar gente con el macahuitl, con una flecha pero no en un ritual religioso y mucho menos lanzarlos al fuego, como se hace en los funerales. La sola idea de imaginar a un hombre o mujer vivo quemándose, me perturba por días. Cuando tomé el cargo de mi padre, llevé a cabo varios sacrificios, y en todos sufrí antes y después.

Cuauhtémoc levanta el rostro hacia el techo y deja escapar un quejido. Tetlepanquetzaltzin decide guardar silencio. Un silencio muy largo.

—A mí jamás me llamó la atención salir a la guerra. Quería estudiar los astros, comprender la cuenta de los días, el origen del tiempo, el designio de los dioses. Todos mis amigos eran valientes y aventurados. Casi nadie sabe con exactitud los nombres, significados y deseos de cada uno de nuestros dioses.

—Recuerdo perfectamente mi primer día en el calmecac. Lo primero que el sacerdote hizo fue preguntar quién sabía los nombres de nuestros dioses principales y ninguno lo supo.

Cuauhtémoc los nombró con facilidad:

1. Ometeotl, señor de la dualidad, padre y madre de los dioses.
2. Meztli, la luna.

3. Tonacatecuhtli, dios de la creación y la fertilidad.

4. Tonacacihuatl, esposa de Tonacatecuhtli, y diosa de la creación y la fertilidad.

5. Tonatiuh, dios del sol, líder del cielo.

6. Shipe Totec, Tezcatlipoca rojo, el del oeste, la parte masculina del universo.

7. Tezcatlipoca, Tezcatlipoca negro, Espejo humeante, dios de la noche y los brujos.

8. Quetzalcóatl, Tezcatlipoca blanco, Serpiente emplumada, creador de los hombres y mujeres.

9. Huitzilopochtli, Tezcatlipoca azul, hijo de Coatlicue. Dios de la guerra.

10. Shólotl, el perro monstruo, gemelo de Quetzalcóatl, lado maligno de Venus, dios de la mala suerte del atardecer, de los espíritus y los muertos en su viaje al Mictlan y el inframundo.

11. Ahuiteotl, dios de aquellos que son opacados por los vicios.

12. Itzapapalotl, diosa del sacrificio y de la guerra, patrona de la muerte.

13. Shiuhtecuhtli, dios del fuego y del calor.

14. Tlahuizcalpantecuhtli, señor de la casa de la aurora.

15. Tlazolteotl, diosa de la inmundicia.

16. Ishcuina, diosa del sexo impuro.

17. Shochiquetzal, diosa del canto.

18. Shochipili, dios de la primavera y príncipe de las flores.

19. Chalchiutlicue, hermana de Tláloc, la de la falda de jade.

20. Patecatlmayahuel, diosa de la embriaguez.

21. Tlaloques, ayudantes de Tláloc.

22. Tláloc, dios de las lluvias.

23. Ometochtli, dios conejo.
24. Tepeyolohtli, corazón del monte, dios de las cuevas.
25. Tlaltecuhtli, señor de la tierra.
26. Coatlicue (Tonantzin), señora de la falda de serpientes.
27. Centeotl, dios del maíz.
28. Mictecacihuatl, diosa de la muerte.
29. Mictlantecuhtli, señor de la muerte.
30. Chantico, dios del hogar.
31. Huehuecóyotl, dios de la alegría.
32. Ilmatecutli, la diosa vieja.
33. Huishtucihuatl, diosa de la sal, hermana mayor de Tláloc.
34. Shilonen, diosa del maíz tierno.
35. Teteoinan (Toci), madre de los dioses.
36. Mishcóatl, serpiente de nube, dios de las tempestades, de la guerra y de la cacería.[7]

—Casi nadie los recuerda con esa exactitud —dice Tetlepan-quetzaltzin con una sonrisa, olvidando por un breve instante el dolor en los pies—. Lo único que a la gente le interesa es la celebración.

—Tienes razón.

—¿Cuándo iniciaste tus estudios religiosos?

—En el año Diez Caña (1515)... —Cuauhtémoc hace una pausa y sonríe con ironía al recordar la fecha—, justamente cuando la alianza de ochenta y cinco años entre Teshcuco y Tenochtitlan sufrió aquella ruptura irreparable.

---

7   No son todas las deidades aztecas, pero sí las más famosas.

La Triple Alianza, entre Meshico Tenochtitlan, Acolhuacan y Tlacopan comenzó mal, pues tras derrocar en el año Uno Pedernal (1428) al supremo monarca, Mashtla —hijo del famoso señor de Azcapotzalco, conocido como el tirano Tezozómoc— Nezahualcóyotl solicitó a su aliado Izcóatl que aceptara al señor de Tlacopan, Totoquihuatzin, años después conocido como Huehue Totoquihuatzin, para diferenciarlo de su nieto que había gobernado Tlacopan en tiempos de Motecuzoma Shocoyotzin y padre de Tetlepanquetzaltzin. Los tenoshcas rechazaron la propuesta del señor de Teshcuco, pues Tlacopan —además de ser familia de Tezozomoctli y Mashtla— no era un pueblo poderoso ni había luchado como ellos para derrocar al enemigo. Su único mérito había sido permitir el paso por sus territorios a las tropas de Teshcuco y Tenochtitlan para que llegaran directamente hasta Azcapotzalco. Izcóatl argumentó que Nezahualcóyotl obedecía a la petición de una de sus concubinas, que justamente era hija de Totoquihuatzin y quería evitarle a su padre la vergüenza de ser un vasallo de los nuevos señores de toda la Tierra. El tecutli de Teshcuco insistió argumentando que no era justo que desapareciera la monarquía tepaneca y que sería necesaria la presencia de alguien que mediara entre los dos señoríos y evitara la discordia.

Finalmente se cumplieron los deseos de Nezahualcóyotl pero la desavenencia entre Meshico Tenochtitlan y Acolhuacan fue constante. Tras la muerte de Izcóatl, los meshicas eligieron a Motecuzoma Ilhuicamina y Nezahualcóyotl se negó a reconocerlo como tlatoani, lo cual motivó a los tenoshcas a declararle la guerra; finalmente el señor acolhua ofreció disculpas.

Tras la muerte de Nezahualcóyotl en el año Seis Pedernal (1472), su único hijo legítimo —entre más de cien hijos bastardos y dos hijos legítimos ya muertos—, Nezahualpili, de apenas ocho años de edad, fue nombrado heredero del huey tlatocayotl (reino) de Teshcuco. El tlatoani Ashayacatl lo protegió hasta el día de su muerte. Gobernó con mano dura, incluso con sus hijos, concubinas y parientes.

En los últimos años, se negó a asistir a las Guerras Floridas, a las celebraciones y a los sacrificios humanos, argumentando que deseaba descansar el poco tiempo que le quedaba de vida, lo cual provocó molestia entre la nobleza meshica. Entonces le encargó el gobierno al Consejo acolhua y se retiró a uno de sus palacios en Teshcuco donde murió en soledad. Ninguno de sus familiares se enteró de su muerte hasta varios meses después, lo cual generó muchas dudas y rumores. Entre estos prevaleció la leyenda de que Motecuzoma Shocoyotzin lo había mandado asesinar.

Para evitar rivalidades el tlatoani envió al cihuacóatl en su representación a las ceremonias fúnebres de Nezahualpili —que duraron ochenta días—, lo cual generó más murmuraciones. Jamás se supo por qué Nezahualpili no nombró a ninguno de sus cuatro hijos como sucesor del señorío acolhua. Motecuzoma propuso a Cacama, quien fue aceptado por el Consejo y el pueblo acolhua, pero el hijo menor, Ishtlilshóchitl —joven de diecisiete años de edad—, enfureció y confrontó al tlatoani, algo que nadie se había atrevido en los últimos años. Alrededor de ellos se encontraba toda la nobleza meshica y acolhua, en silencio, pronosticando el peor destino para el temerario príncipe, que a tono intimidatorio dijo que Motecuzoma no tenía derecho a decidir quién sería el tecutli de Acolhuacan, pero el tlatoani no se inmutó. Le respondió con sosiego que Nezahualpili no había elegido a ninguno de sus hijos como su sucesor y que era obligación del tlatoani proponer algún candidato. Pero el joven Ishtlilshóchitl negó que su padre estuviese muerto y afirmó que de haberlo hecho lo habría elegido a él como su sucesor.

—Pero no lo hizo —respondió Motecuzoma y luego sonrió sarcásticamente.

El joven Ishtlilshóchitl se dirigió al Consejo con más tranquilidad. Utilizó los mismos argumentos para evitar que se llevara a cabo la elección de su hermano, pero al mencionar a su hermano no pudo más que insultarlo y asegurar que era el pelele de Motecuzoma. Cacama enfureció y le propinó dos puñetazos en la cara, los cuáles el joven le cobró segundos después; entonces, algunos de los presentes detuvieron la riña. Ishtlilshóchitl amenazó a Motecuzoma y a Cacama por traicionar la memoria de Nezahualpili y al pueblo acolhua:

—¡Voy a impedir que te adueñes de las tierras que le pertenecen a los acolhuas! ¡Y voy a acabar contigo! —le dijo al tlatoani y se marchó.

Días más tarde Ishtlilshóchitl se reunió con los tetecuhtin de varios señoríos y les solicitó apoyo para impedir la elección de su hermano Cacama, quien fue electo con una mayoría, a pesar de las amenazas.

Ante aquella derrota, el joven acolhua tuvo que esperar para lograr su venganza, la cual aconteció con la llegada de Malinche. El príncipe acolhua fue de los primeros en ofrecerle su apoyo incondicional, provocando una gran debilidad en las tropas meshicas que hasta entonces siempre habían sido auxiliadas por el ejército acolhua.

La exigua luz del amanecer que entra por la claraboya alumbra el rostro afligido del tlatoani que ha permanecido despierto toda la noche, a ratos acostado en el piso y a ratos sentado. La necesidad por orinar se incrementa con cada minuto que transcurre, pero le punzan tanto las heridas que no ha hecho el intento por ponerse de pie. Entonces se acomoda de lado, saca su pene del taparrabos —la única prenda que trae puesta— y orina en el piso. A los dos guardias en la entrada no les importa si los presos defecan o vomitan ahí mismo.

El tecutli de Tlacopan abre los ojos al escuchar el líquido que chorrea al piso. Por un instante cavila en preguntar al tlatoani si se siente bien, pero opta por callar. Tetlepanquet-zaltzin siempre ha sido un hombre de pocas palabras. A los arrogantes y a los necios siempre los dejó hablar hasta que se cansaran y les dio la razón. Por ello se ganó la fama de torpe y sumiso; aún así, nunca intentó desmentir aquellas creencias sobre su persona. Lo consideraba una pérdida de tiempo. En cambio, sus compañeros del ejército siempre hicieron todo lo posible por demostrar su valentía, astucia y destreza en el uso de las armas.

«Cuánta soberbia», pensó la tarde en la que el huey tlatoani Motecuzoma Shocoyotzin entregó reconocimientos a los soldados que regresaron de una campaña en contra de un pueblo pequeño, donde dos meshicas habían sido encarcelados por robo, sin embargo, el tlatoani lo había considerado un agravio y motivo suficiente para enviar sus tropas. De igual forma aprovechó aquella campaña para mandar a trescientos soldados recién egresados, entre ellos a Tetlepanquetzaltzin.

El tlatoani se encontraba en la cima del Coatépetl, donde nadie lo podía ver. Los soldados que recibían su primer reconocimiento tenían que subir y arrodillarse al llegar a la cúspide, sin alzar la cabeza y mucho menos intentar ver al tlatoani.

Tetlepanquetzaltzin lo conocía muy bien, pues cuando era niño había acudido, acompañando a su padre a Las casas nuevas «el palacio de Motecuzoma». Y aunque todos estaban obligados a arrodillarse y ver hacia el piso, él desobedecía aquel mandato con frecuencia. A un adulto, aquella indisciplina le habría costado varios días de encarcelamiento o incluso la vida, pero Tetlepanquetzaltzin por ser un niño, nunca fue reprendido por el tlatoani. Sin embargo, el cihuacóatl Tzoacpopocatzin le llamó la atención en repetidas ocasiones, lo cual le generó, al volver a Tlacopan, severos castigos propinados por Totoquihuatzin, su padre.

—Buenos días —dice una voz femenina en el pasillo.

Los dos reos, sin moverse, escuchan con atención. Los soldados al ver que ella trae comida para los presos le ceden el paso sin decir una palabra. Lo primero que ve la mujer al ingresar a la habitación son los pies quemados de los cautivos. Permanece boquiabierta, contemplando con desolación la extraña combinación de colores: rojo, blanco, negro y morado, y la piel inflamada y deforme en algunas zonas, como las velas de cera que los hombres barbados trajeron a estas tierras, y sin poder evitarlo libera unas lágrimas. Cuauhtémoc y Tetlepanquetzaltzin la observan. Ninguno de los tres dice una palabra.

—Mis señores… —hace una pausa, traga saliva y continúa—, me llamo Atzín y he venido a… traerles de comer.

—Acércate —dice el huey tlatoani al mismo tiempo que se endereza sobre la silla.

La mujer tiene alrededor de dieciocho años, es muy delgada y de baja estatura. Viste un humilde huipil de henequén y anda descalza. Su cabello largo y suelto le cubre las sienes y las mejillas. Camina con lentitud hacia los presos y se dispone a arrodillarse ante el tlatoani y colocar un canasto en el piso, pero el tlatoani se lo impide. Ella se desconcierta pero disimula.

—Tuve que orinar ahí hace un momento.

Atzín permanece de pie, observa el piso y luego el canasto que lleva en las manos.

—Les traje tortillas, frijoles con chile y agua —saca los alimentos y le entrega su porción a cada uno.

Ambos comen despacio. Observan discretamente hacia la salida, principalmente lo que hacen los soldados, pero ellos los ignoran. Estuvieron toda la noche en vela y lo único que les interesa es ir a dormir.

—Háblanos de la situación en Tenochtitlan —dice Cuauhtémoc mirándola con mucha atención.

—Mucha gente está abandonando la ciudad. Llevan consigo pocas pertenencias. Pero van muy tristes. Dicen que ya no piensan regresar jamás. Otros están muy indignados con usted por haberlos... —suspira con dolor y temor.

—Abandonado —dice el tlatoani avergonzado.

Atzín asiente con la cabeza al mismo tiempo que con los dedos acomoda su cabello y lo sujeta detrás de las orejas. Hay en su rostro un aspecto lúgubre.

—Tú no eres meshica. Hablas diferente, pero no logro identificar de dónde eres —dice el tlatoani sin poder quitar su mirada de aquella joven.

—Soy zapoteca, mi señor.

Cuauhtémoc deja caer al piso la tortilla que tenía en la mano derecha. Jamás imaginó que aquella joven terminaría como esclava de los barbudos. Tras la noche en que la conoció en la casa de mujeres públicas, se quedó con la duda de quién era esa niña y por qué no había hablado en toda la noche. Volvió al día siguiente y preguntó por ella.

—No sé su nombre —dijo a la mujer que lo atendió—. Era muy jovencita, de piel muy morena, cabeza redonda, ojos grandes y labios delgados.

—La zapoteca, sí, tiene que ser ella —la mujer le dio la espalda y entró a la casa.

La matrona apareció minutos después con la niña a su lado.

—¿Ésta es la niña que busca?

—Así es.

—¿Le robó algo?

—No —Cuauhtémoc se sorprendió—. Sólo vine a saber cómo estaba.

—¿Le dijo que le hicimos algo? ¿O qué?

—No, no.

—¿Entonces?

—Sólo quiero saber cómo está. Anoche me quedé intrigado porque no habló para nada.

La mujer liberó una carcajada.

—No habló porque no sabe náhuatl. Está niña es zapoteca. Se la vendieron a mi esposo hace varios meses. Pero es muy tonta. No aprende nada. Ni siquiera ha sabido decirnos su nombre. Así que aquí la llamamos Atzín.

La niña parecía ausente. Su mirada yacía apagada en dirección al piso.

—¿La va a querer hoy? —preguntó la mujer.

Cuauhtémoc miró a la niña de forma diferente. Ya no era lo mismo que la noche anterior.

—¿Le gusta? —insistió la mujer con impaciencia.

—Sí, pero yo no puedo.

—Cuando quiera, aquí lo esperamos —la mujer jaló del brazo a la niña y se metió a otra habitación.

No era la primera vez que Cuauhtémoc o cualquier joven de su edad contrataba los servicios de una mujer pública. Era la forma común en la que los hombres satisfacían sus deseos sexuales antes de casarse o de tener concubinas. Nadie veía mal la prostitución. No era pecado ni delito, siempre y cuando no se tratara de una mujer perteneciente a la nobleza o casada. Habían varías clases de prostitutas o ahuianime: las que trabajaban para los teocalis, danzando eróticamente en las ceremonias de fecundidad; las que trabajaban en las casas y las que eran premio para guerreros que habían sobresalido en alguna campaña.

Por alguna incomprensible razón, Cuauhtémoc se preocupó por aquella joven. Contrató sus servicios en más de cinco ocasiones, y en ninguna logró comunicarse con ella.

No era como el resto de las prostitutas que hacían su mejor esfuerzo por ganarse al cliente. Ella se desnudaba y se ponía de rodillas.

Un día Cuauhtémoc le pidió a una de sus tías que le prestara a una de sus esclavas, que era zapoteca. Sin decirle a dónde se dirigían le explicó que había conocido a una niña zapoteca y que no hablaba náhuatl. Esperaron todo el día afuera de la casa, hasta que todas las jovencitas salieron juntas a la orilla del lago para lavar su ropa. Cuauhtémoc envió a la esclava de su tía a que interrogara a la niña. Más tarde la mujer volvió envuelta en llanto.

—¿Qué sucedió?

—La niña es de mi pueblo, Oashaca. Dice que un grupo de meshicas invadieron el pueblo y se robaron todo, incluyendo a las niñas. A ella la poseyeron todos y luego la vendieron aquí.

En aquellos años la crueldad de los meshicas se encontraba fuera de control. Uno, dos, veinte o noventa meshicas —el número no importaba—, podían invadir cualquier poblado y robar, matar o violar mujeres y nadie podía hacerles daño. Si las autoridades del pueblo ofendido pretendían reprender a los ofensores, el tlatoani enviaba sus tropas a castigar al pueblo entero con la excusa de que habían injuriado a los meshicas. Por otra parte, la mujer era un botín de guerra.

Al día siguiente, Cuauhtémoc fue a la casa donde la tenían y la compró.

—Eres libre —le dijo—. Puedes ir a donde desees. Si quieres regresar con tus familiares puedes hacerlo —la esclava que lo había acompañado el día anterior le ayudó a traducir.

Ahora que el tlatoani la ve frente a él, no logra comprender qué fue lo que sucedió con ella. Estaba seguro de que ella había regresado a Oashaca. No se trataba de ningún sentimiento hacia ella. Había sido tan sólo un acto de bondad, un intento por hacer justicia. Por un momento siente un impulso por preguntarle por qué no se fue de Meshico o por qué está como esclava de los barbudos, pero no se atreve.

—¿Qué están haciendo con los muertos? —pregunta Tetlepanquetzaltzin.

—Los están quemando a todos juntos —responde Atzin.

—¿Sin ninguna ceremonia?

—Nada.

—Es una lástima —continúa el señor de Tlacopan—. ¿Y tus familiares?

—No deberías hacerle ese tipo de preguntas —interrumpe el tlatoani.

—Los mataron en Oashaca hace seis años.

—¿Quiénes? —pregunta Tetlepanquetzaltzin.

—Unos meshicas.

El tecutli de Tlacopan no sabe qué decir.

—Te pido perdón por el daño, en nombre del pueblo meshica —dice Cuauhtémoc.

El que habla en este momento no es el mismo que era hace unos años, ni siquiera el que era hace unos meses. Ahora ni él mismo se reconoce. El que Atzín conoció no era siquiera parecido al que en realidad era.

Tres años atrás tenía la certeza de que sería mejor tlatoani que Motecuzoma.

—Ampliaré el Coatépetl. Será dos veces más alto —le aseguró a Mashochitl, una mujer con la que había tenido

varios encuentros amorosos—. Cambiaré el régimen tribu-
tario y crearé leyes más estrictas.

Se encontraban acostados en un petate. Él bocarriba y
ella bocabajo, a un lado de él.

—¿Y qué te hace creer que serás tlatoani? —sonrió ella al
mismo tiempo que le acariciaba el pecho desnudo.

—Lo sé —se llevó las manos detrás de la nuca y suspiró,
mirando al techo de la habitación.

—Lo mismo dice mi esposo —quitó la mano del pecho
de Cuauhtémoc y se acostó bocarriba. Sus enormes senos se
desparramaron a los extremos de su costado—. Todos ustedes
creen que serán el próximo tlatoani. ¿Qué, no piensan en otra
cosa?

—Tu esposo es un imbécil.

—Es hijo del tlatoani, mayor que tú, lleva más tiempo en
el ejército y tiene más posibilidades de heredar el trono.

—No te confíes. La política es impredecible.

—Lo único impredecible en este mundo somos las
mujeres —le dio un beso y se levantó del petate donde habían
pasado las últimas horas—. Ya me tengo que ir —se hizo un
nudo en el cabello y se vistió.

—Quédate un poco más —la miró mientras se ponía su
huipil.

—Si me quedo más tiempo Shoshopehualoc vendrá por
mí y nos encontrará aquí. No quiero morir.

De acuerdo con las leyes meshicas, eran condenados
a muerte, quienes fuesen encontrados culpables de adulterio: los apedreaban o quebraban la cabeza entre dos lozas.
Esta ley era aplicada en su mayoría a las mujeres y hombres
que cometían adulterio con una mujer casada. Si el hombre
cometía adulterio con una mujer soltera o prostituta no era

delito. Era permitido el divorcio si el hombre repudiaba a la mujer. Un hombre podía casarse con la esposa de su hermano si éste moría. Los hombres, generalmente los pipiltin, podían tener todas las concubinas que quisieran, siempre y cuando las pudiesen mantener. Un hombre no podía matar a su mujer si la descubría en adulterio. La tenía que llevar ante un juez.

—No entrará hasta la habitación —dijo con engreimiento.

—Eso crees... —lanzó una mirada burlona.

—Le dices que mi madre te entretuvo.

—Duerme un rato —se acercó a él y lo besó—. Cuando seas tlatoani podré estar contigo todo el tiempo que quieras.

Cuando ese día llegó ella ya había muerto por la Hueyzahuatl, nombre que le dieron los meshicas al mal de las pústulas...

—Señor Guatemuz —dice Malinche al entrar sorpresivamente. Ni los presos ni la joven escucharon los pasos en el pasillo. El tlatoani y el señor de Tlacopan miran con desprecio a Malinche que viene acompañado de su concubina incondicional, la niña Malintzin y Jerónimo de Aguilar. Atzín da unos pasos hacia atrás con algo de temor e incertidumbre. Malinche camina hacia ellos, dirige su mirada a los pies de ambos presos, los contempla detenidamente, hace un gesto de desaprobación, libera un suspiro al mismo tiempo que niega con la cabeza apuntando hacia el piso y habla.

—Ya te puedes retirar —traduce Malintzin a Atzín.

La joven desconcertada, teme por la vida de los presos y sale con la cabeza agachada. Luego Malintzin se dirige a Cuauhtémoc.

—Mi tecutli Cortés quiere hablar con usted sobre el gobierno de Tenochtitlan.

—¿Quiere que haga lo mismo que Motecuzoma? ¿Que le enseñe a gobernar nuestro pueblo? ¿Que traicione a mi gente?

Malintzin le traduce a Jerónimo de Aguilar, quien a su vez le traduce a Malinche pero él no espera para escuchar todo lo que ella le tiene que decir.

—Dile que no vengo a reñir con él y que ya es hora de que razone. Su guerra está perdida.

Apenas Malintzin traduce, Cuauhtémoc responde con ira:

—Dile que me mate de una vez, porque no pienso ayudarle.

—Nada de lo que hagáis —respondió Malinche mirándolo directamente a los ojos—, nada de lo que digáis, nada de lo que penséis cambiará la situación. Si os mato, todo seguirá igual. Vuestra muerte únicamente servirá para alegrar a los que están allá afuera. Ellos os odian. Para ellos vos sois un traidor, un cobarde que huyó de la guerra para salvarse a sí mismo. Lo único que quieren es paz. A los vasallos no les importa quién los gobierne mientras haya tranquilidad y prosperidad. Voz deberíais saberlo, pero sois tan joven e ingenuo que no lo entendéis. Mutezuma lo comprendió con claridad.

—¡Mientes! —grita Cuauhtémoc.

—¡No! ¡Jamás he intentado engañaros! Siempre dije a Mutezuma que no quería una guerra y él lo comprendió. No por cobardía sino por astucia. Yo quería una mezcla pacífica entre vuestra raza y la nuestra. La creación de una nueva nación. Pero el imbécil de Alvarado lo arruinó todo. Luego Cuetravacin, hermano de Mutezuma, que desde que llegamos se encargó de ensuciar mi prestigio, organizó al pueblo para que nos hicieran la guerra.

Efectivamente, Cuitláhuac desconfió desde el año Siete Pedernal (1512) —Cuauhtémoc de apenas doce años de edad— en que tres embajadores de tierras mayas llegaron a Tenochtitlan para avisarle al tlatoani Motecuzoma que un año antes habían llegado del mar unos hombres blancos y con las caras llenas de barbas. La mayoría fueron sacrificados a los dioses, dejando vivos a dos de ellos, que años después se incorporaron a las tribus mayas, se casaron y tuvieron hijos sin jamás crear conflictos con los naturales. Incluso uno de ellos, Gonzalo Guerrero, se volvió capitán de las tropas mayas.

Aquello pasó desapercibido en Tenochtitlan. Pero en el año Doce Casa (1517) —Cuauhtémoc de diecisiete años de edad, cuando apenas se iniciaba en la vida religiosa— llegaron rumores de que unas casas flotantes habían arribado a las costas de Kosom Lumil «Cozumel». En esa ocasión los hombres blancos llegaron con venados gigantes, perros llenos de pelo y armados con unos palos de fuego y unos trajes de metal jamás vistos en aquellas tierras mayas ni en el valle del Anáhuac. Cuando el tlatoani les preguntó a los informantes qué era lo que querían los extranjeros le respondieron que pedían oro, plata y agua. Los nativos les entregaron lo que solicitaban y les exigieron que se marcharan de sus tierras, pero los barbudos hicieron estallar sus palos de humo y fuego, y asesinaron a muchos.

Tras aquella masacre, los extranjeros volvieron a sus casas flotantes con algunos prisioneros y permanecieron muy cerca de las costas por varias semanas. Luego se dirigieron a las costas de Akimpech «Campeche», donde también exigieron oro, agua y alimentos, lo cual provocó una nueva batalla.

Al año siguiente —Trece Conejo (1518)— el tlatoani recibió otra embajada de tierras mayas que le anunciaba la llegada de otras casas flotantes cerca de la isla de Kosom Lumil. Ahí los extranjeros fueron bien recibidos, entonces realizaron una ceremonia religiosa en la cual pusieron dos palos de madera cruzados, que decían representaban a su dios. Semanas después llegaron a los pueblos de Ch'aak Temal «Chetumal» y Chakan-Putún «Champotón».

Los mensajeros del tlatoani se encontraban establecidos en distintos puntos desde las costas hasta Meshico Tenochtitlan. Para llevar mensajes el primero corría sin descanso hasta un punto donde se encontraba con otro mensajero que siempre estaba ahí, esperando, entregaba el mensaje y el otro partía velozmente hasta el siguiente punto donde otro mensajero recibía el recado y así hasta que el mensaje llegaba al palacio de Motecuzoma.

El tlatoani tuvo siempre información actualizada sobre la ruta de las casas flotantes, la forma en que los pueblos los recibían, y los ataques. Se enteró de su paso por Shicalanco, ciudad en la que se estableció un gran centro comercial, donde chontales, meshicas, mishtecos, totonacas y mayas intercambiaban plumas, piedras preciosas, pieles de jaguar, animales vivos, esclavos, frijol, maíz, cera, sal, vainilla, pescado, textiles, conchas, frutas, verduras, copal y muchas otras mercancías. De igual forma se enteró de la llegada de los hombres blancos a Tabscoob «Tabasco».

Hasta entonces lo único que el huey tlatoani Motecuzoma sabía sobre los extranjeros era que querían oro, plata y alimentos; que exigían a los nativos que destruyeran sus teocalis, que adoraran a sus dioses, que abolieran los sacrificios humanos y que ofrecieran vasallaje a su tlatoani, un tlatoani del cual nadie había escuchado hasta el momento y que supuestamente vivía del otro lado del mar, en un reino mucho más grande que el mismo Tenochtitlan.

Al año siguiente —Uno Caña (1519)— se enteró que las casas flotantes habían regresado a las costas de Kosom Lumil, esta vez liderados por Malinche que se dio a la tarea de rescatar a los dos náufragos que vivían en tierras mayas, de los cuales únicamente pudo recuperar a Jerónimo de Aguilar, conocido por los nativos como Jeimo Cuauhtli, el otro, Gonzalo Guerrero, conocido como Gun Zaló y Nacom Balam «jefe de guerreros», y que se negó a abandonar a su nueva familia maya.

Semanas más tarde llegaron a las costas de Tabscoob, donde llevaron a cabo una cruenta batalla. El tecutli de las casas flotantes subió al teocali y por medio de su lengua, Jeimo Cuauhtli, tomó posesión de aquellas tierras.

Motecuzoma fue muy criticado por no enviar sus tropas en defensa de aquellos pueblos. Su respuesta fue tajante: necesitaba esperar y analizar los acontecimientos detenidamente, pues sabía, por los informantes, que las armas de los extranjeros eran mucho más destructivas que las flechas y los macahuitles. Pero Cuitláhuac siempre se mostró contrario a lo que decía su hermano.

—¿No has entendido que es imposible derrotar a esos venados gigantes que matan a los hombres con una patada? —dijo el tlatoani.

Su objetivo era que los extranjeros se llenaran de riquezas y se marcharan. Pero no funcionó. Pronto se enteró de que habían llegado a la isla de Chalchiuhcuecan «San Juan de Ulúa», en la región totonaca, donde los embajadores descubrieron por primera vez que los hombres barbados ya tenían una intérprete de lengua náhuatl. Se trataba de una joven de quince años, de origen desconocido, llegada a Tabscoob como esclava, y como tal, fue regalada a los extranjeros, al igual que cientos de mujeres en otras regiones.

La presencia de aquella joven facilitó en gran medida las expediciones de los hombres blancos y con esto las alianzas con los señores totonacas, quienes se manifestaron cansados de rendir vasallaje a Tenochtitlan.

—¿Por qué Motecuzoma no ha enviado tropas en contra de los extranjeros? —preguntó el joven Cuauhtémoc a Opochtli, Tlillancalqui y Cuitlalpítoc, tres miembros de la nobleza meshica, quienes caminaban en ese momento con él en el tianguis de Tlatilulco.

—Dice que quiere esperar —respondió Cuitlalpítoc mientras dirigía su mirada a los vendedores de metates.

Semanas atrás Motecuzoma había designado a Cuauhtémoc sacerdote de Tlatilulco, a pesar de que había otros candidatos con mayor experiencia y de que el mismo Itzcuauhtzin, tecutli de Tlatilulco se había opuesto. Para esto, el tlatoani le había pedido al joven en privado que le informara sobre la lealtad y la forma de gobernar de Itzcuauhtzin. El recién nombrado sacerdote prometió llevar a cabo aquella solicitud pero no cumplió, pues aquel tipo de solicitudes se había multiplicado en los últimos dos años.

—Es por eso que hemos venido a verte —añadió Tlilancalqui, un hombre de unos cincuenta años, muy delgado, pero de músculos sólidos.

—¿Por qué? —Cuauhtémoc actuó de la misma manera que se comportaba últimamente con todos: fingiendo ingenuidad para eludir aquellos compromisos que le querían echar en hombros todo el tiempo.

—Nos preocupa que nuestro amado tlatoani no pueda

enfrentar el gran reto que viene con la llegada de los extranjeros —explicó Cuitlalpítoc.

—No entiendo a qué se refieren.

—Si Motecuzoma hubiese enviado sus tropas a las tierras totonacas habrían acabado con los barbudos y no estaríamos preocupados por nuestro destino. Pero, decidió esperar. Nosotros tenemos la certeza de que en determinado momento llegarán esos hombres a nuestras tierras. Y necesitamos saber quiénes estarán dispuestos a dar su vida para defender Tenochtitlan.

—¿No creen que se están precipitando?

—Nosotros ya fuimos a las tierras totonacas y conocimos en persona a ese hombre al que llaman Malinche. Él no está jugando. Sabe lo que quiere: llegar a Tenochtitlan y derrocar a Motecuzoma.

Cuauhtémoc se sorprendió al escuchar la seguridad con la que aquellos tres hombres, a los que apenas había conocido esa tarde, hablaban sobre el futuro de la ciudad isla.

—Sabes que Motecuzoma tiene muchos enemigos, ¿verdad?

—Sí... —Cuauhtémoc los miró con desconfianza.

—Malinche también lo sabe. A pesar del poco tiempo que tiene de haber llegado ya se informó bien y sabe que nuestros principales enemigos son los tlashcaltecas y en este momento se dirige a Tlashcalan acompañado de mil trescientos soldados totonacas. Les ofrecerá una alianza y juntos nos atacarán.

Todo eso le pareció poco creíble al joven sacerdote. Motecuzoma le había asegurado que en cuanto los hombres barbados llegaran a Tlashcalan serían atacados y destruidos.

—¿Y ustedes quieren...? —Cuauhtémoc sabía lo que querían pero esperó a que ellos lo dijeran.

—Saber si podremos contar con tu lealtad.

—¿A cambio de qué?

—No malinterpretes nuestras palabras. De ninguna manera pretendemos conjurar en contra de nuestro huey tlatoani. Únicamente estamos previniendo cualquier fatalidad.

—Si algo así llegase a suceder yo seré de los primeros en defender nuestras tierras.

Opochtli, Tlillancalqui y Cuitlalpítoc se dieron por satisfechos con aquella respuesta y se marcharon.

Cuando Malinche y sus hombres llegaron a las cercanías de Tlashcalan fueron atacados. Pero debido a que las estrategias de guerra eran absolutamente distintas, los derrotaron con facilidad: mientras los tlashcaltecas y sus aliados otomíes intentaban, como era costumbre en estas tierras, apresar a los enemigos, los barbados iban directo a matar. Además los estallidos de las armas de fuego provocaban estampidas y desorientaban a los nativos. Motecuzoma envió varias embajadas a Tlashcalan para ofrecerles una alianza y juntos derrocar a los extranjeros, pero ellos prefirieron una coalición con Malinche.

Poco después, los extranjeros llegaron a Chololan, pero los señores principales se negaron a recibirlos. Malinche les envió amenazas de guerra si no los recibían. Los cholultecas enviaron una embajada alegando que no los habían recibido porque estaban enemistados con los tlashcaltecas, pero que los esperaban gustosos. Cinco días después, en Chololan, los extranjeros descubrieron las trampas que Motecuzoma y los cholultecas habían instalado en los caminos rumbo a Tenochtitlan. Se trataba de hoyos en la tierra, llenos de estacas filosas en el fondo, tapado al nivel del piso con madera, tierra y hierbas, para que cayeran y murieran atravesados por las estacas.

Malinche agradeció a los sacerdotes que lo hubiesen recibido, les dijo que su única intención era llegar a Meshico Tenochtitlan y les pidió cargadores. Al día siguiente, reunidos en el recinto sagrado, Malinche y sus hombres mataron a los señores principales. Asimismo mataron a decenas de hombres en el patio, el cual se encontraba amurallado. Los seis mil tamemes, asustados intentaron salir pero provocaron una estampida, con la cual murieron más personas aplastadas y asfixiadas que por las armas de fuego. Los tlashcaltecas y los totonacas entraron y arremetieron contra los cholultecas y quemaron casi todos los teocalis en un lapso de cinco horas. Miles de cholultecas huyeron de la ciudad.

Finalmente los extranjeros marcharon rumbo a la ciudad isla, en compañía de seis mil soldados totonacas, tlashcaltecas, cholultecas y hueshotzincas. Pero en lugar de seguir el camino que todos los naturales tomaban —pues estaba lleno de enredaderas con espinas— Malinche decidió cruzar por en medio de los volcanes Popocatépetl e Iztaccihuatl. Entraron al valle del Anáhuac por Amecameca, el cual pertenecía a la provincia de Chalco, donde Cacama, el tecutli acolhua, fue a recibirlos con una numerosa comitiva. Días después continuaron con su camino. Pasaron por Ayotzinco, Tezompa, Tetelco, Mishquic, Ishtayopa, Tulyahualco, Cuitláhuac, Shochimilco, Tlaltenango y Shaltepec hasta llegar a Iztapalapan, donde los recibieron Cuitláhuac y muchos miembros de la nobleza.

IV

Ha oscurecido y bajado la temperatura. Aunque los presos están casi desnudos el frío no les incomoda pues las antorchas siguen encendidas. Ahora más que una molestia son un beneficio.

Atzín entra a la habitación, pero en esta ocasión no trae alimentos sino una olla de barro y varios trapos de algodón. Le sigue la niña Malintzin y uno de los hombres de Malinche, quien dice ser médico.

—El tecutli viene a curarles los pies —explica Malintzin y se detiene en la entrada, como un soldado más.

—Me llamo Cristóbal de Ojeda —el hombre los saluda con tono amistoso.

El tlatoani y el señor de Tlacopan suspiran con alivio.

—Se lo ruego —dice Tetlepanquetzaltzin.

Cuauhtémoc asiente y el hombre y la joven caminan hacia el señor de Tlacopan. El médico observa detenidamente las heridas y hace algunos gestos de reproche. Sabe que debió atenderlos antes, pero Malinche no dio la orden hasta esta noche. Entonces le hace señas a Atzín. Ella se arrodilla, mete un pequeño trapo en la olla, lo saca, lo exprime ligeramente y se lo entrega al médico, que lo coloca con suavidad sobre uno de los pies de Tetlepanquetzaltzin, quien al instante se queja del dolor.

—No tenemos medicamentos —explica—. Lo único que he logrado conseguir es este remedio que me proporcionaron unas ancianas. Me han dicho que lo hicieron con raíces y hojas que sinceramente no conozco.

Inmediatamente la niña Malintzin se ocupa de traducir.

—Si se lo dieron nuestras abuelas, seguramente nos curaremos —responde Cuauhtémoc con mucha seguridad.

—Vaya que sois arrogante —dice el médico en cuanto Malintzin le traduce—. Si sabéis tanto sobre medicina, ¿por qué ha muerto tanta gente a causa de la viruela?

Por un momento el tlatoani siente el deseo de propinarle un puntapié en la cara al médico en cuanto se acerque a curarle las heridas, pero sabe que no lo hará, porque le duelen mucho los pies.

—Cuéntenos sobre la situación allá afuera —dice Tetlepanquetzaltzin.

El hombre se rasca la cabeza en cuanto Malintzin le traduce.

—¿Qué os puedo decir? —se encoje de hombros—. Que la situación va mejorando. Se están limpiando las calles, pues entre tanto muerto y tantas casas derrumbadas apenas si se podía caminar.

—¿Y la gente? ¿Cómo está?

—Muchos se han marchado y los que han decidido permanecer en Temixtitan están contentos porque ha terminado la guerra. Están acudiendo a misa y escuchan la palabra de Dios Nuestros Señor.

—¡Mentira! —exclama Cuauhtémoc enojado.

El médico aprieta los labios a forma de sonrisa, baja los párpados y se encoje de hombros.

—Don Fernando Cortés quiere lo mejor para vuestro pueblo.

—Si fuera cierto me dejaría en libertad.

Tetlepanquetzaltzin frunce el entrecejo al escuchar a Cuauhtémoc hablar en singular.

—Si os deja en libertad —continuó el médico—, lo primero que haréis será reunir vuestras tropas y reanudar la guerra. Os diré algo que no debería, pero creo que lo debéis saber. Entre todos esos barbajanes hambrientos de oro, Don Fernando, es el único con cordura. Me asombra escucharlo hablar sobre su proyecto para estas tierras. Él tenía vuestra edad cuando llegó a La Española «Santo Domingo», una isla que no se compara con vuestra ciudad. Hoy en día no queda nada de eso, es una copia de cualquier pueblo de Castilla. Don Fernando no quiere eso para Temixtitan. Nos lo ha dicho en repetidas ocasiones. Desea una ciudad en la que podamos convivir ambas razas.

—¿Y para eso mató a tanta gente?

—¡No! Él jamás quiso esta guerra. Disculpad mi since-ridad, pero fue vuestra culpa. Don Fernando os envió muchas ofertas de paz y vosotros las rechazasteis. Ni siquiera aceptas-teis hablar con él en persona.

—¿A quién quiere engañar?

—Vos os estáis engañando solo.

—Malinche aprovechó la hospitalidad de Motecuzoma para apresarlo en Las casas viejas.

Aquel fatídico día, Cuauhtémoc se encontraba en Tlatilulco, dando una clase sobre el origen de Tezcatlipoca a un grupo de adolescentes de entre doce y trece años.

—¡Tecutli Cuauhtémoc! —gritó un mensajero meshica al llegar—. ¡Tecutli Cuauhtémoc!

—¿Qué sucede? —preguntó alarmado.

—Los tienen presos —el hombre se agachó, puso sus manos sobre sus rodillas, manteniéndose de pie, mientras jadeante tomaba aire—. ¡Los barbudos! ¡Tienen a Motecuzoma y todos los miembros de la nobleza encerrados en Las casas viejas! ¡También a los señores principales de Tlatilulco y a su hermano Atlishcatzin!

El joven Cuauhtémoc apenas si tuvo tiempo de analizar lo que estaba escuchando cuando llegó una decena de hombres para darle la misma noticia. Tenochtitlan y Tlatilulco se habían quedado sin dirigentes. La primera pregunta que pasó por su mente fue qué hacer. Pero no la pronunció. Sabía que eso no era lo que ellos esperaban. Dedujo que si lo habían ido a buscar era para que él organizara las tropas, ya que el tecutli Itzcuauhtzin y el tlacochcalcatl[8] de Tlatilulco estaban presos, y acudiera en auxilio de los meshicas. Se sintió preocupado y confundido. Hasta el momento jamás había tomado una decisión tan importante, ni mucho menos había dirigido un ejército. Era apenas un joven sacerdote, cuya labor era enseñar sobre historia y religión, llevar a cabo los rituales sagrados y los sacrificios humanos.

8   Señor de la casa de los dardos, rango militar.

—¿Qué hacemos? —preguntó uno de los hombres que había acudido a informarle.

—Vamos —respondió sin pensar mucho lo que estaba diciendo.

—¿Llevaremos las tropas?

Aquello implicaba asumir la responsabilidad total de las muertes que hubiera. Cuauhtémoc no estaba preparado para eso. Todo lo que su madre le había dicho en los últimos años sobre recuperar el gobierno que le correspondía como hijo del tlatoani Ahuízotl le pareció muy lejano. Siempre creyó que algo así sucedería cuando él tuviera entre treinta y cuarenta años. Las circunstancias habían anticipando su posible llegada al gobierno mucho más de lo esperado. Aunque no estaba pensando en la sucesión del tlatoani en ese momento, el simple hecho de dirigir una tropa ya lo tenía acorralado. Por primera vez estaba comprendiendo las dificultades de la política, la guerra y el gobierno. Aunque jamás se lo había confesado a nadie, admiraba a Motecuzoma pues sabía que sus logros, más que el arte de la intriga, habían requerido astucia, paciencia, sensatez, prudencia y arrojo. Pensó en la forma que procedería el tlatoani.

—No llevaremos las tropas tlatelolcas. Primero buscaremos la manera de dialogar con Malinche.

—¿Dialogar? —preguntó molesto uno de ellos—. ¿De qué estás hablando?

—No sabemos por qué los tienen presos.

—¡Los tienen presos, eso es lo que importa!

—Vamos —evitó discutir—. No hay que perder tiempo.

El hombre se mostró inconforme; sin embargo, obedeció y caminó a un lado del joven sacerdote, quien esperaba que al llegar a Tenochtitlan las circunstancias cambiaran, que Motecuzoma estuviese libre para entonces o que alguno de los capitanes de las tropas meshicas hubiera asumido la responsabilidad.

Conforme se acercaron a los límites con Tenochtitlan aumentó la aglomeración de gente, por lo cual se hizo cada vez más complicado avanzar. Había alrededor de trescientas mil personas. Al llegar a Las casas viejas fue casi imposible atravesar la multitud que gritaba enardecida, sosteniendo piedras, palos, macahuitles, flechas, lanzas y escudos. Nadie los estaba dirigiendo. Una mujer gritó: «¡Maten a Motecuzoma!».

—¡Te mataremos a ti por traidora! —le gritó otra mujer.

—¡Atrévete! —le escupió en la cara.

Otra intentó golpearla pero intervinieron varias personas, lo cual facilitó el paso para Cuauhtémoc y su comitiva.

—¡Liberen a Motecuzoma! —gritaba el tumulto ubicado detrás de los soldados meshicas que se encontraban hasta el frente, conteniendo a los manifestantes.

—¡Tlilancalqui! —gritó el joven Cuauhtémoc en cuanto lo vio en las filas delanteras—. ¡Tlilancalqui!

El hombre no lo escuchó. Nadie lo habría escuchado entre tantos gritos y con tanta distancia entre ellos. Por ello Cuauhtémoc tuvo que forzar su paso entre la multitud, que no tenía idea de quién era él. Pertenecía a una generación joven que apenas se estaba dando a conocer en la sociedad tenoshca.

—¡Tlilancalqui! —apenas si le tocó el hombro, estirándose por arriba de los hombros de dos personas y ni así logró que el hombre volteara—. ¡Deme permiso de pasar! —le dijo al hombre que estaba frente a él.

—Muchacho, todos estamos aquí por el mismo motivo, ¿qué te hace pensar que tienes más privilegios que los demás?

—Necesito hablar con Tlilancalqui —dijo casi a tono de ruego.

—Yo necesito hablar con el tlatoani Motecuzoma —le respondió con ironía.

—Soy Cuauhtémoc, hijo de Ahuízotl, permítame pasar.

—Y yo soy primo de Motecuzoma —respondió enojado otro hombre que le obstaculizaba el paso—. Aquí todos somos iguales. Así que tendrás que esperar, porque yo no pienso quitarme de aquí.

Muy a su pesar, Cuauhtémoc permaneció en el mismo sitio varias horas. Por más que preguntó a los que estaban a su alrededor no logró obtener más información de la que ya sabía: Motecuzoma y los miembros de la nobleza habían sido apresados por los extranjeros de barbas largas. Las tropas meshicas habían creado una valla humana para evitar un amotinamiento, y la muerte del tlatoani y los pipiltin.

No muy lejos de ahí se encontraba Atzín, con un hijo en brazos. Tras haber recibido su libertad decidió regresar a Oashaca en aquel año Diez Caña (1515). Pidió trabajo a los pochtecas (comerciantes que recorrían todos los pueblos), pero con apenas tres días de viaje, rumbo a las costas totonacas, sufrió un desmayo. Al despertar, una de las mujeres le informó que estaba embarazada.

—¿Dónde está el padre?

—En Meshico —Atzín no sabía quién era el padre de su hijo. Era imposible saberlo después de haber estado con tantos hombres.

—No te podemos llevar —dijo la mujer—. Las pochtecas siempre se quedan en algún pueblo hasta que nacen sus hijos.

—No tengo a dónde ir.

—Busca trabajo en el siguiente pueblo o véndete como esclava.

En el Anáhuac había tres formas de esclavitud: prisioneros de guerra, generalmente destinados a los sacrificios de los dioses; comprados, siempre bajo un solemne contrato, ante cuatro ancianos que fungían como testigos; y condenados por algún delito. Los esclavos estaban obligados únicamente al servicio personal de sus amos; por lo tanto eran libres de comprar propiedades y de tener sus propios esclavos. La esclavitud no era hereditaria. Si un hombre libre embarazaba a una mujer esclava y ella moría antes del parto él tenía que tomar su lugar como esclavo. Pero si ella daba a luz, él quedaba libre al igual que su hijo. Los padres podían vender a sus hijos para satisfacer sus necesidades económicas. Cualquier hombre podía venderse como esclavo. Los amos no podían vender un esclavo en contra de su voluntad. Los esclavos rebeldes, fugitivos o viciosos eran amonestados con un collar de madera y eran vendidos en el mercado.

Atzín se quedó a vivir en Hueyotlipan, un pueblo localizado entre Teshcuco y Tlashcalan. Ahí tuvo que sufrir las diferencias extremas que había entre vivir en Meshico Tenochtitlan y cualquier otro pueblo vasallo. La vida de los macehualtin era deplorable: jornadas de trabajo de sol a sol, pagos miserables, mala alimentación y abuso por parte de los patrones. Su hijo nació a principios del año Once Pedernal (1516).

Al caer la noche salieron Malinche, sus hombres más cercanos y algunos miembros de la nobleza. La población gritó enardecida:

—¡Liberen a Motecuzoma!

Entonces los pipiltin hicieron señas con las manos para que la gente se callara, lo cual tardó varios minutos. Finalmente cuando todo estuvo en silencio, habló uno de los pipiltin que se encontraba a un lado de Malinche.

—¡Tenoshcas! ¡Nuestro tlatoani está a salvo! ¡No hay razón para preocuparse! ¡Todo está bien! ¡Los rumores que han escuchado son sólo eso: rumores! ¡Motecuzoma pide que vuelvan a sus casas y que mañana continúen con sus actividades!

—¡Mienten! —gritó alguien.

—¡Exigimos ver al tlatoani! —gritó otro.

Entonces la población completa volvió a vociferar sin descanso por varios minutos mientras los pipiltin que estaban a un lado de Malinche y sus hombres intentaban callarlos.

—¡Nuestro huey tlatoani ya está durmiendo! ¡Vayan a hacer lo mismo! ¡Mañana él saldrá a hablar con ustedes!...

—Nos mintieron desde el primer día. Dijeron que todo estaba bien —la mirada del tlatoani Cuauhtémoc se mantiene inmóvil (mientras la niña Malintzin traduce) ante el hombre que le cura las heridas. Le resulta difícil creer que uno de los hombres que han destruido su ciudad le esté haciendo un bien.

—No tiene caso que intente convenceros de lo contrario —responde el médico, incómodo con la actitud del tlatoani.

—¿A cuántos de nosotros ha atendido? —pregunta Cuauhtémoc.

—Estuve a cargo de los cuidados médicos de Mutezuma y algunos señores tlascaltecas.

—¿No habría sido más fácil para usted dejar morir a Motecuzoma y a esos tlashcaltecas?

—Yo no he venido a combatir sino a curar a los enfermos, sin importar la raza.

—No le creo. Está mintiendo. Sólo obedece a Malinche, que le ha ordenado que nos cure porque le conviene mantenernos vivos.

—Mi señor —interviene el tecutli de Tlacopan—. No creo que sea apropiado decir algo así en estos momentos.

—¿Quién te crees tú para decirme lo que debo o no decir?

—Disculpe —Tetlepanquetzaltzin agacha la cabeza.

—¡Este hombre es tan sólo un sirviente! —lo señala con vilipendio.

La niña Malintzin traduce todo el tiempo. El médico al escuchar lo que dice el tlatoani alza las cejas e inhala con molestia.

—Si eso es lo que vos estáis pensando, me retiro —el hombre se pone de pie y camina a la salida.

—¡Lárguese! ¡Lárguese! ¡No necesito de sus cuidados! ¡Asesino!

—Es usted un idiota —espeta Tetlepanquetzaltzin cuando se quedan solos y se acuesta de lado, dándole la espalda a Cuauhtémoc.

—¿Idiota? ¿Me llamaste idiota?

—¡Sí! —grita molesto sin voltear—. ¡Le vienen a curar y usted se comporta como si lo torturaran! ¿No ha pensado que con sus pies sanos podría hacer muchas cosas, como caminar, correr, huir? Pero no, usted lo único que quiere es gritarle a los extranjeros cuánto los odia. ¿Quedó satisfecho? Dudo que ese hombre quiera volver a curarle sus pies podridos y pestilentes.

—¡Cuida tus palabras!

—¿Y si no qué? —se sienta y lo ve de frente—. ¿Me va a mandar matar? Los dos estamos presos. En estas circunstancias somos iguales. Somos presos.

—Sí te mandaría matar —responde Cuauhtémoc en voz

baja al mismo tiempo que desvía la mirada—. Si fuera otra la situación... Si pudiera caminar, te rompería los dientes a golpes... Si no estuviéramos presos te habría llevado a la piedra de los sacrificios y te habría sacado el corazón personalmente...

El señor de Tlacopan se acuesta de lado, dándole la espalda al tlatoani, quien de inmediato hace lo mismo. Ahora sólo se escuchan sus respiraciones y las voces de los guardias en el pasillo. Cuauhtémoc se pregunta si lo que está viviendo es igual o peor que lo que sufrió Motecuzoma...

En aquellas primeras horas de incertidumbre se escuchaban todo tipo de rumores sobre la situación del tlatoani Motecuzoma. Algunos decían que Malinche lo tenía colgado de una cruz, otros afirmaban que estaba amarrado a un palo y que pretendían quemarlo vivo.

—¡Tlilancalqui! —dijo el joven Cuauhtémoc cuando la gente comenzó a volver a sus casas y él pudo acercarse.

El hombre lo saludó con brevedad y tristeza. Luego siguió caminando. Cuauhtémoc no supo cómo iniciar la conversación. El tema era por todos sabido y cualquier pregunta que el joven hiciera quedaría sin respuesta por el momento.

—Vine en cuanto me enteré...

El hombre no le dio mucha atención.

—Estuve atrás de usted toda la tarde pero la gente no me dejaba pasar.

—Sí, todo esto fue un enredo —negó con la cabeza—. Motecuzoma es hombre muerto.

—¿Está seguro?

—Esos hombres no lo dejarán libre... ni vivo...

—¿Y quién tomará las decisiones ahora?

—Ése es el principal conflicto que tenemos. La mayoría de los miembros de la nobleza están ahí adentro. Los que estamos afuera podríamos tomar el control pero no es tan sencillo. Podría interpretarse como un acto de rebelión.

De acuerdo a las leyes meshicas, se consideraba traición al tlatoani y al gobierno organizar revueltas o manifestaciones en el pueblo; usurpar las facultades del tlatoani; crear alianzas secretas o contrarias al gobierno; agredir a un embajador, ministro o pipiltin; utilizar de forma inadecuada las insignias o armas reales; jueces que sentenciaban de manera injusta o no conforme a la ley; alterar medidas establecidas en el comercio; encubrir a cualquier involucrado en las antes mencionas. Quienes fuesen encontrados culpables eran condenados a muerte (descuartizado). El adulterio, el homicidio, el incesto y el robo también eran castigados con la muerte (si el robo era de poco valor, el acusado tenía que pagar al agraviado).

—Y eso, obviamente sería castigado con la pena de muerte... —finalizó Cuauhtémoc.

—Eso si el tlatoani sale vivo —miró en varias direcciones e hizo un gesto irónico—. Podría salir mañana, en una semana, o nunca.

—Pero urge que alguien se haga cargo...

—Se requiere de un hombre valiente que esté dispuesto a arriesgarlo todo con tal de salvar nuestra ciudad. Pero hay muchos cobardes. Incluyéndome a mí. Ya estoy demasiado viejo para andar entre los soldados. Me matarían en el primer combate.

—¿Quiénes están libres?

—Hasta donde tengo entendido (aunque no los he visto

aún), Opochtli, Cuitlalpítoc, Cuecuetzin, Imatlacuatzin y Tepehuatzin. Quizá haya otros por ahí, pero no sabemos.

—¿Hay algo en lo que pueda ayudar?

Tlilancalqui arrugó los labios y negó con la cabeza.

—¿Entonces qué hago?

—Espera... Igual que todos —se marchó, luego se detuvo y volvió la mirada hacia el joven Cuauhtémoc—. Acércate a Opochtli, Cuitlalpítoc, Cuecuetzin, Imatlacuatzin o Tepehuatzin, cualquiera de ellos. Te ayudarán y te enseñarán mucho.

En ese momento pasó corriendo un joven de la misma edad que Cuauhtémoc. Era muy delgado, con la mirada perdida y dificultad para mover su cuello, brazos y piernas. Se trataba de Tohueyo, uno de los hijos bastardos de Motecuzoma que había perdido la cordura al llegar a la pubertad; sin embargo, circulaban rumores de que era así desde su nacimiento, pero que por ser hijo del tlatoani se había salvado de ser sacrificado, como solía hacerse con todos los niños deformes, retardados o con algún defecto, algo que sucedía con demasiada frecuencia. Ni los pipiltin ni los macehualtin se salvaban de los castigos de los dioses enviados a sus hijos.

—¡Ayúdenlo! —gritó sin dirigirse a alguien en específico—. ¡Lo tienen preso!

Hubo uno que otro despistado que sintió piedad por el joven que tenía ya varios años recorriendo las calles de Tenochtitlan gritando cosas sin sentido, no en esta ocasión. Quienes ya lo conocían lo ignoraban por completo. Cuauhtémoc permaneció en el mismo lugar por varios minutos, observando a Tohueyo mientras la gente que regresaba con obediencia a sus casas, de la misma manera en que lo hacían cuando terminaba una celebración. Nadie había decidido permanecer en guardia frente a Las casas viejas.

De pronto se preguntó por los hombres que habían ido a buscarlo a Tlatilulco. Se perdieron entre la multitud apenas entraron a Tenochtitlan. Igual que él, habían descubierto que no podrían hacer nada para rescatar al tlatoani. Entonces recordó la actitud osada con la que habían salido de Tlatilulco y comenzó a reír. Se había anticipado demasiado.

Decidió pasar esa noche en casa de su madre.

—¡Qué bueno que estás a salvo! —lo abrazó y dijo muy preocupada en cuanto lo vio entrar a la casa—. Mandé a que te avisaran a Tlatilulco sobre lo que estaba ocurriendo pero el mensajero jamás volvió.

—Sí, recibí a tu mensajero, pero decidí ir directamente a Las casas viejas.

La mujer bajó la mirada y se mostró preocupada.

—¿Me estás ocultando algo? —intentó verla a los ojos, pero ella lo evadió.

—¿Qué podría estarte ocultando?

—Muchas cosas, madre.

—Yo soy tan solo una mujer viuda y sola.

—Tienes muchos amigos. Siempre te enteras de todo.

—Está bien —alzó la cara con soberbia—. Se rumoraba que Malinche haría algo en contra de los meshicas.

—¿Se rumoraba? ¿Quién? ¿Por qué no informaron de esto a Motecuzoma?

—Eran tan sólo rumores, hijo. Los rumores siempre son así, y no se les puede tomar en serio. Si se hiciera de esa manera, estaríamos vigilados día y noche.

—¿Dónde escuchaste esos rumores? —preguntó molesto.

—No lo sé, no lo recuerdo, escucho rumores todos los días y en todas partes.

—¡No mientas!

—¿De qué te servirá saber eso? —se cansó de fingir—. No te lo voy a decir. Tu objetivo no es rescatar al tlatoani, sino recuperar lo que te pertenece, ¿no lo entiendes?

—Tienes razón —miró a su madre con reserva. Cuando ella tomaba una decisión era imposible hacerla cambiar de parecer.

—Tenemos mucho trabajo por delante —añadió ella con la frente en alto al mismo tiempo que se masajeaba las manos.

—¿De quién estás hablando? —trató de disimular su desconcierto pero no pudo evitar fruncir las cejas.

—De ti y de mí, por supuesto. No creerás que pienso abandonarte ahora que más me necesitas.

—¿No has pensado que tú y yo no lograremos nada solos?

Ella sonrió, demostrando que la pregunta de su hijo era pueril.

—Hijo mío, he estado pensando en este momento desde que murió tu padre.

—¿Quiénes son tus aliados? —evadió el cruce de miradas. Comprendió que había sido demasiado ingenuo y se sintió avergonzado.

—Oh —se encogió de hombros y dejó escapar una sonrisa cándida—. De eso no te preocupes. Lo sabrás en su debido momento.

—Necesito descansar —aunque sentía deseos de gritarle a su madre que se estaba cansando de su actitud, se lo guardó y caminó a una de las habitaciones.

No pudo dormir. Pasó la mayor parte del tiempo pensando en qué ocurriría a partir de entonces. Se había hablado mucho sobre una guerra entre meshicas y extranjeros. También se mencionaban las alianzas con los totonacas, tlashcaltecas, hueshotzincas y cholultecas. Se auguraban muchas muertes, mucho llanto.

«¿Entonces? —se preguntó confundido—. ¿Dónde quedó el arrojo de los meshicas? ¿Por qué no hubo defensa o un combate que dejara registrado que no se habían rendido de una manera tan sencilla? Siempre escuché sobre la tiranía de Motecuzoma, su fiereza en las guerras, su inclemencia ante el enemigo. ¿Se acobardó?».

A la mañana siguiente se levantó a las cuatro, se fue a bañar y luego se dirigió al Coatépetl, donde todos los días, a la misma hora, se llevaba a cabo un ritual para Huitzilopochtli, Tláloc, Quetzalcóatl y Tezcatlipoca, que consistía en barrer los templos, encender las hogueras, descabezar algunas codornices y derramar su sangre sobre el fuego mientras los demás hacían oración y se perforaban la piel con espinas de maguey.

Al llegar encontró una veintena de hombres esperando. Ya habían barrido los templos, encendido las hogueras y tenían listas las codornices, pero no habían comenzado aún con los sacrificios debido a que no había sacerdotes principales, que dirigieran el ritual. Cuauhtémoc, por ser el sacerdote de Tlatilulco, tomó el mando. Hubo algunos que se mostraron incómodos ante tal decisión, pues para ellos, Cuauhtémoc era apenas un joven sin méritos.

Al terminar se dirigieron a Las casas viejas, para saber cómo estaban el tlatoani y los miembros de la nobleza (sacerdotes, capitanes del ejército y altos funcionarios del gobierno). Ya se encontraban ahí más de diez mil personas esperando. El ejército meshica se había mantenido afuera toda la noche, vigilando que en la oscuridad no salieran las tropas aliadas de Malinche a atacar la ciudad.

Alrededor de las siete de la mañana salieron varios funcionarios del gobierno de Motecuzoma acompañados por extranjeros y soldados tlashcaltecas.

—¡Vayan a cumplir con sus labores! —dijo uno de los funcionarios—. ¡Todo está bien! ¡Nuestro tlatoani se encuentra descansando! ¡Nosotros nos haremos cargo de todo! ¡En este momento nos dirigimos a administrar las labores del gobierno por toda la ciudad, y quien no esté cumpliendo con sus tareas será castigado!

V

Cuauhtémoc y Tetlepanquetzaltzin no han cruzado palabra en nueve días. Aunque con dificultad, ya pueden dar algunos pasos. Atzín les trae de comer, les cura las heridas y les limpia la celda.

—El tecutli Malinche salió hoy de la ciudad —dice la joven mientras limpia los orines en el piso.

—¿A dónde fue? —pregunta Cuauhtémoc.

—No lo sé. Pero sí sé que llevó muchos soldados. Escuché que fue a visitar a un tecutli muy importante.

—¿Está haciendo más alianzas? —pregunta el señor de Tlacopan.

—No hagas preguntas estúpidas —interviene Cuauhtémoc con molestia—. Ya no necesita hacer alianzas.

—Por supuesto que sí. Entre más aliados tenga mejor para él. Así podrá evitar cualquier rebelión.

La joven agacha la cabeza para esconder una sonrisa inofensiva. Lo menos que esperaba era encontrar al tlatoani y al señor de Tlacopan discutiendo como niños. Cuauhtémoc se pone de pie y camina cojeando hasta donde se encuentra Tetlepanquetzaltzin:

—Deja de joderme —lo mira directamente a los ojos y le apunta con el dedo índice.

—Se te acabó el poder —el tecutli de Tlacopan sonríe—. No te has dado cuenta de que nunca saldrás de aquí. Que ya no eres más que un preso… Un preso más.

—Esto es lo que querías, ¿verdad? —Cuauhtémoc cierra ligeramente los párpados mostrando desconfianza—. Ahora lo entiendo. Tú me traicionaste.

—¿Eso es lo que crees? —niega con la cabeza y aprieta los labios—. Eres un imbécil.

Cuauhtémoc lo golpea en la cara. Tetlepanquetzaltzin se lleva la mano a la boca, la baja y al verla encuentra sangre en sus dedos. Si el tlatoani estuviese ejerciendo su gobierno, cualquiera que intentase golpearlo sería condenado a muerte. Pero ya no hay esperanza de ser liberados y mucho menos de que el tlatoani recupere su poder. Es un prisionero más, un hombre frustrado por la derrota y dispuesto a descargar su ira contra todos, incluyendo a su compañero de celda. Tetlepanquetzaltzin le responde con otro golpe.

La joven Atzín pide auxilio a los guardias, quienes entran con apuro, pero al ver que se están dando de golpes optan por observar mientras ríen y gritan ante el espectáculo. El tlatoani y el tecutli de Tlacopan están en el piso, combatiendo con las pocas fuerzas que les quedan. Atzín camina hacia ellos, intenta detenerlos, pero recibe un golpe en la cara y cae de nalgas al suelo. La riña termina.

—¡Perdóname! —suplica el tlatoani—. No quise golpearte.

Ella levanta el rostro atemorizada, lo ve por unos segundos, se pone de pie rápidamente y sale corriendo.

—¡Ha sido suficiente! —grita uno de los guardias con un regocijo que no puede ocultar. Es un hombre sucio, mal oliente, de dentadura amarillenta y una cabellera y barba que le llega hasta la cintura.

Cuauhtémoc cojea a uno de los rincones. Se sienta con dificultad, baja la mirada y se queda pensativo. Está muy avergonzado por haber golpeado a aquella joven.

No es la primera vez que ha hecho algo así. La primera vez fue con una de sus concubinas, antes de conocer a Atzín: una niña de doce años que unos campesinos le habían entregado a su madre, como pago por haberles ayudado con semillas para la temporada de siembra. La mujer, sin pensarlo dos veces, se la entregó a su hijo.

—Para que te hagas hombre —le dijo.

En cuanto la tuvo a su disposición, el joven que estaba a punto de cumplir quince años la llevó a su habitación. La contempló con ferviente deseo.

—Desvístete —le ordenó sentado en el petate.

La niña, temerosa dejó caer su huipil. Sus tetillas eran apenas unos bultitos incipientes, su entrepierna apenas salpicada por unos vellos y sus piernas tan flacas como sus brazos.

—¿Por qué lloras? —se puso de pie y caminó hacia ella—. ¿De qué te espantas?

—Pensé que...

—¿Qué?

—Que sería diferente...

—Diferente, ¿en qué manera?

—No sé. Más... —comenzó a temblar—. Cariñoso...

Cuauhtémoc desató una risotada cruel y luego mostró su impaciencia.

—Así es esto, escuincla —se encogió de hombros—. Eres mujer. ¿Sabes para qué sirven las mujeres?

—No —respondió con las mejillas colmadas de lágrimas.

—Para coger, engendrar hijos, criarlos, limpiar la casa y hacer de comer —respondió con enojo—. Y no lo digo yo. Así es en todas partes. Así que haz lo que te corresponde.

Ella comenzó a sollozar sin moverse de su lugar.

—¿Qué esperas? Deja de lloriquear.

—¿Qué debo hacer?

—¡Acuéstate ahí y abre las piernas!

—Pero...

Cuauhtémoc le dio una cachetada con tal fuerza que la derrumbó. Sin moverse del piso, ella lloró silenciosa.

—¿En verdad vas a estar así?

La joven no respondió. Estaba acostada, tapándose la cara al mismo tiempo que gimoteaba.

—¡Ya cállate! —la tomó de su larga cabellera y la obligó a acostarse en el petate.

—No me pegue —rogó.

—Pues deja de berrear y abre las piernas.

Ella cerró los ojos, abrió las piernas y dejó que el joven la penetrara.

Fue suya siete noches seguidas, con la misma violencia; a la octava, ella desapareció: se escapó. Nadie supo a dónde se fue.

La segunda concubina que el joven Cuauhtémoc tuvo llegó treinta días después. Era cinco años mayor que él. Apareció de pronto en su habitación vestida con un huipil de algodón, lo cual significaba que no era una criada. Tampoco que perteneciese a la nobleza, pero había una clase media, especialmente comerciantes, que podían darse ciertos lujos. El joven Cuauhtémoc no dudó de la procedencia de aquella joven que decía ser enviada por su madre.

—¿Qué fue lo que te dijo mi madre?

—Que lo complaciera —tenía la mirada hacia abajo, pero su actitud carecía de humildad.

Intentó verle la cara pero su larga cabellera y la oscuridad la ocultaban.

—Desvístete —ordenó.

—¿Por qué? —respondió seductora.

—Porque te lo ordeno.

—¿Por qué no intentas convencerme?

—¿Qué te estás creyendo? ¡Cállate y obedece!

—Si me lo ordenas, te aseguro que no esperaré ocho días para escapar.

Cuauhtémoc no pudo responder a eso. Caminó hacia ella con cautela y alzó la mano como si pretendiera golpearla.

—¡Hazlo! —se mostró atrevida.

—¿Cómo te llamas?

—Shoshopehualoc.

—Acércate.

Ella dio un par de pasos y al estar ante él, Cuauhtémoc se le fue al cuello con las dos manos.

—Repite lo que dijiste hace un rato —la retó colérico, pero de pronto sintió una punta filosa entre los testículos. Ella había sacado un cuchillo de pedernal.

—Mátame —dijo ella sin temor.

La soltó y se dio media vuelta.

—Fue suficiente por hoy —dijo ella y se marchó.

Él permaneció en su habitación por un largo rato, pensando en lo que acababa de suceder; luego decidió ir a buscarla, pero no la encontró por ningún lado. Ninguno de los criados de la casa le supo dar información. Todos decían no conocerla. Más tarde, mientras cenaba con su madre, le preguntó por la nueva concubina.

—No sé de quién hablas —dijo ella.

—Hoy entró a mi habitación una mujer que dijo ser enviada por ti.

—No. Yo no envié a nadie.

—Dijo que se llamaba Shoshopehualoc.

—No conozco ninguna criada con ese nombre —se rascó la sien—. Mañana temprano hablaré con la servidumbre. Tendrán que cuidar mejor.

La noche siguiente, mientras dormía, Cuauhtémoc escuchó un ruido en la habitación. Se levantó y buscó alrededor. Al no encontrar a nadie se asomó por el tragaluz y vio a lo lejos la silueta de una mujer.

La buscó varias semanas en toda la ciudad, sin éxito. Hasta que un día concluyó que aquella mujer era prostituta…

—¿Cuántas mujeres has golpeado en tu vida? —pregunta Cuauhtémoc a Tetlepanquetzaltzin.

—Si piensas que con mi respuesta disminuirá tu sentimiento de culpa estás muy equivocado.

—No he dicho que sienta culpa.

—No lo dices pero lo demuestras. Por lo menos no eres tan soberbio como creía.

—¿Crees que soy soberbio? —se levanta y lo mira—. Sí.

Todo este tiempo has pensado que soy un arrogante que no merecía el gobierno.

—Yo no he dicho nada.

—Pero lo pensaste.

—Si eso es lo que quieres creer, adelante. Me tiene sin cuidado.

Nuevamente se dan la espalda. No vuelven a hablar por el resto de la noche. Tetlepanquetzaltzin piensa entonces en el encierro de Motecuzoma y los miembros de la nobleza, entre ellos su padre, Totoquihuatzin, tecutli de Tlacopan.

Al igual que Cuauhtémoc, él se vio obligado a tomar decisiones sin tener experiencia en el gobierno. Había asistido a algunos combates, pero sin ostentar el mando y mucho menos la sabiduría para organizar las tropas.

—Éste sería un buen momento para derrocar a los tenoshcas —le dijo uno de los ministros de Tlacopan.

—¿Estás hablando en serio? —preguntó Tetlepanquetzaltzin sorprendido.

—Por supuesto. El momento de la venganza ha llegado.

—¿De qué venganza estás hablando?

—Los meshicas derrotaron a Mashtla, hijo de Tezozomoctli, señor de Azcapotzalco. Y sometieron a Tlacopan y Azcapotzalco desde entonces.

—Hemos sido aliados.

—Sirvientes. Nos dieron parte en la alianza para evitar una rebelión.

—Jamás nos han tratado como vasallos.

—Pero no somos señores de la Tierra. Estamos por debajo de ellos, siempre tenemos que obedecer, acudir a las guerras que ellos organizan. Y al volver, ellos se quedan con las riquezas. Ya es tiempo de acabar con esa tiranía.

—No lo creo —respondió el príncipe tepaneca.

—Ishtlilshóchitl, el hijo de Nezahualpili, ya está haciendo alianzas...

—Mi padre está preso. Y no pienso poner su vida en peligro por caprichos de sediciosos.

—Como usted lo decida. Yo únicamente di mi opinión.

—Espero que te reserves esa opinión para ti. No quiero enterarme de que andas repitiendo esos pensamientos por todas partes.

El hombre arrugó los labios e inhaló profundamente.

Días más tarde, Imatlacuatzin y Tepehuatzin, miembros de la nobleza meshica, llegaron al palacio de Tlacopan. Caminaron con arrogancia por toda la sala, observando con desdeño la calidad de las pinturas en los muros y la austeridad del palacio.

—Tu padre siempre ha sido gran amigo nuestro —dijo Imatlacuatzin.

Tetlepanquetzaltzin los conocía muy bien.

—Él siempre ha confiado en ti y en tu capacidad para tomar decisiones. Siempre habló maravillas de ti —añadió Tepehuatzin.

El joven príncipe se mantuvo en silencio, observando con cautela todos sus movimientos.

—En alguna ocasión nos dijo que si él se ausentaba deberíamos acudir a su hijo más querido... Se refería a ti, por supuesto... —agregó Imatlacuatzin.

—¿Qué es lo que quieren? —preguntó tajante el joven.

—Pedir tu apoyo.

—¿Qué tipo de apoyo?

—La situación es más que evidente. Los extranjeros tienen presos a todos los miembros de la nobleza.

—No podemos tomar decisiones sin nuestros dirigentes.

—¡Por lo mismo! ¡Esto es urgente! ¡Debemos actuar ahora!

—¡No!

—Si no lo hacemos ya, pronto quedaremos a merced de los extranjeros.

—No puedo tomar ninguna decisión aún. Si Motecuzoma y los miembros de la nobleza son liberados en unos días, nuestras acciones podrían ser tomadas como un acto de rebelión.

—¿Y si no quedan libres jamás? ¿Y si los matan?

—Si los matan, actuaremos.

—¿Hasta entonces?

—Creo que es la única opción que tenemos.

—Entonces no tenemos nada más que hablar —se retiraron...

—¿Cuántas personas se acercaron a ti para invitarte a que te unieras a sus partidos? —pregunta Tetlepanquetzaltzin acostado bocarriba.

Cuauhtémoc se encuentra acostado de lado, dándole la espalda a su compañero de prisión. Abre los ojos, se queda pensativo y se voltea.

—No sé. Perdí la cuenta. Fueron días confusos. Era muy complicado distinguir quién decía la verdad.

—Y optaste por seguir a Opochtli, Tlilancalqui, Cuitlalpítoc, Cuecuetzin, Imatlacuatzin y Tepehuatzin.

—No lo puedo negar. Mi madre me había dicho que ellos me sabrían guiar...

—Nuestro único objetivo es defender a los tenoshcas. Nosotros no pretendemos revelarnos ante el gobierno de Motecuzoma; por el contrario, queremos su libertad —dijo Cuecuetzin.

—¡Exigimos su libertad! —agregó Tepehuatzin.

—¿Y qué es lo que quieren de mí? —respondió el joven Cuauhtémoc.

—Queremos a alguien joven, valiente y confiable. ¿Y quién mejor que el hijo de nuestro difunto tlatoani Ahuízotl? —sonrió.

—Además, estamos pensando en el futuro —agregó Tlilancalqui.

—¿A qué se refieren?

—Nosotros ya somos viejos para aspirar al gobierno. Meshico Tenochtitlan necesita un gobernante joven.

—Tú eres joven —dijo Opochtli.

—Y ambicioso —añadió Cuitlalpítoc.

—No creo que sea el momento adecuado para pensar en eso —respondió Cuauhtémoc.

—Te equivocas —respondió Opochtli—. Si quieres ser tlatoani, tienes que pensar en eso todo el tiempo. Tienes que vivir para eso. Piensa en tus antecesores: se prepararon toda la vida para gobernar. Analiza a cada uno de ellos y decide qué quieres ser —hizo una larga pausa sin quitarle la mirada de encima—. Pero... —suspiró y se encogió de hombros—, si no estás seguro, elegiremos a alguien más.

—Sí, eso es lo que quiero.

—Bien —dijo sin mostrar entusiasmo—. Nos vemos mañana temprano para presentarte con los demás.

—¿Quiénes?

—Mañana los conocerás. Ve a descansar —se mostró muy cordial.

Para el joven aspirante a tlatoani no fue fácil dormir aquella noche y a la mañana siguiente se levantó muy cansado. Con el estómago vacío se dirigió al recinto de los guerreros águila, donde ya se encontraban reunidos los seis miembros de la nobleza ante un centenar de seguidores, mucho más jóvenes. Tepehuatzin hablaba en voz alta para la audiencia.

—Ven —dijo Tlilancalqui—. Vamos por este lado —lo guió por un pasillo para que la audiencia no se distrajera.

—¿Dónde están los ancianos? —preguntó Cuauhtémoc.

Las decisiones del gobierno las tomaban siempre los más ancianos. Lo que menos esperaba Cuauhtémoc era encontrar una reunión llena de jóvenes de su misma edad.

—Todos los miembros de la nobleza están encerrados en Las casas viejas —respondió Tlilancalqui tratando de no dar más explicaciones.

—¿Quiénes son ellos?

—Los hijos y nietos de los miembros de la nobleza. Los que no tenían ningún empleo en el gobierno.

—¿Y por qué no llamaron a los ancianos que no pertenecen a la nobleza? Su sabiduría nos podría ser de utilidad.

—Tú lo acabas de decir: no pertenecen a la nobleza.

—Pero... —se mordió el labio inferior y negó con la cabeza—. El pueblo también tiene derecho a decidir.

—Nunca ha tenido derecho. Ni aquí ni en ninguna otra ciudad.

—Eso podría cambiar.

—Inténtalo y en dos días tendrás una guerra entre meshicas.

—Tiene razón... —respondió el joven Cuauhtémoc aunque no estuvo de acuerdo con lo que acababa de escuchar.

—¡Es por ello —dijo en voz alta Tepehuatzin ante los jóvenes presentes— que queremos proponer al joven Cuauhtémoc como mediador entre los meshicas y los extranjeros!

—Anda —dijo Imatlacuatzin—, camina al frente para que todos te vean.

Cuauhtémoc avanzó temeroso. Todos estaban en silencio, observando con cautela y celo. Hubo muchos que esperaban recibir aquel nombramiento. Conocían a aquel joven, sabían sobre la existencia de un hijo de Ahuízotl, pero nada más. Ya habían pasado diecisiete años desde la muerte de aquel tlatoani y los jóvenes presentes no lo conocieron.

—¡Podemos confiar ampliamente en el príncipe Cuauhtémoc! —dijo Tepehuatzin en voz alta—. ¡Él no nos traicionará!

Se escucharon rumores.

—¿Quién lo nombró mediador? —preguntó un joven desde las primeras filas.

—Sería mejor que nosotros eligiéramos a nuestro representante —dijo otro desde el fondo.

—¡No estamos eligiendo a un tlatoani! —respondió Tepehuatzin—. ¡Únicamente estamos nombrando a un mediador! ¡Un joven valiente que está dispuesto a arriesgar su vida para rescatar a nuestros padres y abuelos encerrados en Las casas viejas!

—¿Por qué a él? —gritó alguien más.

—¡Porque es el hijo de un tlatoani! —intervino Tlilancalqui—. Y el hijo de un tlatoani siempre tiene más peso político a la hora de mediar ante el enemigo. Si cualquiera de ustedes intenta hablar con Malinche lo primero que él preguntará será: «¿Y quién eres tú? ¿Por qué debo escucharte a ti?». Y ustedes lo único que podrán responder será: «Soy sobrino del tlatoani. Soy hijo del sacerdote. Soy nieto de uno de los ministros. Mi padre es cobrador de impuestos. Mi tía es hermana del capitán de las tropas». Los barbudos creen que tienen presos a todos los miembros principales de la nobleza. Lo que no saben es que aquí está el hijo legítimo de un tlatoani.

Nadie respondió.

—Los invito a que aceptemos como mediador al hijo del difunto tlatoani Ahuízotl y trabajemos juntos. Es momento de unir fuerzas. ¿Estamos de acuerdo?

—¡Sí! —respondieron algunos.

Cuando finalmente todos aceptaron, se llevó a cabo un banquete y luego una serie de discursos en los que el tema principal era la defensa de la ciudad y el rescate de Motecuzoma y los miembros de la nobleza.

—Sería bueno traer a los soldados —le dijo Cuauhtémoc en voz baja a Tlilancalqui.

—¿Qué? Ellos lo que menos quieren es tener nuevos líderes. Por eso no han permitido que el pueblo entre a Las casas viejas. Están esperando que Motecuzoma muera para luego derrocar a los extranjeros y tomar el poder. ¿No lo habías pensado?

—No lo creo.

—Pues debes creerlo.

—¿Por qué?

—Por el bien de nuestra ciudad. Piensa: si uno de ellos se hace jurar tlatoani, ¿quién osaría confrontar al ejército?

Para sorpresa de la población, los días siguientes el gobierno comenzó a funcionar *casi* como si el tlatoani estuviese libre. Los funcionarios de Motecuzoma salían todas las mañanas, escoltados por soldados tlashcaltecas, y administraban el gobierno. La gente, muy a su pesar, tuvo que adaptarse a las nuevas condiciones.

Un día mientras caminaba por las calles de Tenochtitlan, el joven Cuauhtémoc escuchó una conversación a su espalda.

—El mediador es sólo de adorno —dijo un joven, miembro del comité formado por los seis pipiltin.

—Y yo que aspiraba a obtener ese puesto —respondió otro con sátira.

El hijo de Ahuízotl bien comprendió las intenciones de aquel comentario. Asimismo, entendió que confrontarlos únicamente incrementaría su humillación. Siguió su camino con la cabeza agachada, pues bien sabía que lo que acababa de escuchar era cierto. No había hecho nada importante hasta el momento. Nada que representara a los meshicas. Nada por rescatar a Motecuzoma. Nada, porque no tenía idea de qué hacer ni de cómo comenzar. Hasta el momento únicamente había ostentado un nombramiento inútil. En las reuniones en representación de los seis pipiltin aún libres, escuchaba a los jóvenes pipiltin y respondía con dilucidaciones sin sentido y promesas ambiguas.

—Para la próxima vez evita prometer que rescataremos a Motecuzoma —le aconsejó Cuecuetzin al terminar la reunión.

—¿De qué estás hablando? —cuestionó muy confundido.

—No debemos prometer algo que no podemos cumplir.

—¿Quién dice que no podemos?

—No tenemos la certeza. ¿Qué les responderás a todos ellos el día que maten al tlatoani? Te llamarán mentiroso.

—¿Por qué aseguras que un día matarán al tlatoani?

—Porque he vivido más que tú: conocí a tu padre, estuve presente en la jura de Motecuzoma, presencié la muerte de todos los pipiltin que Motecuzoma mandó matar para reorganizar su gobierno, porque no quería que lo opacaran con su experiencia, viví su gobierno, fui a muchas batallas, vi centenares de muertos y fui testigo de decenas de traiciones. Sé cómo son las guerras y conozco la maldad humana —Cuecuetzin se dio media vuelta y salió sin despedirse.

Después de aquella conversación la situación siguió igual: Cuauhtémoc estuvo al frente de las reuniones en representación de los seis pipiltin libres, mientras los jóvenes pipiltin eran cada vez menos. Parecía que el pueblo tenoshca se estaba resignando a ver a los barbudos montados en sus venados gigantes por toda la ciudad, a las tropas meshicas en guardia frente a Las casas viejas día y noche, y a las mujeres, cocinando días enteros para alimentar a los miles de soldados meshicas, tlashcaltecas, totonacas, hueshotzincas, cholultecas y extranjeros.

Parecía que los extranjeros daban por hecho que la isla era suya, pues un día Malinche mandó llamar al pueblo para que presenciaran frente al Coatépetl cómo quemaban vivos a Quauhpopoca, su hijo y diez miembros de su gobierno.

En otra ocasión Malinche y sus hombres subieron al Coatépetl e instalaron imágenes de sus dioses: uno llamado San Cristóbal y la madre de su dios. Los sacerdotes se negaron y Malinche, enfurecido, tomó una barra de metal y golpeó las efigies de Huitzilopochtli y Tláloc.

—¡Tecutli, Malinche, no haga eso! —rogaron los sacerdotes.

—¡Motecuzoma dio su permiso para quitar a sus dioses! —respondió iracundo.

—Nosotros mismos los quitaremos, pero ya no siga.

Con gran pena bajaron a Huitzilopochtli, a Tezcatlipoca y Tláloc del Monte Sagrado.

Semanas después Motecuzoma salió rumbo al Coatépetl. Todo el pueblo estuvo presente mientras él rendía culto a
los dioses. Hubo mucha confusión por toda la Tierra. Bajaron
las ventas en el mercado de Tlatilulco, al igual que el número
de personas de otros pueblos que entraban con frecuencia a la
ciudad, y varios pueblos se declararon en rebelión y mandaron
avisar que ya no pagarían el tributo a Tenochtitlan.

Una tarde en la que Opochtli, Tlilancalqui, Cuitlalpítoc,
Cuecuetzin, Imatlacuatzin y Tepehuatzin se encontraban reunidos, el joven Cuauhtémoc aprovechó la oportunidad —en
las últimas semanas casi imposible— de tenerlos a los seis,
para hablar con ellos.

—Me interesa saber cuál es su postura ante los últimos
acontecimientos —preguntó con respeto.

—Nosotros opinamos que debemos esperar —respondió
Tepehuatzin.

—¿Qué está sucediendo?

—Todo parece indicar que Motecuzoma no tiene intenciones de ser liberado —aseveró Cuitlalpítoc.

—¿Quién les dijo eso?

—Algunos de los pipiltin que salen todos los días de Las
casas viejas para cumplir con las funciones de gobierno.

—¿Y con eso se conforman?

—No nos queda otra opción —replicó Opochtli.

—No estoy de acuerdo con ustedes —espetó Cuauhtémoc con molestia—. Debemos hacer algo.

—¿Hacer qué? —Tlilancalqui se aproximó a él con
talante intimidatorio—. ¿Pretendes poner en peligro a la
población? ¿Sabes cuántos soldados enemigos hay dentro de
la ciudad? ¿Tienes experiencia en la organización de un ejército? ¿Conoces la manera en que funcionan las armas de los

barbudos? Sus palos de humo y fuego pueden matar diez personas al mismo tiempo. Tienen unos troncos de humo y fuego que lanzan bolas de piedra con las que pueden destrozar casas enteras. Yo lo presencié cuando fui a las costas totonacas. Y créeme, no querrás ver eso dentro de nuestra ciudad.

—No es que pretenda poner en riesgo a la población pero...

—Pero, ¿qué?

—No podemos seguir así. ¿Cuánto tiempo vamos a esperar?

—Lo que sea necesario.

—Pero... —Cuauhtémoc bajó la cabeza.

—Escúchame —Tlilancalqui lo tomó de la barbilla y le hizo levantar el rostro—. Entiendo tu preocupación. Nosotros también estamos sufriendo igual, pero debemos ser más inteligentes que nuestros enemigos.

—Sé que hay grupos que están organizando a la gente para una rebelión.

—Ya estamos enterados de eso —se cruzó de brazos y suspiró con seriedad—. Es gente inculta, bárbara. Los macehualtin no entienden cómo funciona el gobierno. Creen que con exigir a gritos solucionarán las cosas. Tenemos al enemigo en casa. Ellos tienen rehenes; nosotros no tenemos nada. Las tres calzadas son insuficientes para escapar en caso de una guerra. Supongo que estás bien enterado de la masacre que hicieron en Chololan.

—Sí.

—¿Por qué crees que los tlashcaltecas se rindieron?

—Porque prefirieron aliarse a los barbudos con tal de atacarnos.

—Y principalmente porque sabían que su guerra contra los hombres blancos estaba perdida.

Meses después, los hombres de Malinche y decenas de obreros meshicas comenzaron a construir en el lago unas casas flotantes como las que tenían en las costas totonacas, lo cual llamó la atención de todos los habitantes del Anáhuac. Hubo incluso quienes se ofrecieron a ayudar, con tal de aprender a construir casas flotantes. Aquello era algo innovador. Muchos imaginaron todos los beneficios que habría si por el lago circularan miles de esas casas flotantes. Se podría transportar más mercancía y más gente que en las canoas.

Un día Malinche y algunos de sus hombres salieron de Tenochtitlan rumbo a las costas totonacas. Entonces corrió un rumor:

—¿Es cierto que se está planeando una rebelión? —preguntó Cuauhtémoc a Opochtli?

—No. Por el contrario. Hemos decidido esperar.

Cuauhtémoc se molestó ante aquella respuesta. Habían pasado meses desde su nombramiento como mediador y hasta el momento no había hecho nada.

—¿Por qué? —insistió Cuauhtémoc.

—Hemos llegado a la conclusión de que Motecuzoma le ha cedido el mando a Malinche.

—Eso es falso: hace veinte días Motecuzoma intentó escapar, y nosotros no estuvimos ahí, ni siquiera nos habíamos enterado: un grupo de meshicas esperó en el suelo la caída del tlatoani...

—Y no se concretó... —lo interrumpió Opochtli.

—Debido a que los soldados extranjeros lo capturaron en el último instante, dejando al tlatoani colgado de cabeza.

—¿Te has detenido a pensar que si hubiésemos estado ahí nos habrían capturado o matado los soldados de Malinche?

—No entiendo su posición.

—Eso es porque eres demasiado joven. Debemos actuar con cautela.

—¿Sabías que hace cinco días ese mismo grupo de meshicas cavó un túnel para entrar a Las casas viejas y rescatar al tlatoani?

—Sí. Y si el tlatoani hubiese querido salir, lo habría hecho. Él está aliado con Malinche. También escuché el rumor, infundado, que le proporcionaron un macahuitl por medio de uno de los extranjeros que Motecuzoma sedujo. ¿Puedes creer eso?

—Es cierto, así ocurrió —Cuauhtémoc defendió la versión que había en las calles—. No escapó el tlatoani porque fueron descubiertos.

—No creas todo lo que te cuentan.

—Yo creo que no estamos haciendo mucho por rescatar al tlatoani —dijo Cuauhtémoc.

—Te sugiero que pienses con claridad todo lo que me has dicho y analices si vale la pena arriesgar nuestras vidas por un tlatoani que ha traicionado a su pueblo. ¿No sería mejor comenzar a planear la manera de rescatar a Tenochtitlan?

Se miraron a los ojos en silencio por un breve instante.

—Cuando llegue el momento adecuado, actuaremos —agregó Opochtli.

—Es el momento adecuado —respondió Cuauhtémoc con perseverancia —. Malinche salió. Hay pocos de sus hombres. Se acerca la celebración del Toshcatl.

—¿Qué estás diciendo? El Toshcatl es sagrado.

—Creo que ya es el momento.

—Pues no creas. Tú estás aquí para obedecer.

—¿En qué piensas? —pregunta Cuauhtémoc de pie mientras mastica una tortilla con chile.

La comida que reciben todos los días es poca, apenas para mantenerlos con vida.

—¿En verdad te interesa? —el tecutli de Tlacopan da dos pasos con mucha dificultad. Ambos han quedado lisiados de por vida, con dolores que jamás desaparecerán.

—Si no me interesara no preguntaría.

—Soy la única persona con la que puedes hablar —niega con la cabeza y hace una mueca—. Y lo haces cuando te aburres.

—Tú también —deja escapar una sonrisa casi imperceptible.

—Lo hago porque preguntas.

—¿En verdad me odias tanto?

—No. Simplemente no me agradas.

—¿Qué te hice?

—Eres soberbio.

—Disculpa, es el encierro.

—No me interesan tus excusas.

—Olvídalo —Cuauhtémoc cojea hasta el tragaluz, el cual se encuentra demasiado alto para escalar, y observa las nubes. Se pregunta por qué Malinche no se ha aparecido ante ellos en las últimas tres semanas.

—Estoy pensando en todo lo que hicimos mal —dice Tetlepanquetzaltzin.

El tlatoani contempla el cielo con nostalgia. También tiene semanas pensando en todo lo que hizo mal. Se siente arrepentido de haberle hecho caso a tanta gente.

—¿Y si no hubiese seguido ese camino? —se pregunta en voz alta.

—¿De qué hablas?

—De las celebraciones del Toshcatl... —Cuauhtémoc se lleva las manos a los brazos como abrazándose a sí mismo, un abrazo que le hace falta desde hace mucho.

Motecuzoma había convencido, entregándole una fuerte cantidad de oro y joyas, al hombre de barbas doradas, al que llaman Tonatiuh para que les diera permiso de llevar a cabo la celebración del Toshcatl. Toda la ciudad estaba adornada de flores. La gente salió a las calles con sus mejores atuendos. Los penachos abundaban por doquier. Todos los años era lo mismo: una gran celebración que duraba días y noches.

Los primeros tres días transcurrieron llenos de alegría. Al cuarto, el joven que personificaba a Tezcatlipoca fue presentado ante los ocho pajes (quienes se habían preparado un año con arduo estudio sobre su función en estas ceremonias, ayunos y diversos rituales) y cuatro hermosas doncellas que personificaban a las diosas Shochiquetzal, Shilonen, Atlatónan y Huishtozihuatl. Al que personificaba a Tezcatlipoca le cortaron el cabello, le entregaron una flauta y una caracola, le pintaron el cuerpo y el rostro, le colocaron un penacho y lo vistieron para llevarlo al sacrificio en el templo de Tlacochcalco, en la isla de Tepepulco, en medio del lago, cerca de Iztapalapan. Voluntariamente subió hasta la cima del teocali, rompió la flauta, como parte del ritual y se entregó a los sacerdotes que le sacaron el corazón. La muerte de este joven hermoso —agasajado con todos los placeres de un dios por un año entero—, tenía por objetivo recordar a los meshicas que el amor, la belleza y la grandeza, como tantas cosas en la vida, tarde o temprano se acaban.

Se escucharon las flautas y las caracolas, y la gente en el recinto sagrado en Meshico Tenochtitlan supo que Tezcatlipoca había muerto en sacrificio y que era momento de las danzas que más que una forma de celebración eran un ritual en el cual se le pedía a los dioses paz, hijos, alimento, agua, vida, salud, sabiduría y victoria en las guerras.

Cuatrocientos danzantes (hombres) bailaban en el centro del recinto sagrado con sus cabezas rapadas, excepto por el mechón de cabello amarrado y elegantemente adornado con plumas, llevaban bandas de conchas en la frente, orejeras, piedras preciosas en la nariz, bezotes de ámbar o cristal, los rostros y cuerpos pintados, collares de jade, plumas en las muñecas, vestían mantas hechas con piel de conejo y plumas, sandalias de piel de ocelote y suela de cuero de venado y grebas de piel de ocelote con sonajas de oro. Ninguno de ellos podía salirse de la danza para descansar ni cometer algún error, y si lo intentaban eran castigados. El resto de la población los contemplaba y elogiaba.

Los barbudos y sus aliados tlashcaltecas, hueshotzincas y cholultecas salieron de Las casas viejas, pero nadie les dio importancia. Treinta barbudos bloquearon discretamente las tres entradas del recinto sagrado (llamadas: la Entrada del Águila, la Punta de la Caña y la Serpiente de espejos), diez en cada una y otros treinta se confundieron entre la muchedumbre. Algunos subieron a las azoteas y a los teocalis y comenzaron el ataque contra los meshicas. Mientras tanto, otros sesenta hombres asesinaban a más de seiscientos miembros de la nobleza en Las casas viejas. Se escucharon truenos que se confundieron con los tambores y el ruido atronador de los danzantes. De pronto uno de los danzantes cayó al piso herido por un disparo: el Cuatlazótl, el joven capitán de Tolnahuac, disfrazado de demonio. Los que se encontraban alrededor no comprendieron lo que estaba aconteciendo pues hasta entonces no conocían la forma en que funcionaban las armas de los extranjeros, aunque habían escuchado mucho al respecto. Luego, los extranjeros se fueron contra los músicos y los danzantes.

Pronto el resto de la gente comprendió el motivo por el cual decenas de hombres estaban cayendo al suelo súbitamente. La pólvora se estaba manifestando por primera vez en Tenochtitlan. Todos corrieron desorientados. Estaban desarmados y aterrados ante una guerra desconocida. Pronto llegaron más extranjeros montados en sus venados gigantes y con sus largos cuchillos de plata cercenaron cuellos, brazos y piernas. Perforaron pechos y abdómenes. La sangre se derramó por todas partes. Nadie supo cómo defenderse. Algunos lo intentaron inútilmente con piedras y palos. Se hizo el llamado de guerra con los tambores y las caracolas para que la gente fuera por sus armas a las puertas del templo sagrado pero el tiempo no fue suficiente. Cuando volvieron, los extranjeros y sus aliados ya habían asesinado a miles de meshicas.

Entre la multitud se encontraba Atzín que había decidido volver a Tenochtitlan un año atrás. Había llegado a la conclusión de que la miseria era menos dolorosa en Meshico Tenochtitlan que en cualquier otro pueblo. Pero jamás imaginó que la ciudad que controlaba a todo el Anáhuac sería invadida. En cuanto comenzaron los disparos Atzín trató de esconderse. Llevaba a su hijo en brazos. Por más que pidió ayuda nadie la escuchó. Frente a ella un hombre barbado estaba cortándole el cuello con su largo cuchillo de plata a todos los que se le ponían en frente. De pronto vio que el hombre caminó hacia ella. Atzín se arrodilló, con su cuerpo cubrió a su hijo y se agachó hasta que su frente tocó el piso chorreado de sangre. El barbudo siguió derecho. Atzín se puso de pie —en su frente quedó una mancha de sangre— y corrió con su niño en brazos. Se encontraba cerca de la parte trasera del teocali de Quetzalcóatl. Sabía que en la cima había una habitación y que ahí estaría segura. Asimismo comprendía que cruzar sería cuestión de vida o muerte. Todos los que se hallaban en ese punto estaban siendo masacrados por los palos de humo y fuego, los arcos de metal y los cuchillos de plata. Detrás de ella también se estaban llevando a cabo decenas de combates entre meshicas y tlashcaltecas. Decidió correr hacia el teocali de Quetzalcóatl, pero a medio camino apareció frente a ella un venado gigante. Estaban frente a frente. Le pareció que la cabeza del animal era enorme. Su cuerpo tiritaba sin control. Sin poder controlarlo se orinó. Estaba empapada en sudor. El venado gigante dejó escapar uno de esos ruidos que hacen con su hocico, como los sonidos de los chorros de agua. Alzó la mirada y notó que el animal estaba solo. El hombre que lo había montado se encontraba luchando contra una decena de meshicas. Atzín aprovechó el instante para seguir su camino rumbo al teocali de Quetzalcóatl. Llegó a salvo. Subió los escalones y entró a la habitación ubicada en la cima.

Tras la masacre, los soldados enemigos se resguardaron en Las casas viejas. La multitud enardecida intentó entrar escalando los muros y prendiendo fuego a las puertas, el cual era apagado por los aliados tlashcaltecas. Poco a poco la batalla se diluyó. No obstante, se mantuvo la defensa por ambos bandos.

Mientras tanto, miles de meshicas se ocuparon en recoger cadáveres y extremidades cercenadas, el resto de la noche. Había, por todas partes, mujeres arrodillas, bañadas en lágrimas y lamentos frente a sus hijos, esposos y hermanos muertos.

Cuauhtémoc llevaba en brazos el cadáver de una niña de diez años con el pecho destrozado: se le veían las costillas rotas y los pulmones desgarrados. No pudo soportar más y cayó de rodillas con el cadáver entre sus brazos. La estrechó como si se tratara de su hija y le lloró apretándola contra su pecho. Le prometió vengar su muerte.

Tras colocar a la niña en una pila de restos humanos, continuó, como todos, cargando más cuerpos y auxiliando heridos. La gente, de rostros entristecidos, hablaba únicamente para dar instrucciones, informar o responder preguntas. Por primera vez los tenoshcas habían sido atacados en su ciudad, y por ello, la derrota dolía aún más.

Llegó exhausto a la casa de su madre al día siguiente, poco después de que se ocultara el sol. En el lugar había muchos familiares heridos: uno de ellos sin un brazo, otro con la mitad de la cara destrozada y muchos con severas cortaduras y quemaduras. Los sirvientes habían pasado toda la noche y todo el día atendiéndolos.

—¡Hijo! —Tiyacapantzin lo abrazó al verlo en la entrada con manchas de sangre en el pecho, brazos y rostro—. ¿Estás herido?

—No, madre, estoy bien...

—Qué alivio —le besó la mejilla al mismo tiempo que le acarició el cabello—. No tienes idea de lo preocupada que he estado. Nadie me supo decir de ti. Envié a uno de los sirvientes a que te buscara. Llegó hace rato con la noticia de que no te había encontrado pero que alguien le había dicho que te habían visto recogiendo cadáveres.

—¿Hay alguna habitación disponible? —bostezó—. Necesito dormir.

—La mía. Ordenaré que te preparen el baño.

—Me bañaré cuando despierte —caminó por el pasillo arrastrando los pies.

—Pero necesitas quitarte toda esa sangre...

—La sangre es lo de menos.

Apenas se acostó sobre el petate se quedó dormido. Pero su descanso no fue completo: en sus pesadillas la gente corría aterrorizada tratando de escapar de los hombres barbados que montados en sus venados gigantes a todo galope iban cortando cabezas y brazos con sus largos cuchillos de plata. La gente subió por las escaleras del Coatépetl, pero desde la cima brotó una gigantesca cascada de sangre que se derramó sobre ellos y los arrojó hasta abajo, donde miles de hombres blancos, montados en sus venados gigantes, les apuntaban con sus palos de humo y fuego. Comenzó un terremoto tan fuerte que el Coatépetl y los teocalis de todo el recinto sagrado se derrumbaron hasta convertirse en piedras flotando sobre un mar de sangre. Un águila solitaria voló sobre los restos de la ciudad destruida. Malinche le apuntó con su palo de humo y fuego por varios minutos. El águila se mantuvo en el aire con elegancia, sin mover sus alas: descendió con rapidez y sin temor directo a los ojos de Malinche, pero él le disparó cuando aún había muchísima distancia entre ambos. El águila cayó fulminante y se hundió en el mar de sangre.

El joven Cuauhtémoc despertó bañado en sudor. Todo estaba oscuro. No tenía idea de cuánto faltaba para el amanecer. Por un instante se sintió tranquilo al comprender que todo había sido una pesadilla, pero en cuanto vio las manchas de sangre en sus manos comprendió que la pesadilla era real.

—Volverán a atacar —dijo y se puso de pie.

Al salir de la habitación se cruzó con una de las criadas.

—¿Ya despertó mi madre?

—La señora no se ha ido a dormir. Sigue atendiendo a los heridos.

Siguió caminando por el pasillo hasta llegar a la sala principal. Entonces comprendió que no había transcurrido mucho tiempo.

—Sabía que no ibas a poder dormir —le dijo su madre en cuanto lo vio. Se encontraba curándole las heridas en la espalda a una mujer.

—Me siento muy cansado pero no puedo dejar de pensar en lo sucedido.

—Ordenaré que te preparen el baño, una cena y un poco de peyote para que te relajes.

Tiyacapantzin jamás había visto a su hijo tan desolado como aquella noche. Era la primera vez que el joven presenciaba la derrota de su pueblo. Ella, en cambio, tenía muchos años de vida y una larga lista de guerras en la memoria, desde que era la joven esposa del tlatoani Ahuízotl. Apenas había cumplido los trece años cuando aquel hombre, veinte años mayor, la desposó. Ni siquiera comprendía el motivo de las constantes guerras de los meshicas pero ya había sido adiestrada para obedecer las órdenes de su marido, para observar, callar y atenderlo siempre que regresaba de una guerra. A los treinta días de haberse casado, su esposo se fue a una campaña, dos semanas después él y miles de soldados regresaron malheridos. A partir de entonces Tiyacapantzin tuvo que ver los estragos de la guerra desde primera fila.

—Si tu padre estuviera vivo no te permitiría estar con esa actitud —le dijo a su hijo mientras esperaban a que el baño estuviera listo.

El joven Cuauhtémoc apretó los labios.

—Esto es muy doloroso para todos nosotros —continuó la mujer—. Pero no debemos dejar que este sentimiento nos derrumbe; por el contrario: debemos armarnos de rabia y acabar con esos invasores.

—Se los dije a los pipiltin en muchas ocasiones pero no me hicieron caso.

—Ya llegará el momento.

—Hablas igual que ellos.

—Tienen razón.

—¿Cómo sabes que tienen razón si...? —se quedó pensativo sin quitarle la mirada. Luego de analizar un instante replicó—. Tú y ellos están aliados. ¿Qué pretenden? —caminó hacia su madre con desazón—. ¿Están esperando a que los extranjeros maten a Motecuzoma?

—No lo van a matar...

—¿Entonces?

—Opochtli, Tlilancalqui y Cuitlalpítoc viajaron, sin permiso de Motecuzoma, a las costas totonacas cuando Malinche aún estaba ahí. Le ofrecieron una alianza que consiste en derrocar a Motecuzoma y poner un nuevo gobierno, es decir, uno de ellos, a cambio de oro, plata, piedras preciosas y vasallaje a su tlatoani en el otro lado del mar.

—Y le creyeron a Malinche.

—Por supuesto que no. Lo están utilizando para hacerse del gobierno.

—¿Y por qué ninguno de ellos se ha hecho jurar tlatoani?

—Porque primero deben convencer al pueblo de que Motecuzoma los ha traicionado. Y ése es tu trabajo.

—¿Y luego qué? ¿Esperan que Malinche se marché tranquilamente? ¿En verdad creen que él dejará nuestra ciudad?

—Es un enemigo fácil de derrotar. Son tan sólo seiscientos hombres.

—¡No son seiscientos hombres! ¡Son más de dos mil! ¿Se te olvida que llegaron con tropas tlashcaltecas, cholultecas, totonacas, hueshotzincas y de muchos otros pueblos pequeños? ¿Cómo pudieron creer algo tan estúpido? ¿Ya viste lo que hicieron ayer?

—Sí.

—¿Sí?

—Tus primos y tíos están aquí, heridos.

—¿Y crees que tus familiares son los únicos? Ve a las calles y corrobora cuánta gente murió. Hay centenares de mujeres, ancianos, niños y hombres descuartizados, apilados como costales de maíz. El recinto sagrado quedó hecho un lago de sangre.

—Y a ti se te olvida que Motecuzoma mandó matar a tus hermanos mayores y a decenas de los pipiltin que estaban en el gobierno de tu padre, para que no lo quitaran del gobierno.

—Que forma tan imbécil de cobrar venganza.

—Cuando tengas más edad comprenderás todo esto.

En ese momento entró un sirviente.

—El baño está listo —dijo con humildad.

—Ya no será necesario —dijo Cuauhtémoc y se marchó.

Caminó enfurecido por las calles. Al llegar a un canal se zambulló y se lavó todo el cuerpo. La gente que caminaba por la acera lo ignoró. Muchos llevaban los cuerpos de sus familiares para tenerlos en sus casas, lavarlos y llorarles antes de incinerarlos.

Al salir volvió al recinto sagrado y siguió ayudando a la gente. No hizo nada por demostrar quién era. Cargó heridos hasta sus casas, barrió, limpió cadáveres, llevó agua y comida a los que yacían en el piso sin poder caminar y que aún no habían sido atendidos.

Aunque mucha gente lo reconoció casi nadie mostró interés por entablar una conversación con él. Circulaba el rumor de que los seis pipiltin impedirían cualquier levantamiento en contra de los invasores, lo cual incluía al joven Cuauhtémoc. No le dio importancia porque se había comprometido en ayudar. Tomó una escoba y comenzó a barrer entre cientos de hombres y mujeres.

De pronto fijó su mirada en una mujer que llamó su atención. Parecía estar tallando el piso con un trapo pero su actitud indicaba otra cosa. Se alejó de ella fingiendo que alguien lo saludaba de lejos. En cuanto encontró alguien conocida se detuvo y la saludo.

—¿Cómo estás?

—Triste —la mujer bajó la cabeza—. Mi esposo y mi hijo murieron —no pudo contener el llanto.

—Lo siento mucho.

—No encuentro a mi hermano... —lo abrazó y sollozó.

—Lo encontraremos, no te preocupes —dirigió la mirada a la derecha y buscó a la mujer que había visto minutos atrás. Había desaparecido. Luego dirigió los ojos a la izquierda con discreción.

—Mi hermana dice que alguien lo vio muerto...

El joven Cuauhtémoc encontró a la misma mujer tallando el piso a unos metros.

—¡Sí! —la tomó de la mano y caminó—. ¡Vamos!

—¡Gracias, madre Tonantzin, gracias grandísimo Tez-catlipoca, gracias amado Quetzalcóatl! ¡Oh, hermoso Huitzi-lopochtli, yo sabía que protegerías a mi hermano!

—Tenemos que apurarnos porque tengo entendido que a los heridos que no habían sido reconocidos los iban a llevar a otro lugar; después será más complicado encontrarlo. Ya sabes cómo es esto: aquí no está, vaya para allá, que aquí tampoco, está por aquel lugar, y nunca terminas...

—No me importa cuánto me tarde, mientras mi hermano esté a salvo.

Dirigió su atención en varias direcciones, haciendo todo lo posible por no ser evidente. Debido a que había mucha gente en las calles, a Cuauhtémoc le resultaba muy complicado identificar a sus seguidores. Al llegar a una de las casas donde habían albergado a algunos enfermos, fingió que buscaba al hermano de la mujer entre decenas de hombres y mujeres acostados en el piso con los brazos y piernas mutilados, y los rostros y pechos heridos. Unas mujeres hacían curaciones mientras otras iban y venían con agua y trapos para limpiar a los heridos. Por otro lado un par de curanderos intentaban resucitar a un paciente. Entre todos ellos se encontraban los familiares desalentados.

—Estoy seguro de que lo vi aquí —mintió.

La mujer preguntó a todo el que se le cruzaba en su camino y pronto perdió todo el entusiasmo que había acumulado.

—Perdóname.

—No te preocupes... Entre tantos heridos y tantos muertos es fácil confundirse —la mujer salió del lugar con lágrimas en las mejillas.

Cuauhtémoc permaneció de pie en medio del lugar, buscando en todas direcciones a la mujer que le había parecido sospechosa. No la encontró pero seguía teniendo la sensación de que alguien lo estaba vigilando. Salió del lugar sigilosamente. Caminó a paso lento, cabizbajo, moviendo las pupilas de derecha a izquierda. Alrededor únicamente había gente afligida, sucia, llena de sangre y lodo. El joven Cuauhtémoc se sintió avergonzado por su desconfianza. Concluyó que aquella mujer lo estaba viendo por interés o angustia.

Siguió su camino en silencio hasta dar con un grupo de hombres hablando en círculo. Uno de ellos se percató de la presencia de Cuauhtémoc. Entonces todos disimularon y se esparcieron. No se detuvo ni los cuestionó. Al llegar a una esquina dio vuelta y esperó unos segundos, luego regresó y se asomó, escondido detrás del muro de una vivienda. Todos estaban reunidos nuevamente. Caminó hacia ellos para indagar. Otra vez se dispersaron. Uno de ellos se acercó y lo saludó con reticencia. El joven Cuauhtémoc no supo qué decir. No tenía la autoridad para interrogarlos. A fin de cuentas ellos no estaban haciendo nada ilegal.

—Me llamo Shochiquentzin —dijo el hombre y guardó silencio.

Ambos se observaron en un silencio tenso por un breve instante.

—¿Todo bien? —se atrevió a cuestionar con una sonrisa a medias.

—No. Hay miles de muertos por todas partes.

—Cierto —bajó la mirada y encogió los hombros—. Me llamo...

—Sabemos bien quién es usted —lo interrumpió otro hombre llamado Motelchiuhtzin—. ¿Qué es lo que quiere?

—Ah... Yo... —hizo una mueca torpe y pensó por un instante lo que iba a decir—. Quiero ayudar.

—¿A quién? —preguntó Motelchiuhtzin.

—¿Cómo que a quién? A los meshicas.

—Hay dos clases de meshicas: los pipiltin y los mace-hualtin. Usted pertenece a los primeros, esos que únicamente se preocupan por su bienestar —agregó Shochiquentzin.

—Eso no es cierto...

—¿Entonces por qué no han hecho nada para sacar a los barbudos de nuestra ciudad? —preguntó Motelchiuhtzin.

—Porque tienen preso al tlatoani.

—¿Vale más la vida de un hombre que la de todo un pueblo?

—No. Pero, no se trata sólo de él. También están todos los miembros de la nobleza.

—¿Se da cuenta? Para ustedes lo único importante es la suerte de los pipiltin. Márchese y haga de cuenta que no habló con nosotros.

—No... Quiero saber qué están planeando.

—Nada que a usted le incumba —respondió Shochiquentzin con un tono retador.

—Todo lo que sucede en esta ciudad me concierne.

—¿De verdad?

—Así es.

—Pues lo dudo. Ni si quiera lo creo capaz de tomar un macahuitl para defender a nuestra gente.

—Ustedes no me conocen. No saben de qué soy capaz.

—Usted es Cuauhtémoc, hijo de Ahuízotl, sacerdote de Tlatilulco —dijo Motelchiuhtzin—. Nunca ha asistido a una guerra; y muchos menos sabe lo que es eso. Además representa el partido de los aliados de Malinche.

—¡Eso es mentira!

—¿Usted cree que la gente no lo sabe? Opochtli, Tlilancalqui y Cuitlalpítoc fueron a las tierras totonacas a dialogar con Malinche y prometieron ayudarlo con la condición de que mataran a Motecuzoma y los dejaran gobernar Tenochtitlan. Sabemos perfectamente que usted quiere ser nombrado tlatoani. Así son todos los de su linaje: únicamente ansían el poder.

—¡Cuide sus palabras!

—Ni usted ni ninguno de los suyos tienen autoridad para callarnos. El tlatoani está allá encerrado con sus familiares y amigos, comiendo y descansando mientras el pueblo sufre.

—Aunque ustedes no lo crean yo...

—Usted únicamente obedece los designios de esos traidores.

El joven Cuauhtémoc se sintió vilipendiado ante aquella acusación. No encontró argumentos para su defensa.

—¿Qué están planeando?

—Se lo diré porque de cualquier manera se enterará: estamos preparando un levantamiento para esta madrugada. Atacaremos a los extranjeros y sus aliados. Le prenderemos fuego a Las casas viejas para que se acabe esto de una sola vez. No importa que mueran el traidor Motecuzoma y toda su familia.

—Quiero ayudar.

—¿Quiere ayudar o quiere atribuirse la victoria?

—...

—Ya conocemos a los de su estirpe.

—Véalo de este otro modo: sin mí ustedes son tan sólo un grupo de macehualtin en rebelión. Si pierden serán ejecutados por los pipiltin en la piedra de los sacrificios o por los extranjeros con sus armas de humo y fuego. Conmigo, serán un ejército defendiendo a su ciudad en nombre del hijo del difunto tlatoani Ahuízotl, y con ello podrían obtener el auxilio de muchos pueblos vecinos, comenzando con Tlatilulco, donde yo soy sacerdote y tengo muchos aliados. Y si eso no les parece suficiente tengo muy buenas relaciones con los señores de Ecatepec, Tlacopan, Coyohuacan, Shochimilco, Chalco, Teshcuco, Tlalnepantla, Chapultepec, Coacalco. Ustedes no tienen los recursos para llevar a cabo una batalla en contra de los extranjeros. Quizá yo tampoco tenga la experiencia pero tengo una posición mucho más ventajosa que la de ustedes.

Motelchiuhtzin y Shochiquentzin se miraron entre sí, cautelosos. Uno de ellos hizo una mueca de desaprobación y el otro encogió los hombros y alzó las cejas. Luego miraron a Cuauhtémoc.

—Si nos traicionas, te mataremos.

—Y si ustedes me traicionan, los mataré —respondió Cuauhtémoc frunciendo el ceño.

VII

—¡Poneos de pie! —ordena un soldado de Malinche al entrar a la habitación.

El tlatoani y su acompañante de celda apenas comprenden lo que el hombre acaba de ordenar, debido a que él hace señas con las manos.

—¿Y ahora qué nos van a hacer? —pregunta Tetlepanquetzaltzin con temor.

—¡Vamos, que tenemos más tareas por cumplir! —dice el hombre de barbas largas.

Los dos prisioneros caminan a la salida, a paso lento, cojeando, cabizbajos.

—Nos van a torturar de nuevo —dice el señor de Tlacopan.

—Cállate —bisbisa Cuauhtémoc.

Una docena de soldados los escolta por los oscuros pasillos de la casa de Malinche en Coyohuacan. De pronto la comitiva se detiene en la entrada de otra habitación. Les hacen señas de que entren. En el interior se encuentran Cohuanacotzin (tecutli de Teshcuco), Coyohuehuetzin (tlacochcalcatl de Tlatilulco), Tlacotzin (cihuacóatl y bisnieto de Tlacaélel), Huanitzin (nieto de Axayácatl y tecutli de Ecatepec) y dos macehualtin: Motelchiuhtzin y Shochiquentzin.

—Pensamos que ya los habían matado —dice Cohuanacotzin en cuanto los barbudos salen de la celda.

—Nosotros pensamos lo mismo —responde Tetlepanquetzaltzin y justo en ese momento se da cuenta de que a ellos también los han torturado.

El tlatoani camina lentamente hasta una de las paredes. Todos notan que le cuesta trabajo caminar. Ven sus pies quemados y se lamentan en silencio. Está de más preguntar qué le han hecho los barbados. En todos sus rostros abunda la nostalgia, la rabia y el desamparo. En el de Cuauhtémoc predomina la vergüenza. Está arrepentido de muchas de las decisiones que tomó, de haber ignorado tantas voces y prometer demasiado.

Motelchiuhtzin y Shochiquentzin le dieron su voto de confianza y a la mañana siguiente llevaron al joven Cuauhtémoc ante el grupo de hombres que se organizaban en Chapultepec para atacar a los barbudos en Las Casas viejas.

Motecuzoma Shocoyotzin había gobernado con mano dura, con lo cual se había ganado el repudio de miles de meshicas, los mismos que en esos momentos estaban dispuestos a aprovechar la disyuntiva, derrocar a los invasores y establecer un nuevo gobierno, sin la intervención de los pipiltin, un grupo de gente que se había enriquecido a costa de los macehualtin.

Muchos de ellos estaban de acuerdo en que había llegado el momento de cambiar la forma de gobierno y algunas leyes, comenzando por las de las tierras que se dividían en tres categorías: las del tlatoani, las del gobierno y las comunitarias. Las segundas estaban destinadas para cubrir los gastos del régimen: salarios de jueces, funcionarios públicos y personal del ejército. La propiedad privada existía hasta cierto punto, pues únicamente los pipiltin podían vender sus tierras sin ninguna restricción ni cargo de impuestos. Los macehualtin, no. El terreno y sus construcciones eran comunitarios y hereditarios, de padres a hijos. El cultivo estaba destinado para el pago de impuestos y gastos públicos. El gobierno podía reclamar estas tierras si se dejaba de cultivar por dos años, quedaban sin herederos o corrían el riesgo de caer en manos de malhechores o enemigos.

Por ello, todos se rehusaron a aceptar al joven Cuauhtémoc en sus filas. Él les aseguró que no pretendía hacerse del poder. Incluso mencionó que no merecía un nombramiento así, ya que era un joven sin experiencia. Luego de discutir un largo rato fue aceptado con la condición de que recibiera el mismo trato que cualquier otro macehuali.

No había tiempo qué perder. En la ciudad ya se estaban llevando a cabo las exequias. Se escuchaban los lamentos de las mujeres y los niños como la noche de la matanza. El pueblo estaba dividido en dos: unos estaban velando a los muertos y otros preparados para dar la vida en combate contra los invasores. Al cuarto día de velar a los muertos se llevaría a cabo la incineración frente al Coatépetl. Luego los amigos llevarían regalos a las familias de los caídos.

Lo primero que hicieron los meshicas en contra de los invasores fue prenderle fuego a las casas flotantes que

Malinche había mandado construir en el lago de Teshcuco con un solo carpintero español como guía y decenas de obreros tenoshcas. Las llamas eran visibles desde todas las costas del lago. Los comerciantes que transitaban en sus canoas se detuvieron para contemplar aquel gigantesco incendio. Se escucharon gritos de victoria, tambores, flautas y caracolas, hasta los pueblos vecinos, en el otro lado del lago. El mensaje era claro: el pueblo meshica seguía en pie y jamás se daría por vencido. Luego se dirigieron a Las casas viejas y comenzaron a lanzar todo tipo de proyectiles: piedras, lanzas, flechas, bolas de fuego.

Los barbudos y sus aliados respondieron a los ataques con flechas y explosiones de humo y fuego que los meshicas pocas veces pudieron esquivar. Decenas de hombres perdieron la vida sin jamás enterarse de dónde les había llegado la muerte. El único recurso que les quedaba era tirarse al piso cada vez que escuchaban un estallido.

Al caer la noche todos regresaron a sus casas, como era costumbre en las guerras meshicas, hasta entonces. Cuauhtémoc caminó solo de regreso a su casa, agotado. De pronto recibió un golpe en la nuca. Perdió el conocimiento.

Al abrir los ojos se encontró en una habitación, tirado en el piso con las manos atadas. Opochtli, Tlilancalqui, Cuitlalpítoc, Cuecuetzin, Imatlacuatzin y Tepehuatzin lo observaban con enojo.

—Cuando me anunciaron que estabas entre los rebeldes no lo pude creer —dijo Cuitlalpítoc.

El joven Cuauhtémoc apenas pudo reconocer al hombre que le hablaba. Su visión estaba opaca, su oído sumergido en un zumbo y su comprensión difusa. Sentía como si algo estuviese batiendo dentro de su cabeza. Tuvo dificultad para diferenciar entre la realidad y la pesadilla.

—El hijo de Ahuízotl en medio de unos alborotadores.

—¿Dónde estoy? —se sentó en el piso y se llevó la mano a la nuca.

—Eso no importa. Deberías preguntarte dónde deberías estar y dónde estarás si continúas por el camino que has tomado. Un camino erróneo, evidentemente.

Comprendió lo que estaba sucediendo. Miró detenidamente a cada uno de los presentes.

—Perdón —dijo agachando la cabeza—. Me dejé llevar por el dolor y la rabia.

—Todos sentimos lo mismo. Pero ésa no es la manera. Debemos actuar con inteligencia; jamás por impulso. No soy partidario de muchas de las decisiones que tomó Motecuzoma a lo largo de su gobierno, pero admito que ante la llegada de los extranjeros sus maniobras fueron excepcionalmente astutas. Evitó exponer a su gente a cualquier combate contra los barbudos, mantuvo la paz hasta el último momento, incluso a costa de su bienestar. Ahora todos nos preguntamos qué fue lo que sucedió y por qué nos atacaron los barbudos. La ira, el miedo y el odio se sienten aunque no se vean ni se puedan tocar. Ellos sintieron ese odio en los meshicas en cuanto Malinche se fue a las costas totonacas a luchar contra los rebeldes de su misma raza. Sintieron miedo, creyeron que nosotros aprovecharíamos el mitote del Toshcatl para atacarlos. Y los tlashcaltecas utilizaron ese miedo para vengarse de nosotros. Aún así, nada de eso justifica la forma traicionera con la que nos atacaron. Y la matanza de hace tres días tampoco justifica lo que aquellos macehualtin y tú hicieron. Quemar las casas flotantes que Malinche había mandado construir solo provocará su ira y más conflictos bélicos. No estamos en condiciones para sostener una guerra contra los barbudos. ¿No les quedó claro con lo que ocurrió la noche del Toshcatl? No eran más de cien barbudos. ¿Tienes idea de lo que nos harían si fuesen más de mil? He recibido informes de que Malinche derrotó a los rebeldes en las costas totonacas; y pronto volverá con más guerreros, pues las tropas enemigas se incorporaron a sus filas. Y así será de ahora en adelante: su tlatoani le enviará cuántos soldados sean necesarios para derrotarnos. Es una guerra que perdimos desde el momento en que ellos llegaron a las costas. Motecuzoma lo supo y fue muy inteligente al mantener la paz. Las derrotas de Kosom Lumil, Ch'aak Temal, Chakan-Putún, Tabscoob, Cempoala, Tlashcalan, y Chololan ante los barbudos pronosticaron para nosotros un rotundo fracaso, si intentábamos levantarnos en armas. Juventud, arrebato e ignorancia: pésima mezcla para una rebelión. Todos esos macehualtin que están allá afuera reclamando por justicia o venganza no tienen la más mínima idea de cómo funciona un gobierno. Si continúan por ese camino, empujarán al pueblo meshica a un suicidio colectivo. Jamás, entiéndelo bien, jamás les ganaremos.

—Tiene razón —dijo Cuauhtémoc sin alzar la mirada.

—Aléjate de esa gente. Tu misión no es organizar levantamientos. Naciste para gobernar, está en tu linaje, no necesitas demostrarle nada a nadie; por ello debes mantener distancia con el pueblo. Si los macehualtin conviven contigo y conocen tus defectos personalmente perderás todo el respeto. Todos ellos podrán decir tonterías y mentiras sobre Motecuzoma, pero carecen de evidencias, porque jamás han convivido con él; ni siquiera lo han visto de cerca. El tlatoani es como un dios al cual no pueden juzgar porque no lo conocen de verdad. Y eso debes hacer tú si realmente quieres gobernar estas tierras.

—Entonces... ¿Debo alejarme de la gente?

—No del todo. Debes ser la voz del pueblo, la que los inspira, los guía y ayuda. Pero eso no significa que debas mezclarte con ellos, hacerte su confidente y mucho menos exponer tus debilidades.

—Lo entiendo... —respondió el joven Cuauhtémoc con humildad—. Les pido que perdonen mis arrebatos.

—¿Podemos confiar en que no volverás a comportarte con tal irresponsabilidad?

—Sí, mi señor. Usted dígame qué debemos hacer y así lo llevaré a cabo.

—Ahora debemos disolver a los rebeldes. Necesitamos los nombres de los agitadores.

El hijo de Ahuízotl se llevó la mano a la nuca y arrugó los párpados:

—En este momento no recuerdo ningún nombre. Con el golpe que me dieron sigo un poco confundido.

Cuitlalpítoc se cruzó de brazos, se dio media vuelta y caminó hacia la salida.

—Cuando los recuerdes se los comunicas a los guardias para que me informen. Hasta entonces podrás salir libre.

Los otros pipiltin que habían permanecido en silencio todo el tiempo salieron detrás de Cuitlalpítoc.

—¡Esperen! ¡No me dejen aquí! —gritó el joven Cuauhtémoc al mismo tiempo que se puso de pie y se dirigió a la salida, pero dos guardias le impidieron el paso.

—Aprovecha el tiempo para pensar en todo lo que te dije —finalizó Cuitlalpítoc caminando por el pasillo sin mirar atrás.

Afuera seguían escuchándose los lamentos de las mujeres que lloraban por sus padres, esposos e hijos, que en ese momento estaban siendo incinerados, todos juntos, en el Cuauhshicalco y en el Telpochcali.

Cuauhtémoc se sentó en el piso con la espalda contra el muro. Intentó mantenerse despierto pero el cansancio lo venció. Tenía dos noches sin dormir.

Poco antes de que saliera el sol, unos guardias lo despertaron.

—¿A dónde me llevan?

—A bañarte.

Exhaló gustoso y ocultó una sonrisa. A donde lo llevaron no era el acostumbrado temazcali, sino un cuarto donde había varios pocillos con agua fría. Lo obligaron a desnudarse, le echaron el primer pocillo de agua helada sobre la cabeza y le exigieron que se tallara la mugre con una hilaza de zacate. El frío estremecedor le quitó el sueño y el cansancio. Al terminar lo llevaron a otra sala donde le dieron de desayunar. Mientras comía sentado en cuclillas apareció su madre, muy seria.

—Explícame qué fue lo que hiciste.

—No sé de qué hablas… He hecho muchas cosas en mi vida.

—No te burles de mí. Sabes a lo que me refiero. Te das cuenta del peligro en el que te has metido al involucrarte en una rebelión con todos esos macehualtin. ¿Qué te está ocurriendo? Eres un pipiltin. Eres *el hijo* de Ahuízotl.

—Por esa misma razón lo estoy haciendo: como hijo de un tlatoani tengo la responsabilidad de defender nuestro territorio. Los barbudos y sus aliados nos atacaron sin siquiera declararnos la guerra.

—Sí, pero no se puede actuar así. Deja que los pipiltin hablen con Malinche cuando regrese. Opochtli, Tlilancalqui y...

—¿Qué? ¿Dónde quedó tu dignidad? Eres peor que una...

—¡No hagas que me arrepienta de haberte parido!

—Yo ya estoy arrepentido de ser tu hijo —siguió comiendo.

—Entonces arréglatelas como puedas —salió de la sala sin despedirse.

A partir de esa mañana la relación entre ellos se rompió para siempre.

Más tarde entró a la sala Cuitlalpítoc con el mismo semblante del día anterior.

—No mereces todos los sacrificios que ha hecho tu madre por ti. Si no fuera por ella estarías muerto. No habrías llegado siquiera a la adolescencia. Olvida lo que dije ayer. Ya no tienes nada. Lo has perdido todo por culpa de tu rebeldía. Si fueras alguien más, ordenaría que te quitaran la vida en este preciso instante, pero no será necesario: los agüeros lo advirtieron... y los ignoramos. La desgracia está en tu nombre: *Águila que desciende*. Nadie lo entendió entonces. Podía significar muchas cosas: «Sol que desciende», pues al águila se le asocia con el sol, pero ahora queda absolutamente claro: todo lo que hagas en tu vida te llevará al fracaso. Eres libre. Lárgate. Y asegúrate de no cruzarte en mi camino, por lo que te queda de vida.

—Les demostraré que están equivocados —salió apretando los puños.

Las calles se encontraban desiertas. Cuauhtémoc sabía perfectamente que una mitad de los pobladores estaba llorando a sus muertos en el Cuauhshicalco y en el Telpochcali y la otra sitiando a los invasores en Las casas viejas.

Conforme se acercaba al recinto sagrado más se escuchaban los gritos de rabia, los silbidos de las caracolas y los tambores. Al llegar se encontró con un descontrol absoluto. Nadie los estaba guiando. Había decenas de hombres en las azoteas de las casas y edificios aledaños arrojando piedras, lanzas, dardos, flechas, bolas de fuego. Gritaban enardecidos todo tipo de insultos. Para entonces en el patio interior de Las casas viejas ya habían provocado varios incendios, que los tlashcaltecas y totonacas tuvieron que apagar con el agua de un pozo que habían cavado en esos días, debido a que los meshicas les habían negado el suministro desde la matanza. También habían hecho algunos huecos en los muros por donde pretendían entrar masivamente pero los barbudos los recibieron con disparos, lo cual provocó una huida en estampida. La pared de la entrada principal se derrumbó, pero los aliados tlashcaltecas la reconstruyeron lo más pronto que pudieron, aprovechando la fugaz retirada de los meshicas. Hubo muchos tenoshcas muertos debido a su falta de experiencia en los combates contra las armas de humo y fuego y la desorganización.

El joven Cuauhtémoc no encontró por ningún lado la voz de un líder, o alguien que por lo menos intentara organizarlos; él mismo no sabía cómo hacerlo. Jamás lo había hecho. Sabía que los capitanes del ejército —presos junto a Motecuzoma— habían sido asesinados días atrás y que únicamente habían sobrevivido algunos. Ignoraba la cantidad, lo que sí estaba claro era que ya no había quién los dirigiera. Y por si fuera poco, era la primera vez que el pueblo tenoshca se encontraba en una situación así, por ello jamás se habían preocupado por elaborar leyes que solucionaran una contingencia de tal magnitud. Pese a que afuera quedaban muchos soldados de mediano rango, ninguno se atrevía a tomar el mando por temor a ser acusados de rebelión contra el tlatoani, quien seguía vivo; y mientras estuviese con vida, nadie debía intentar mandar en el ejército, aunque fuesen soldados.

De pronto el muro de una casa muy cerca de donde se encontraba el joven Cuauhtémoc se derrumbó en segundos. Todos los que se encontraban a pocos metros de distancia quedaron sepultados. Los extranjeros habían hecho estallar uno de esos cañones que lanzaban enormes bolas, a veces de metal y otras de piedra. Cuauhtémoc fue herido por unas pequeñas piedras que salieron volando. Perdió el conocimiento por un instante. Nadie lo auxilió. No había tiempo ni forma de ayudar a los caídos. Los palos de humo y fuego los tenían desconcertados, pues no podían predecir dónde daría el siguiente.

Cuando volvió en sí, vio frente a su rostro un montón de piedras y tierra. Escuchó a lo lejos el silbido de las caracolas, los tambores, los gritos y varias explosiones. Estaba confundido. Luego vio su cuerpo lleno de polvo. Se tocó la nuca con la mano derecha y sintió mojado. Al ver la palma de su mano la encontró llena de sangre. Recordó lo que había sucedido. Se puso de pie con dificultad y caminó lo más pronto posible a algún lugar donde resguardarse. Se sentó en el piso y observó lo que estaba sucediendo alrededor: un hombre salió de la casa de enfrente con un arco y flecha, se detuvo en medio de la calle, disparó y corrió de regreso al lugar donde se estaba ocultando. En la azotea había decenas de hombres haciendo lo mismo. Otro salió de la casa, lanzó con su sonda otra piedra y corrió al rincón donde se encontraba Cuauhtémoc. Ambos se miraron por un breve instante. El hijo de Ahuízotl miró con asombro la valentía de aquel hombre, que sin decir una palabra se puso de pie, corrió a la mitad de la calle, lanzó otra piedra y se siguió al otro extremo. Detrás de otro muro se encontraban dos hombres que igual salieron, lanzaron sus proyectiles y regresaron a su lugar. Cuauhtémoc respiraba agitado. Tenía las manos en el piso. De pronto sintió una piedra muy cerca de su mano. Bajó la mirada y la contempló por unos segundos. Caviló en hacer lo mismo. Para eso había ido ahí, para eso había desobedecido a su madre y a los pipiltin que le habían ofrecido un futuro prometedor. Apretó la piedra entre sus dedos y se preparó para salir al ataque. Las casas viejas estaban al final de la calle. En ese momento un hombre se paró en medio de la calle, y justo cuando iba a lanzar una piedra, un disparo le destrozó la cara. La sangre salpicó todo alrededor. El hombre murió al instante. Nadie se acercó al cadáver, siquiera para quitarlo del camino. Cuauhtémoc se quedó petrificado. Sudaba. Le temblaban las manos y las piernas. Apretó los dientes, se puso de pie, caminó al centro de la calle, lanzó la piedra y se siguió derecho hasta el otro extremo donde dos hombres se preparaban para hacer lo mismo. Se sentó en el piso, con la espalda recargada en la pared y esperó. Cuando ellos regresaron miraron a Cuauhtémoc y notaron su miedo.

—Debemos continuar —le dijo uno.

—Sí, sí… —respondió con la respiración agitada.

—Ya no tenemos piedras —explicó el otro—. Vamos allá —señaló el sitio a donde tenían que dirigirse.

Se puso de pie y los siguió hasta la esquina de un edificio ubicado justo frente a Las casas viejas, donde un centenar de hombres se hallaba construyendo, en una cadena humana, un terraplén con piedras de la casa derrumbada minutos atrás. Los recién llegados se incorporaron rápidamente a la mano de obra, mientras por otros lados miles de hombres seguían lanzando todo tipo de proyectiles.

—¡Apúrense! —ordenó uno de los soldados.

—¡Tú no tienes ningún derecho para dar órdenes! —le gritó otro.

En ese momento un disparo le dio en la espalda al hombre que había ordenado que se apurasen. El otro se tiró al suelo y se arrastró hasta lo que consideró un lugar seguro. Los proyectiles caían sin cesar. Mientras unos se pasaban las enormes piedras de mano en mano, otros los protegían con los escudos. Un hombre con las piernas destrozadas se arrastró hasta el terraplén. El joven Cuauhtémoc lo vio y se detuvo por un instante.

—¡No te distraigas! —el hombre que estaba a su derecha lo regañó.

—¡Ese hombre se está muriendo!

—¡Y tú serás el siguiente! —lanzó la piedra sin esperar a que Cuauhtémoc estuviese preparado para recibirla, por lo que ésta le golpeó el abdomen.

No tuvo tiempo de quejarse pues en ese instante los barbudos hicieron explotar uno de sus cañones, con lo cual derribaron el muro de otra de las casas. Los meshicas corrieron en todas direcciones para resguardarse. Volvieron el desorden y las estampidas, que provocaban más heridos y muertos. Cuando regresaba la calma, reanudaban el ataque.

Al caer la noche todos, sin que nadie diera la orden, cesaron el combate y comenzaron a retirarse. Caminaron de regreso a sus casas, como era la costumbre de todos los nativos. Incluso los aliados de los extranjeros hacían lo mismo. Los hombres de Malinche aprovecharon esta práctica para descansar. Cuauhtémoc permaneció por un rato, frente a Las casas viejas, donde se mantuvieron decenas de vigías. Observó a los tenoshcas que se retiraban callados, exhaustos, desolados.

VIII

Han transcurrido tres noches desde que Cuauhtémoc y Tetlepanquetzaltzin fueron traídos con Cohuanacotzin (tecutli
de Teshcuco), Coyohuehuetzin (tlacochcalcatl de Tlatilulco),
Tlacotzin (cihuacóatl y bisnieto de Tlacaélel), Huanitzin
(nieto de Axayácatl y tlatoani de Ecatepec) y los dos macehualtin: Motelchiuhtzin y Shochiquentzin.

Las conversaciones se han agotado. También los reclamos.
No queda nada, más que esperar la muerte. Lo han discutido
incansablemente. Tienen la certeza de que les irá igual o peor que
a los pipiltin que estuvieron presos con Motecuzoma. El lugar
hiede a sudor, orines y mierda. Atzín limpia la esquina donde
evacuan todos los días, pero la fetidez permanece. Abunda el
mal humor entre ellos. Aprovechan cualquier comentario para
arrancar una discusión que puede durar horas. Todos están
muy por debajo de su peso. Aunque la cantidad de alimento
ha mejorado en los últimos días, comen menos de la mitad de
las porciones recibidas. Han acordado hacer eso en forma de

sacrificio, ya que no pueden asistir a los teocalis para adorar a sus dioses.

En ese momento entran a la habitación dos extranjeros y tres solados tlashcaltecas. Llaman al tlatoani y le exigen que salga inmediatamente. Lo llevan ante Malinche, quien se encuentra en la sala principal de aquella casa en Coyohuacan. La niña Malintzin está junto a él. Cuauhtémoc los observa con resentimiento. Aprieta los puños. Tiene deseos de golpear a aquel hombre a quien odia despiadadamente.

—Mi señor, don Fernando Cortés, dice que quiere hacerle una propuesta —explica la niña Malintzin que ya entiende casi todo, sin la traducción de Jerónimo de Aguilar.

—No negociaré con él.

Malinche se frota las barbas con las manos al mismo tiempo que levanta la cara. Se nota la molestia en sus gestos. Habla en su lengua y la niña Malintzin le traduce a Cuauhtémoc:

—Dice mi señor que quiere que usted continué al frente de Tenochtitlan, que podrá ver a sus hijos, concubinas y amigos.

—¿A cambio de qué?

—De abolir los sacrificios humanos, aceptar a Jesucristo como dios único y verdadero y ofrecer vasallaje al tlatoani Carlos Quinto.

—Es justamente lo que le ofrecieron a Motecuzoma.

—Y él estuvo de acuerdo.

—¡Mienten! ¡Él jamás estuvo de acuerdo!

—Él comprendió que era lo correcto.

—Eso no es verdad —Cuauhtémoc recuerda el instante en que fue a ver a Motecuzoma luego de la matanza en el recinto sagrado.

Habían transcurrido tres días de reñidos enfrentamientos cuando Tonatiuh y una veintena de barbudos salieron de Las casas viejas para pedir un cese. Pidieron hablar con los pipiltin, pero éstos no se encontraban entre la multitud: se habían resguardado en sus casas para evitar el peligro y los malos entendidos con Malinche, cuando éste regresara de las costas totonacas. Entonces uno de los macehualtin, que había reconocido a Cuauhtémoc lo señaló.

—¡Él es hijo del difunto tlatoani Ahuízotl!

Todos los meshicas presentes lo miraron sorprendidos, pues aquel joven se había mantenido junto a ellos todos esos días en un perfil bajo, ayudando y obedeciendo como cualquier macehuali.

—¡Camina al frente! —le dijo alguien al joven Cuauhtémoc.

—¿Qué es lo que quieren? —preguntó al encontrarse frente a los barbudos.

—¡Tonatiuh quiere que hables con Motecuzoma! —dijo un tlashcalteca.

No preguntó por qué ni para qué. Asintió con la cabeza y entró a Las casas viejas. El patio estaba en condiciones deplorables: escombros y suciedad por todas partes. Los tlashcaltecas, cholultecas, totonacos, hueshotzincas y demás aliados dormían y comían ahí, por lo tanto sus mantas y enseres personales estaban por doquier. El interior estaba igual de descuidado. Los barbudos habían socavado los muros en busca de más oro, pues de esa manera habían descubierto el Teocalco, una bóveda donde se encontraban los tesoros de los tlatoque difuntos, ubicada en Las casas viejas y escondida tras un muro que Motecuzoma había mandado construir días antes de la llegada de los barbudos, justamente para evitar que ellos lo vieran.

Poco antes de llegar a la habitación donde tenían encerrado a Motecuzoma, Tonatiuh le ordenó que convenciera al tlatoani de que ordenara a los meshicas deponer las armas. El joven Cuauhtémoc prometió que haría lo posible. Al llegar a la habitación donde se encontraban el tlatoani y los pipiltin sobrevivientes, se arrodilló y postró la frente en el piso.

—Levántate y mírame —dijo Motecuzoma con aflicción.

El hombre esquelético y ojeroso que encontró no era ni la mitad de lo que había sido meses atrás.

—Cuéntame qué es lo que ha ocurrido en estos últimos días —dijo Motecuzoma con pesadumbre.

El tlatoani se mantuvo con la cabeza agachada para esconder su congoja, mientras escuchaba el doloroso relato del joven Cuauhtémoc. Tras un largo silencio levantó la mirada y la dirigió a los miembros de la nobleza. Se enderezó, intentó hablar pero se le quebró la voz. Carraspeó. Se puso de pie, dio media vuelta, se llevó las manos al rostro, inhaló lentamente, cerró los ojos y exhaló.

—Se acabó —apretó los puños y tragó saliva—. Ha llegado el momento de elegir a un nuevo tlatoani. Háganlo —levantó la cara e infló el pecho—. No importa que yo muera aquí. Junten a las tropas.

Cuauhtémoc bajó la mirada y se quedó en silencio por un instante.

—Hay otra cosa que debo decirle, mi señor —agregó Cuauhtémoc.

—Habla...

—Nuestros informantes dicen que Malinche logró vencer a su enemigo y que viene en camino con un ejército más grande y también trae muchísimos soldados tlashcaltecas y totonacas.

—No queda otra más que seguir embistiendo a los enemigos —intervino Cuitláhuac—. Tenemos que acabar con los barbudos antes de que llegue Malinche con refuerzos.

—Otro de los problemas que tenemos allá afuera es que hay muchos traidores —informó Cuauhtémoc—. Ya no están dispuestos a colaborar con nosotros. Se han vuelto informantes de Malinche.

—¿Saben quiénes son?

—Algunos sí. Otros son hábiles.

—Acaben con todo el que descubran traicionando al imperio meshica. Tonatiuh vendrá en cualquier momento a exigir que salga a hablar con los meshicas —Motecuzoma se limpió el sudor de la frente—. Voy a pedirle a cambio que los libere a ustedes —se dirigió a los rehenes que se encontraban con él.

Los miembros de la nobleza bajaron las miradas.

—¿Y tú? —preguntó Cuitláhuac alzando ligeramente los ojos.

—A mí jamás me dejarán en libertad. Por lo mismo quiero que en cuanto sean liberados se encarguen de traerme alimentos envenenados. Sólo así podrán derrotarlos.

Los pipiltin se quedaron atónitos. Muchos de ellos se negaron. Otros permanecieron en silencio. El joven Cuauhtémoc quedó asombrado con la decisión del tlatoani. A partir de entonces su admiración por él fue superior a cualquier rumor o mito sobre Motecuzoma.

—No —dijo uno de los pipiltin.

—Si no lo hacen, me dejaré morir de hambre —les respondió tajante—. Tardaré más pero lo haré. En cuanto el pueblo meshica se entere de mi deceso ya nada lo detendrá. Podrán liberarse del yugo de los barbudos sin culpa alguna.

—Creerán que usted no fue capaz de combatir a los extranjeros —alegó uno de los pipiltin.

—Cierto... —hizo una larga pausa. Bajó la mirada, se limpió el sudor de la cara y continuó—: fracasé.

Era la primera ocasión que el tlatoani Motecuzoma admitía en público algún fracaso.

—Asegúrense de que el próximo tlatoani sea valeroso, honesto y humilde. Mi soberbia los llevó a la ruina. Hagan alianzas con todos los pueblos. Ha llegado el momento de unirnos contra los extranjeros. Muy pronto Malinche llegará con un número mucho mayor de soldados. Vienen tiempos muy difíciles, pero sé que ustedes lograrán derrotarlos. Por lo pronto asegúrense de que Tonatiuh y sus hombres no reciban nada de alimento, y de que no logre comunicarse con el exterior. También deben evitar que Malinche y su gente entren a la ciudad.

Luego Cuitláhuac tomó la palabra:

—No creo que Tonatiuh nos permita salir a todos.

—Entonces pediré que te liberen a ti...

Cuauhtémoc comprendió en ese instante que el próximo tlatoani sería Cuitláhuac. Afuera no había nadie con tanta experiencia en el ejército y el gobierno.

—Puedes retirarte, Cuauhtémoc —dijo Motecuzoma.

El joven se dispuso a salir, pero Motecuzoma se lo impidió; luego se acercó a él y lo abrazó sin decir una palabra. Cuauhtémoc asintió con la mirada y se retiró caminando hacia atrás, como lo indicaba el protocolo: nadie podía darle la espalda al tlatoani.

Al salir se encontró con Tonatiuh y sus aliados. Le preguntó a qué acuerdo habían llegado. Cuauhtémoc respondió que el tlatoani hablaría con el pueblo. Tras escuchar estas palabras, Tonatiuh dejó ir al joven.

Afuera de Las casas viejas fue recibido por los macehualtin, que esperaban ansiosos. Cuauhtémoc les informó que el tlatoani y los pipiltin estaban con vida. Aún no terminaba de hablar cuando lo cuestionaron multitudinariamente:

—¿Qué te dijo Motecuzoma?

—¿Lo van a liberar?

—¿Qué le hicieron a los demás?

—¿Está vivo el tecutli Cuitláhuac?

—¿Qué vamos a hacer ahora?

Eran demasiadas preguntas. Dudó en contarles todo lo que Motecuzoma le había dicho. Sabía que muchos no comprenderían los deseos del tlatoani. Si les informaba que él pretendía morir, lo llamarían cobarde, algo que ya estaba en boca de muchos. Y si les decía que la orden sería atacar no esperarían más para cumplir con aquella orden.

—Debemos...

En ese momento toda la atención se dirigió a Las casas viejas. Tonatiuh y sus hombres estaban con el tlatoani y el tecutli de Tlatilulco, quien gritó que dejasen las armas.

—¡El tlatoani se encuentra vivo!

—¡¿Por qué lo encerraron y le pusieron cadenas de metal en los pies?! —gritó alguien.

Apareció entonces el tlatoani, junto al hombre de las barbas doradas.

—¡¿Qué viene pues a decir Motecuzoma?!

—¡Ah, pillo!

—¡¿No eres tú acaso uno de sus hombres?!

La opinión del pueblo estaba dividida. Otros macehualtin sobre las puntas de los árboles, las azoteas y los teocalis gritaban, amenazaban con seguir atacando si no liberaban a Motecuzoma. La gente comenzó a lanzar todo tipo de proyectiles. Ya no se sabía si era para defender al tlatoani o para agredirlo. Tonatiuh y Motecuzoma desaparecieron de la vista de los meshicas que no suspendieron su ataque hasta llegada la noche.

Sólo entonces volvió la calma y con ésta, el momento idóneo para hablar. Mientras los macehualtin volvían a sus casas, el joven Cuauhtémoc aprovechó para atraer su atención. Había pensado toda la tarde en lo que les diría y las palabras que utilizaría, pues estaba aprendiendo que la opinión pública suele ser desconfiada y celosa de sus creencias; primordialmente si la casta yace indignada, herida, dolida.

—¡Hermanos tenoshcas! —dijo de pronto, sin que nadie esperara su intervención—. ¡Hablé con nuestro tlatoani, Motecuzoma!

—¡¿A quién le importa lo que diga ese pillo?! —gritó alguien.

—¡Cállate! —le respondió otra voz.

—¡Ven a callarme! —respondió enfurecido.

—¡Déjalo hablar! ¡Nosotros sí queremos saber qué dijo Motecuzoma! —dijo alguien más.

—¡Si a ti no te interesa saber, puedes marcharte! —agregó otro.

Al hombre no le quedó más que permanecer en silencio.

—Nuestro tlatoani Motecuzoma, se encuentra muy dolido por los acontecimientos ocurridos en los últimos días. Especialmente por la matanza de tantos meshicas en el recinto sagrado y en el interior de Las casas viejas. Envía sus condolencias a todos los familiares de los caídos. Asimismo, se está esforzando para que Tonatiuh libere a los pipiltin cautivos, igual que él. Está dispuesto a sacrificarse con tal de que los meshicas recuperemos nuestra ciudad.

—¡¿En verdad esperas que te creamos esas mentiras?! —gritó alguien al fondo—. ¡Motecuzoma está plácidamente sentado en su habitación, mientras sus sirvientes y sus mujeres lo agasajan con manjares y arrumacos!

—Es muy probable que en estos días, el tecutli Cuitláhuac sea liberado —agregó el joven Cuauhtémoc, que sabía cuánto estimaba y respetaba la gente al hermano del tlatoani.

—Por fin alguien que nos guíe —dijo una mujer.

—Sí, ya basta de tanta desorganización —continuó un anciano—. Todos quieren mandar y nadie quiere obedecer. Este pueblo no sabe actuar por sí solo: necesita que lo traten con mano dura.

Todos comenzaron a hablar al mismo tiempo e ignoraron al joven Cuauhtémoc, que aprovechó el instante para retirarse. Le urgía reposar. Entonces se estaba albergando en el calmecac, en compañía de cientos de soldados agotados y desnutridos, ya que el alimento comenzaba a escasear.

Pero esa noche, antes de llegar al calmecac, fue interceptado por un hombre a quien no reconoció en el primer instante debido a que iba vestido de macehuali.

—Estoy realmente impresionado por tu sagacidad.

Cuando estuvieron frente a frente reconoció el rostro de Tlilancalqui. Permaneció en silencio, esperando a que el pipiltin terminara su discurso, pues no le quedaba duda de que el encuentro no era casualidad.

—Debo admitirlo: en un principio dudaba de tus capacidades. Te creía más ingenuo. Estaba seguro de que tu rebeldía no te llevaría a ninguna parte. Ahora que he visto lo que has hecho con estos macehualtin, tengo la certeza de que nos engañaste a todos. Has manipulado con gran astucia a esta gente, la cual pocas veces escucha a los pipiltin. Mírate, ya estás entre ellos. Te has ganado su confianza.

—¿Eso es lo que piensas de mí?

—A mí no me engañas. Soy demasiado viejo. Pero a estas alturas no importa si yo te creo o no, sino, a dónde quieres llegar y a quién quieres junto a ti cuando seas nombrado tlatoani. Vas a necesitar a mucha gente. El gobierno no lo puede llevar una sola persona. Y si piensas que podrás gobernar con un puñado de macehualtin, estás muy equivocado. Se requiere de gente con experiencia. No necesitas tomar una decisión en este momento. Falta mucho tiempo para que seas electo. Pero es preciso que tengas en mente lo que te acabo de decir. No querrás llegar al gobierno solo. De ser así, no llegarás muy lejos. Fracasarás. Te lo aseguro.

—Lo único que me interesa es liberar al tlatoani y sacar a los extranjeros de nuestras tierras.

—Quiero pensar que pretendes engañarme, que tienes bien calculado cada uno de tus pasos. Ése es el perfil de un aspirante al gobierno en circunstancias como ésta. Si es así, significa que ya eres un político; de lo contrario sigues siendo un completo imbécil.

IX

—Os aseguro que lo que menos he buscado es una guerra —dice Malinche al mismo tiempo que observa detenidamente los pies de Cuauhtémoc y suspira. La niña Malintzin traduce—. Estoy cansado de tantas muertes, de tantos malos entendidos. Me gusta vuestra ciudad, vuestras costumbres, vuestra comida, vuestras mujeres... —sonríe—. Y mi mayor deseo es que la vida siga como antes —hace una pausa y frunce el ceño—. Excepto vuestros sacrificios humanos y vuestros rituales demoniacos. Se lo dije a Mutezuma y os lo digo a vosotros, Guatemuz: hay un solo Dios. La causa principal por la que venimos a estos lugares es para ensalzar y predicar la fe de Cristo. Deseo que vosotros también lo conozcáis y lo adoréis con la misma pasión con la que lo hacéis con vuestros ídolos Uchilobos y Quezacuat.

Cuauhtémoc observa con enojo a los ojos de Malinche.

—Yo no sabía quién eras —continúa Malinche—. Aunque Marina me dijo tiempo después que vos habíais estado presente el día de nuestra llegada a Temixtitan, yo no os recuerdo. Disculpad mi pésima memoria, pero había tanta gente. Y según me han dicho Alvarado y otros de mis hermanos vos fuisteis quien me interceptó a mi regreso de La Villa Rica...

Tañían los teponaxtles, mientras centenares le impidieron el paso a Malinche y sus soldados. Los meshicas habían quitado algunos puentes. Mientras tanto las tropas de Ishtlilshóchitl entraban atacando por las otras calzadas. Le cerraron el paso a Malinche para que el joven Cuauhtémoc hablara con él.

—Soy el único que puede ayudaros —dijo Malinche—. Si no me dejáis entrar, mis hombres asesinarán a Mutezuma y todos los miembros de la nobleza.

El joven Cuauhtémoc no entendió una sola palabra.

—¡Libera a Motecuzoma! —gritó amenazante, con su macahuitl en la mano.

—Así lo haré —respondió Malinche—. Os lo prometo.

—Quiero entrar contigo para rescatar a Motecuzoma.

Malinche habló, pero Cuauhtémoc no entendió y Malintzin no tradujo. Los extranjeros avanzaron a pesar de los insultos y las pedradas. Nadie pudo detenerlos.

—¡Déjenlo pasar! —gritó Cuauhtémoc para evitar un enfrentamiento.

Esa misma tarde, Malinche y sus hombres salieron a las azoteas de Las casas viejas. La multitud vociferaba enardecida:

—¡Motecuzoma está en la azotea!

—¡Ahí está el traidor Motecuzoma!

Lanzaba todo tipo de proyectiles. Malinche clamaba desesperado:

—¡Alto! ¡Mutezuma está aquí!

Pero nadie le hizo caso. Entonces dio la orden a sus soldados para que hicieran estallar sus trompetas de fuego. Luego de un breve silencio, la gente volvió a gritar:

—¡Ahí está la mujer de los barbados!

Lanzaron piedras. Cuauhtémoc intentó detenerlos, pero nadie le hizo caso.

—¡Alto! ¡No lo ataquen! ¡Motecuzoma no es ningún traidor! ¡Alto!

—¡Muere traidor!

—¡Que muera el cobarde Motecuzoma!

—Si hubiese sabido que vos seríais nombrado tlatoani algún día me habría asegurado de capturaos mucho antes de que toda esta desgracia hubiese ocurrido —dice Malinche con seriedad—. Cometí muchos errores. Uno de ellos fue liberar a Cuetravacin... Mutezuma me engañó: me prometió que su hermano calmaría al pueblo y los convencería de que abrieran el tianguis de Tlatelulco. Además, yo ignoraba que podíais elegir a los hermanos y sobrinos del tlatoani. Si lo hubiese sabido no habría permitido que ese Cuetravacin saliese.

La liberación de Cuitláhuac ocurrió justamente cuando la mayoría de los meshicas habían aceptado seguir al joven Cuauhtémoc. El recibimiento que se le dio a Cuitláhuac fue caluroso. A pesar de que había muchas riñas entre pipiltin y macehualtin, la mayoría decidió hacer una tregua para acercarse a Cuitláhuac, quien esa misma noche fue electo tlatoani... Sin festejos ni rituales. La mayoría de los meshicas se enteró de esto, por medio de chismes. Tan pronto terminaron la elección, comenzó un nuevo ataque contra los extranjeros, los cuales no habían cesado desde la noche del Toshcatl.

Días más tarde los pipiltin informaron al pueblo tenoshca que Motecuzoma había renunciado y que habían electo a Cuitláhuac. Hubo mucho silencio por un instante. De pronto las voces comenzaron a escucharse. Motecuzoma —el hombre que sacrificó su vida para salvar la de su pueblo— se convirtió, a partir de entonces, ante los ojos de los meshicas, en el tlatoani más odiado de la historia.

Tzilmiztli alzó los brazos para que el pueblo se callara:

—¡Cuitláhuac nos guiará en esta guerra contra los barbudos! ¡Él logrará sacarlos de nuestras tierras!

El nuevo tlatoani interrumpió al sacerdote:

—¡No debemos festejar antes de tiempo! ¡Nuestros hermanos siguen ahí adentro, rehenes de Malinche!

La gente se mantuvo en silencio.

—¡Ellos siguen ahí! ¡Los invasores se han adueñado de nuestra ciudad! ¡Ya no tenemos tiempo! ¡Es hora de acabar con ellos! ¡Mañana mandaré embajadas a algunos pueblos vecinos y trataré de hacer alianzas para traer refuerzos! ¡Mientras tanto es indispensable que vayan a sus casas y fabriquen el mayor número de armas! ¡Consigan piedras, leña, lo que sea que pueda servir para defenderse! ¡Si saben de algún traidor o intruso no tengan misericordia: mátenlo! ¡Aquí no hay lugar para los traidores! ¿Me escucharon? ¡Quienquiera que esté ahí, si piensa informarle a Malinche, sepa que no logrará vivir por mucho tiempo, los vamos a encontrar!

Hubo una ovación. Cuitláhuac alzó los brazos para callarlos.

—¡No bajen la guardia! ¡Mataremos de hambre o en combate! ¡Ya no intenten capturarlos para llevarlos a la piedra de los sacrificios! ¡A ellos no les importa matar a quien se encuentre frente a ellos! ¡A nosotros tampoco! ¿Lo entendieron? ¡Sin clemencia! ¡Acaben con ellos! ¡Debemos estar listos, pues en cualquier momento intentarán salir! ¡De día o de noche!

—Eres un idiota —le dijo Opochtli al joven Cuauhtémoc al finalizar aquel evento. Ambos caminaban rumbo a Las casas viejas, donde nuevamente se estaban llevando ataques contra los extranjeros.

—No sé de qué habla —evadió el encuentro de miradas.

—Ésta era tu oportunidad para ser tlatoani. Si nos hubieras hecho caso, nosotros te habríamos elegido. Ahora no serás más que el pelele de Cuitláhuac... —se marchó sin despedirse...

—Sé que Opochtli era tu aliado —dice Cuauhtémoc a Malinche.

—Opo, ¿qué?

La niña Malintzin repite el nombre.

—No lo recuerdo.

—Uno de los pipiltin que lo visitaron en las costas totonacas —explica Malintzin.

—Por supuesto. El que me entregó uno de sus papeles pintados, que ellos adoran como si fuese la santa Biblia[9] —Malinche se dirige a Cuauhtémoc—. Sí, él y muchos más fueron mis

---

9 De acuerdo con el testimonio de Hernán Cortés, tras su llegada a la Villa Rica de San Juan de Ulúa —el jueves santo, 21 de abril de 1519— el sábado de gloria llegaron tres hombres «a saber de mi venida y lo que se me ofrecía y a pedirme licencia para pintar la gente y navíos con un gran presente de oro y mantas los cuales habiéndose comedido y hacernos jacales. Y a señas que hacían dos principales de ellos doña Marina y Jerónimo de Aguilar los entendieron y

aliados. Vuestro tlatoani tenía demasiados enemigos. Aunque os confesaré algo, eran enemigos inmerecidos. Mutezuma era un hombre honorable. Hay muy pocos como él. Era sabio, congruente, justo, valeroso, sí, valeroso hasta el último día de su existencia. Ustedes no lo vieron; yo sí. Jamás se rindió. Se dejó morir de hambre con tal de no traicionar a su pueblo. ¿Vosotros haríais eso, Guatemuz...?

Motecuzoma había ordenado a su hermano Cuitláhuac que le enviara alimentos envenenados, para que con su muerte, el pueblo meshica pudiese atacar a los extranjeros sin remordimientos. Cuitláhuac, con ayuda de Cuauhtémoc, nombró a los nuevos capitanes de las tropas y los organizó para que lucharan de forma organizada. El joven Cuauhtémoc recibió el nombramiento de tlacochcalcatl de Meshico Tenochtitlan, lo cual genero envidia entre los pipiltin que tenían más edad y muchísima más experiencia en las armas. Cuauhtémoc, ya con su nuevo puesto nombró tlacatécatl «comandante de hombres» a Tepeyolotl.

Ese mismo día, los barbudos intentaron salir de Las casas viejas ocultándose dentro de unos cajones de madera gigantescos.[10] Los meshicas les lanzaron las piedras más grandes que pudieron hasta destrozar el armatoste. Los barbudos intentaron

---

les dijeron que guardasen todo sigilo y secreto que no llegara a noticia del gran Montesuma».

10   Eran unos artilugios hechos de madera para defenderse de las pedradas y flechas y con aberturas para disparar, en los cuales cabían alrededor de veinticinco hombres. Similares al Caballo de Troya, sólo que en forma de cajón. Bernal Díaz del Castillo los llamó torres; Cervantes de Salazar dice que se llamaban burras o mantas; Juan Ginés de Sepúlveda le dice manteletes; y Pedro Mártir de Anglería los nombra tortugas que iban sobre ruedas.

escapar sobre sus venados gigantes, mientras los que iban a pie (alrededor de quinientos) atacaban con sus trompetas de humo y fuego y sus arcos de metal, más de tres mil tlashcaltecas se defendían con lo que podían: flechas, lanzas, macahuitles, cuchillos de obsidiana, piedras.

—Únicamente queríamos salir de vuestra isla, pero el traidor Cuetravacin se obstinó en atacarnos —cuenta Malinche a Cuauhtémoc.

—Él no era tu aliado. Y por lo tanto jamás te traicionó —Cuauhtémoc se muestra enfadado.

—Me había prometido abrir el mercado de Tlatelulco... Quien no cumple una promesa es un traidor. Os lo he dicho muchas veces, Guatemuz, si vosotros hubieses detenido vuestra defensiva, ahora estaríamos celebrando juntos la unión de nuestros pueblos; no habría tantos muertos. Yo no tendría esta mano inútil...

Aquella tarde una flecha le había perforado la mano izquierda a Malinche. Se la sacó él mismo y se amarró un pedazo de tela que se arrancó de las ropas. Luego intentó subir, acompañado de sus hombres, a la cima del Coatépetl, pero se encontró con Cuitláhuac y más de trescientos soldados. Los enfrentó, con su escudo amarrado a su mano herida y en la otra su largo cuchillo de plata. Al mismo tiempo más de trescientos tenoshcas combatían a los invasores: tlashcaltecas, hueshotzincas, totonacos, cholultecas.

Los meshicas lanzaban piedras y troncos para evitar que los enemigos llegaran a la cúspide, pues eso, de acuerdo con los códigos de guerra en el Anáhuac, significaba la derrota del pueblo y el fin de la guerra. Los barbudos rodaban por los escalones, rebotando hasta caer al fondo. Cuando llegaron más soldados meshicas, los extranjeros huyeron, montando sus venados gigantes. En el camino, de regreso a Las casas viejas, Malinche rescató a uno de sus hombres de ser linchado: lo cargó con una mano y lo subió a su venado gigante. Los ataques continuaron toda la tarde.

—Os di una última advertencia para que cesaran vuestros ataques —dice Malinche y se pone de pie—. Salí a las azoteas del palacio y os grité: «¡Vean cuánto están sufriendo sus madres, hijas, abuelos, su pueblo! ¡Muchos guerreros están muriendo todos los días! ¡Su ciudad está siendo incendiada!». ¿Y cuál fue la respuesta de Cuetravacin?: «¡Lucharemos hasta la muerte!». «¡Es momento de hacer las paces! ¡Si no aceptan, acabaremos con vosotros!», respondí. «¡Nosotros los rebasamos en número! ¡Si ustedes matan a cien meshicas, llegaran otros cien! ¡Ustedes morirán primero, de hambre o de sed, o de cansancio, o por una flecha o un macahuitl! ¡Harían mejor rindiéndose y muriendo en servicio de los dioses!». Entonces comprendí cuán bárbaros y obstinados sois vosotros.

Fue una lucha muy larga y cansada. Al mismo tiempo, por el lado oriente de la ciudad, los meshicas fueron atacados por soldados acolhuas, en canoas, comandados por Ishtlilshóchitl, el joven rencoroso.

Esa tarde comenzó a lloviznar. A Cuitláhuac se le vio muy triste el resto del día, pues había cumplido con las órdenes de su hermano: enviarle alimentos envenenados. Las mujeres encargadas de esta tarea, también consumieron lo mismo que le habían llevado al tlatoani, para acompañar a su señor en el camino a la muerte.

Al caer la noche, cesaron los combates. Alrededor de cinco mil soldados meshicas permanecieron en guardia con macahuitles, lanzas, arcos y flechas en mano, frente a la entrada principal de Las casas viejas.

De pronto, un hombre con el semblante apagado salió de Las casas viejas.

—El huey tlatoani Motecuzoma ha muerto —dijo.

Cuitláhuac lo había enviado a Las casas viejas con un mensaje falso para Malinche, en el que prometía abrir el tianguis de Tlatilulco con la condición de que liberaran a Motecuzoma. Pero Malinche se negó a atenderlo. El macehualtin se enteró por medio de un soldado totonaco, que le dijo en tono de burla: «Prepárense porque los barbudos saldrán en cualquier momento. Malinche prometió matarlos a todos».

Antes del amanecer cuatro soldados tlashcaltecas dejaron en la calle un bulto muy grande. Cuitláhuac, Cuauhtémoc y una decena de hombres corrieron a revisarlo: era el cuerpo de Motecuzoma envuelto en mantas de algodón.

Poco después el mismo grupo de tlashcaltecas salió con otro bulto: el cuerpo de Itzcuauhtzin, señor de Tlatilulco. Los llevaron a Las casas nuevas con mucha tristeza. La noticia se difundió velozmente. La gente gritaba: «¡Mataron a Motecuzoma! ¡Motecuzoma está muerto! ¡Los barbudos asesinaron a Itzcuauhtzin!».

No se llevaron a cabo ceremonias ni se invitó a los señores de los pueblos vecinos ni se hizo el duelo de ochenta días, como solía hacerse. Las circunstancias lo impedían. Únicamente incineraron sus cuerpos...

Tlilancalqui le pidió a Cuitláhuac que le diera permiso de ir a Las casas viejas para solicitar la liberación del tlamacazqui «uno de los sacerdotes más importantes». El recién electo tlatoani ya sabía, aunque no tenía pruebas, que Tlilancalqui y otros pipiltin estaban aliados con los barbudos, y que su único objetivo era entrar a Las casas viejas para informar a Malinche.

No se equivocó: Tlilancalqui, Cuitlalpitoc y Opochtli, regresaron más tarde con el tlamacazqui y otros cinco pipiltin.

—Malinche manda decir que si desean hacer las paces ellos se retirarán en ocho días y nos devolverán el oro y las joyas —dijo el tlamacazqui.

—¿Y le creíste? —respondió Cuitláhuac negando con la cabeza.

—No. Sabemos que no cumplirá. Lo que quiere es comida, tiempo y espacio. También dijo que recomendaba que nombráramos tlatoani a Chimalpopoca, hijo de Motecuzoma, a quien está dispuesto a liberar, pues a Cuitláhuac no le viene por derecho.

—¿Qué sabe Malinche sobre nuestros derechos? ¡Lo que él quiere es poner un tlatoani pelele!

Ese mismo día continuaron los ataques sanguinarios. La llovizna no cesó. Al anochecer, ambos bandos interrumpieron los combates para descansar. Las lluvias incrementaron a tal grado que una granizada y fuertes vientos derrumbaron una veintena de árboles. Pese a esto, los meshicas no abandonaron la vigilancia.

Poco después de la media noche comenzaron a salir de Las casas viejas doscientos hombres a pie cargando una enorme pieza hecha de madera para utilizarla como puente en las cortaduras, ya que los tenoshcas habían retirado los existentes. Tras ellos salieron los capitanes de Malinche sobre sus venados gigantes, siete de éstos cargados de oro. Apenas si podían caminar los animales con tanto peso. Luego salieron alrededor de mil trescientos barbudos. Finalmente ocho mil soldados tlashcaltecas, cholultecas, hueshotzincas y totonacos. Cuitláhuac dio la orden de que no los atacaran, pues esperaba que se alejaran lo más posible de Las casas viejas; así, en cuanto comenzara la batalla, no podrían regresar a lo que por varios meses había sido su guarida. Cuando llegaron a la calzada de Tlacopan, Cuitláhuac ordenó a sus tropas que iniciaran el ataque.

Los silbidos de los caracoles, los huehuetl, los teponaztli y los gritos de guerra anunciaron a todos los meshicas el momento de la venganza: una lluvia de piedras, flechas y lanzas sorprendió a los barbudos que creían que los meshicas estaban llorando la muerte de Motecuzoma, como era costumbre con la muerte de un tlatoani. Corrieron por el puente que habían colocado, pero no fue suficiente para tanta gente. Unos huyeron hacia Las casas viejas, y luego hacia el Coatépetl, donde fueron atacados. Otros permanecieron en la calzada, luchando cuerpo a cuerpo contra los enfurecidos tenoshcas. Los venados gigantes lanzaban patadas entre relinchos, matando a decenas de meshicas. Centenares cayeron al agua. Los enemigos intentaron quitar el puente que habían construido pero las vigas por tanto peso se habían enterrado en la tierra reblandecida.

Los que lograban huir de los combates brincaron las otras cortaduras sin puentes: algunos caían al agua. Los venados gigantes que llevaban el oro, la plata y las joyas se ahogaron en el lago. La cortadura de la calzada se llenó de cadáveres y los barbudos aprovecharon para cruzar sobre ellos. El lago se tiñó de rojo. Murieron más de seiscientos barbudos, cuatro mil aliados, cuarenta y seis venados gigantes, y más de ocho mil meshicas, entre ellos, cuatro hijos de Motecuzoma. Malinche logró huir con alrededor de quinientos hombres, de los más de ocho mil que tenía.

Cuauhtémoc le preguntó a Cuitláhuac por qué había ordenado a los meshicas que cesaran el combate, y sólo había enviado un grupo para que les siguieran los pasos; a lo que el tlatoani respondió que en el bosque y de noche era muy peligroso para los meshicas. Lo importante era que habían logrado sacarlos de su ciudad.

Esa noche organizaron al pueblo para que sacaran a los muertos y heridos del lago. Mientras tanto Cuitláhuac, Cuauhtémoc y los pipiltin entraron a Las casas viejas, las cuales estaban en condiciones deplorables: mierda, marcas de orines, escombros, restos de fogatas, mantas de algodón sucias, comida descompuesta y basura por todo el patio. En la sala principal hallaron a los pipiltin en una laguna de sangre: a todos los habían degollado, o perforado el pecho con sus largos cuchillos de plata o dado un disparo en el rostro. Entre ellos Atlishcatzin, hermano de Cuauhtémoc, algunas concubinas de Motecuzoma, mujeres de servicio, todas desnudas, y los cuerpos decapitados de los hijos menores (niños) del tlatoani.

A la mañana siguiente, el lago seguía teñido de rojo, con cientos de cadáveres. La ciudad manchada de sangre. Todos limpiando, llorando, recogiendo brazos y piernas mutiladas.

X

—Aquella noche... —dice Malinche con tristeza—. Aquella noche perdí a muchos hermanos: más de seiscientos. Hombres de gran valor. Yo también he sufrido, Guatemuz. Esto no ha sido sencillo. Vosotros creéis que soy un hombre sin sentimientos que únicamente busca riquezas, pero debéis entender que sólo sirvo a su majestad el Rey Carlos Quinto de Alemania y Primero de España.

El tlatoani cierra los ojos. No desea escuchar a Malinche. No le cree.

—Ha sido hasta el día de hoy la noche más triste de mi vida —continúa Malinche—. A pesar del cansancio y las heridas, yo iba cuidando a mis hombres, pues Cuetravacin envió soldados para que nos persiguieran. Capturaron a cuatro. Luego nos atacaron antes de llegar a Tlacuba. Sufrimos de hambre y sed. Hubimos de comer a uno de nuestros caballos. Otros días cazamos perros de esos que hay hartos por el monte. En el camino murieron Chimalpopoca, hijo de Motecuzoma y Tlaltecatzin, el señor tepaneca.

Malinche pretendía nombrar tlatoani a Chimalpopoca, por eso no los había matado como al resto de los pipiltin que seguían presos en Las casas viejas, entre ellos Atlishcatzin, quien, de haber sobrevivido, habría derrotado a su hermano Cuauhtémoc en las elecciones.

—Deberías ir con tu madre —dijo Cuitláhuac con tristeza el día después de la huida de los barbudos—. Te necesita.

En la casa de Tiyacapantzin se estaba velando el cuerpo de Atlishcatzin. El joven Cuauhtémoc sabía que si asistía a las exequias, todos los asistentes darían largos discursos sobre las virtudes del difunto, lo cual no era nada fuera de lo común, así eran los funerales. Pero Cuauhtémoc había escuchado aquellos elogios toda su vida: Atlishcatzin el valiente, Atlishcatzin el honesto, Atlishcatzin el obediente, Atlishcatzin el sincero, Atlishcatzin el astuto, Atlishcatzin, Atlishcatzin, Atlishcatzin, siempre Atlishcatzin.

—Usted me necesita aquí —respondió Cuauhtémoc a Cuitláhuac.

—Deja las formalidades para otro tiempo —respondió y se tocó las sienes—: Hay que reorganizar al gobierno, el comercio, nuestras relaciones diplomáticas y al ejército. Comenzaremos por nombrar nuevos embajadores, cobradores de impuestos, comisionados de asuntos urgentes, ministros de agricultura, comercio, pesca y reconstrucción. Debemos elegirlos por sus méritos, sin importar que no pertenezcan a la nobleza. Y principalmente tenemos que solucionar el problema de la falta de alimento.

Por si fuera poco, tenían que recoger todos los cadáveres, contarlos, reconocerlos, incinerarlos, reconstruir la ciudad y el recinto sagrado —lugar siempre limpio y sumamente respetado por todos, incluyendo al tlatoani que para entrar se bajaba de las andas en las que era cargado y se quitaba las sandalias para entrar— que a esas alturas estaba en condiciones deplorables. Los inmensos muros y columnas decorados con franjas verdes, amarillas y rojas del calmecac se hallaban severamente dañados. El Tozpalatl, un ojo de agua que abastecía de agua a todo el recinto sagrado, tenía cadáveres en su interior. Al parecer algunos meshicas, tratando de huir de los disparos eligieron el pozo como guarida. El juego de pelota también tenía decenas de muertos en su interior. El huey tzompantli (altar de las calaveras), una larga plataforma rectangular, en cuyos extremos se hallaban unas paredes decoradas con cientos de cráneos labrados en piedra y recubiertos por estuco; y en el centro, a todo lo largo, cientos de cráneos verdaderos, algunos aún con carne, ojos y cabello fresco, perforados de forma vertical por varas de madera, estaba completamente destruido. El adoratorio del dios Tonatiuh, también conocido como La casa de las águilas, no había sufrido tantos daños como los cuatro teocalis alineados entre sí, dedicados a Coacalco, teocali de los dioses de los pueblos derrotados en batalla; Cihuacóatl, deidad femenina, relacionada con la tierra; Chicomecóatl, dios relacionado con la agricultura; y Shochiquetzal, dios de las flores. El Coatépetl y el teocali de Quetzalcóatl se encontraban intactos.

Ese día Cuitláhuac se desmayó: no había comido ni dormido en días. Mientras tanto Cuauhtémoc se hizo cargo. Tres días después de la huida de los extranjeros llegaron los pochtecas (comerciantes) a la ciudad isla. Aunque no traían mercancías suficientes, sirvió para compensar la falta de alimento.

Cuando Cuitláhuac se recuperó organizó el sacrificio de los cuarenta y ocho hombres barbudos que habían sido capturados en la noche de la huida de los extranjeros, para demostrarles a todos los pueblos vecinos que Meshico Tenochtitlan seguía en pie y que nadie los podría derrotar jamás.

Ese mismo día regresó a la ciudad isla un grupo de mujeres que escapó mientras los extranjeros eran atacados en un pueblo, entre ellas Tecuichpo, hija de Motecuzoma de diez años, con quien Cuitláhuac contrajo matrimonio para consolidar su gobierno.

Días más tarde llegaron a Tenochtitlan tres hijos de Motecuzoma: Ashayaca, Shoshopehualoc y Ashopacátzin, quienes habían estado presos en Las casas viejas. Tres hijos del tlatoani murieron en la noche de la huida: Tecocoltzin, Matlalacatzin y Cuauhtlatoa; Chimalpopoca murió después.

Mientras tanto Malinche y sus hombres —cansados, heridos, asoleados y hambrientos— seguían su camino rumbo a Tlashcalan, rodeando todo el lago, por Atizapán, Tlalnepantla, Izcali, Coacalco, entre muchos pueblos más, por los cuales fueron embestidos la mayor parte del tiempo. En el camino fue interceptado por Opochtli quien le dio un informe completo sobre los acontecimientos en Meshico y le garantizó su lealtad absoluta.

En el trayecto, cuesta arriba a Otompan, Malinche y sus hombres fueron emboscados por miles de soldados vestidos de blanco, de Otompan, Calpolalpan, Teotihuacan y otros pueblos vecinos, a quienes el huey tlatoani Cuitláhuac, había solicitado su auxilio. Los soldados locales intentaban capturar vivos a los extranjeros para luego sacrificarlos en sus templos, mientras que los otros iban directo a matar. Tras una batalla de cinco horas, el tecutli Malinche y tres de sus hombres, montados en sus venados gigantes, se dirigieron hasta el capitán y le cortaron la cabeza, con lo cual, de acuerdo con las costumbres locales, el encuentro concluyó, y el ejército perdedor escapó.

Cuando Cuitláhuac se enteró de aquella derrota enfureció, principalmente porque los nativos estaban luchando siguiendo las reglas de guerra del Anáhuac. «¡No sigan las reglas! ¡Si matan al capitán, ustedes continúan luchando, si matan a mil soldados, ustedes permanecen en la lucha! Las guerras con estos hombres no son iguales. Ellos no vienen a capturar esclavos, sino a matarnos y a robarnos todo. No se rendirán si matan a su capitán».

Mientras tanto Malinche y sus cuatrocientos cincuenta hombres continuaron su camino rumbo a Tlashcalan. A pesar de los constantes ataques recibidos todos los días, por todos los pueblos por donde pasaban, lograron llegar a Shaltelolco, en territorio tlashcalteca, donde fueron recibidos con un gran banquete. Días más tarde llegaron a Tlashcalan, donde pudieron curar sus heridas y descansar.

Sesenta días después de la huida de los extranjeros, las calles de Meshico Tenochtitlan estaban limpias. Se estaban reconstruyendo los templos y edificios más importantes; se había abierto el tianguis de Tlatilulco; la gente volvió a pescar, a cosechar, a participar en las actividades religiosas y de comercio. Cuitláhuac hizo alianzas con algunos pueblos, mientras que otros le dieron la espalda, temerosos de los barbudos, que repuestos de la derrota decidieron atacar Tepeyacac[11] con apoyo de tropas tlashcaltecas, hueshotzincas

---

11   Existieron dos lugares llamados «Tepeyacac». El más famoso hoy en día es el cerro del Tepeyac, que antes de la Conquista era un poblado pequeño ubicado a la orilla del lago de Texcoco, con un santuario dedicado a la diosa Tonantzin, y un lugar de paso entre México Tenochtitlan y las poblaciones en el lado norte.

y cholultecas. A su paso fueron atacados en Tzompantzinco, Zacatepec, Quecholac y Acatzinco. Finalmente entraron a Tepeyacac donde no hubo resistencia: los señores principales habían abandonado la ciudad, los pobladores se arrodillaron y rogaron que no los mataran. No hubo combates ni rebeliones, aún así, Malinche mandó marcar con hierro candente la letra G, de guerra, sobre las mejillas de cada uno y los declaró esclavos.

El objetivo de Malinche era regresar a Tenochtitlan, y para ello decidió someter a todos los pueblos de alrededor, para ganar soldados y debilitar a sus enemigos. Quemaron casas y templos, esclavizaron a los pobladores y los torturaron, azotándolos, quemándolos con aceite hirviendo, cortándoles narices, brazos, piernas o pies y sacándoles los ojos. Para evitar que se repitiera lo mismo que en Meshico Tenochtitlan, Malinche mandó matar a todos los pipiltin y hombres cuyas capacidades sirvieran para una rebelión: alrededor de ciento cincuenta mil.

—Hube de tomar decisiones harto difíciles —explica Malinche a Cuauhtémoc—. Yo sabía que Cuetravacin no me perdonaría la vida. Yo no quise que muriera tanta gente, pero no me quedó otra opción.

El tlatoani se pone de pie enfurecido y se va contra Malinche, quiere ahorcarlo, pero los soldados tlashcaltecas se lo impiden. Uno lo prensa del cuello con el brazo mientras

---

El otro Tepeyacac, del cual se trata en este capítulo, era el señorío de Tepeyacac, ubicado en el actual estado de Puebla y conocido actualmente como Tepeaca. Para diferenciar estos dos lugares los españoles llamaron «Tepeaquilla» al cerro del Tepeyac y «Tepeaca» al señorío de Tepeyacac, donde Hernán Cortés fundó en julio de 1520 la villa de Segura de la Frontera.

el otro le inmoviliza las manos. Malintzin observa serena. Ha visto mucho en los últimos dos años y ya nada le sorprende.

—¿Por qué no me matas de una vez, Malinche? —Cuauhtémoc cae de rodillas—. ¡Hazlo de una vez! —llora con la frente en el piso.

—Llevadlo a su celda con los otros —Malinche sale de la habitación ignorando a Cuauhtémoc.

—Ya oíste —dice el soldado tlashcalteca—. Ponte de pie.

—Déjenme aquí —responde sin mirarlos—, necesito estar solo.

—Disculpe nuestra impertinencia, tlatoani —dice uno de ellos con tono mordaz.

—¡Apúrate! —el otro lo tira del cabello y lo arrastra.

Cuauhtémoc se levanta con dificultad y camina cojeando, pues aunque las quemaduras en sus pies han sanado, quedó lesionado de por vida. Al llegar a la habitación donde se encuentran los demás presos los dos soldados lo empujan y el tlatoani cae al piso de donde no se levanta, pese a que sus compañeros lo asisten.

—Míralo —le dice un soldado tlashcalteca al otro—. No se parece en nada al soberbio tlatoani.

En efecto, ya nada queda de aquel joven tlacochcálcatl que pese a carecer de experiencia, luchó valerosamente y sin descanso contra los barbudos. Supo adaptarse rápidamente a las nuevas tácticas de guerra que se estaban empleando. Cuitláhuac lo había enviado al frente de las tropas meshicas para que atacaran a Malinche y sus aliados que estaban invadiendo todos los pueblos a su paso, por lo tanto a Cuauhtémoc pocas veces se le veía en Tenochtitlan.

Hasta que un día se le avisó que Cuitláhuac lo había mandado llamar. Al llegar a Tenochtitlan, le informaron que el tlatoani no estaba en Las casas nuevas, sino en su casa, la cual se encontraba vacía, sin guardias, ni concubinas, ni sus hijos.

—No te acerques —le dijo Cuitláhuac desde el interior—. Te lo prohíbo.

—Como usted lo ordene mi señor.

—Joven Cuauhtémoc —dijo Cuitláhuac desolado—, te he mandado llamar porque... —guardó silencio—. Hace poco más de una semana, me enteré de que se ha propagado una enfermedad en la ciudad isla. El chamán dice que se trata de un mal muy contagioso, cuyos síntomas principales son unas pústulas en toda la piel, desde la cara hasta los pies. No sabe qué es ni cómo curarla. Lo que sí es cierto es que un número considerable de habitantes se ha contagiado, entre ellos, uno de mis hijos, lo cual pronostica que yo también me he contagiado. También me dijo que uno de los primeros síntomas son unas manchas en la lengua y que antes de esto el paciente aún no es infeccioso. Por lo tanto no debes preocuparte. De cualquier manera creo que será más seguro que me mantenga alejado de todos ustedes. ¿Me entiendes?

—Sí —respondió y se agachó.

—Sé que teníamos programada una expedición con las tropas pero no puedo arriesgar a todos nuestros soldados, ni a ti. Por eso te ordeno que asignes a un chamán para que examine a cada uno de los soldados. Y a los que tengan algún síntoma de fiebre, vómito, dolor de cabeza, manchas en la lengua o pústulas en la piel los envíes a su casa y los obligues a permanecer ahí hasta nuevo aviso.

—Pero...

—No podemos tomar ningún riesgo. Es mejor que falten soldados a que uno de ellos contamine a tus tropas.

—Así lo haré.

—A partir de hoy todo quedará bajo tu mando. Yo no saldré de aquí hasta estar completamente seguro de que no he sido contagiado, lo cual puede tardar de tres a cuatro semanas. En este lapso tú serás responsable de todo lo que suceda allá afuera. Es probable que muera muy pronto. Mientras tanto, me encargaré de que te lleguen mis mensajes, sin que haya contacto alguno. Será la única forma de comunicarnos. Necesito que envíes la mayor cantidad de embajadores a todos los pueblos alrededor y les solicites, en mi nombre, tropas, alimento y armamento. Diles que quedarán exentos de tributo.

—¿A todos?

—A todos. No tenemos más opciones. Malinche y sus hombres llegaron a Tlashcalan y con su apoyo atacaron sin misericordia el señorío de Tepeyacac, donde han cometido cientos de atrocidades jamás vistas en estas tierras.

Cuauhtémoc agachó la cabeza.

—Te pido que envíes una embajada con muchos regalos a Michoacán y les solicites una alianza. Dejo todo en tus manos. Espero verte de nuevo. No regresarás a esta casa a menos de que yo te lo ordene.

El tlacochcálcatl se retiró muy preocupado. Caminó por las calles con temor. Le preocupaba infectarse con aquella enfermedad desconocida, de la cual aún no había cura. Observó a la gente en los mercados y en sus canoas, y no encontró los síntomas que Cuitláhuac le había mencionado. Por un momento pensó que el tlatoani estaba exagerando. Al llegar al recinto de los guerreros águila se enteró que días atrás, Cuitláhuac había matado a uno de los hijos de Motecuzoma, a Tlilancalqui, a Opochtli y a Cuitlalpitoc a quienes se les había acusado de dar información a Malinche.

El tlacochcálcatl obedeció las órdenes del tlatoani Cuitláhuac, a quien no volvió a ver jamás, pues permaneció encerrado en su casa hasta el último día de su vida.

La enfermedad de las pústulas, Hueyzahuatl, como los chamanes la llamaron, se propagó con rapidez por todo el valle del Anáhuac. Entre los infectados estaba el hijo de Atzín. Fue a ver a un chamán pero ni él ni ningún otro chamán estaban recibiendo pacientes. En su lugar lo hacía una mujer que no permitía que los pacientes se le acercaran.

—¿Quién es el infectado? —preguntó la mujer.

—Creo que mi hijo —respondió Atzín con tristeza.

—¿Por qué crees eso?

—Yo le había prohibido que saliera a jugar con otros niños, pero me desobedeció. Y un día lo vi con una niña que tenía muchos granos en el cuerpo. Lo regañé y le dije que se metiera a la casa.

—¿Qué síntomas ha presentado tu hijo?

—Los primeros días no presentó síntomas, se veía bien. Yo le preguntaba si se sentía mal y él decía que no. Pero hace días tuvo fiebre, malestar, vómitos, dolor de cabeza y cuerpo. Luego le aparecieron esas manchas rojas en la lengua y boca…

—¿Ya se convirtieron en llagas?

—No.

—¿Todavía no se abren?

—No.

—Eso es lo que le ocurrirá: las llagas se abrirán, esparcirán un líquido en boca y garganta. Saldrán las erupciones en cara, brazos, piernas, pies y manos. Bajará la fiebre, las erupciones se transformarán en abultamientos, los cuales se llenarán de un líquido espeso y opaco. Entonces aparecerá ese hundimiento en el centro. Subirá la fiebre, luego se convertirán en pústulas y finalmente en costras.

—¿Todo eso ocurrirá?

—Eso es lo que le está sucediendo a todos los infectados. Van cientos.

—¿Cuál es la cura?

—No la sabemos. Ni los baños con pulque, ni los ungüentos, ni los alucinógenos, ni el peyote, ni la magia negra han servido para detener su expansión.

—¿Qué puedo hacer?

—Abandonarlo con todos los infectados, si aún no te has infectado o morir con él. ¿Tienes los síntomas?

—No.

—¿Estás segura?

—Sí. Casi no estoy con mi hijo porque estamos trabajando en hacer comida para las tropas. Al niño me lo cuida una anciana.

—Ya sabes lo que tienes que hacer.

Atzín abandonó a su hijo esa misma tarde en un barrio donde se estaban aislando los infectados. La epidemia se propagó por todos los pueblos. Las calles quedaron vacías y sucias; pronto, saturadas de cadáveres. Muchos pipiltin, capitanes del ejército, sacerdotes de Tenochtitlan y señores principales otros pueblos como Michoacán, Tlayllotlacan, Chalco, Tacualtitlán, Tenanco, Amecameca, Itzcahuacán, Opochhuacán y Ehecatepec murieron infectados; incluso Mashishcatzin, uno de los cuatro señores principales de Tlashcalan y Totoquihuatzin, tecutli de Tlacopan.

Entre los nativos se esparció el rumor de que los dioses los estaban castigando a ellos y protegiendo a los barbudos, quienes no mostraban síntomas. La forma en que muchos pobladores vieron a los extranjeros cambió radicalmente. Los invasores eran ahora dignos de respeto y temor. Cuando un tecutli de los pueblos dominados por Malinche moría por la enfermedad de las pústulas, él nombraba a su sucesor. Además el carpintero de Malinche y cientos de obreros tlashcaltecas estaban construyendo trece casas flotantes en Tlashcalan.

En las siguientes semanas, Malinche recibió ayuda proveniente de Cuba: seis expediciones llegaron a la Villa Rica de la Vera Cruz, con lo cual se añadieron doscientos hombres y cincuenta caballos.

XI

El tlatoani se niega a hablar. Lleva tres días en absoluto silencio. Sus compañeros de celda le han cuestionado hasta el hartazgo qué sucedió en su último encuentro con Malinche.

—¿Lo torturaron, mi señor? —pregunta Motelchiuh-tzin, uno de los macehualtin al frente de los primeros ataques contra los barbudos después de la noche del Toshcatl.

—No lo creo —responde el cihuacóatl Tlacotzin—. No tiene heridas en el cuerpo.

—Estos barbudos torturan de distintas maneras —agregó Cohuanacotzin, tecutli de Teshcuco.

—Malinche sabe intimidar sin levantar la mano —comenta Huanitzin, nieto de Axayácatl y señor de Ecatepec.

—El tlatoani siente una gran pena —agrega Coyohue-huetzin, tlacochcalcatl de Tlatilulco—. Yo me sentiría igual en su lugar. Toda la culpa ha caído sobre sus hombros.

—Él lo sabía —responde Tlacotzin sin clemencia—. Pero su ambición de poder lo cegó.

Tras la muerte de Cuitláhuac, Cuauhtémoc volvió a la ciudad isla para reunirse con los pocos pipiltin que habían sobrevivido a la epidemia. Al llegar se encontró con un torrente de cadáveres y un hedor punzante. Los vivos yacían escondidos en sus casas, hambrientos, sedientos, desesperados.

Fue directo a Las casas nuevas, donde se encontró a los pocos pipiltin sobrevivientes con trapos en bocas y narices, tratando de evadir la insoportable pestilencia.

—Me enteré de la muerte del tlatoani Cuitláhuac y vine lo más pronto posible —dijo con tristeza el tlacochcálcatl Cuauhtémoc.

—Los dioses nos han enviado un castigo —expresó Cuecuetzin, aliado secreto de Malinche.

Entre los pipiltin estaban los viejos Cuecuetzin, Imatlacuatzin y Tepehuatzin, antiguos enemigos de Cuitláhuac; los tres hijos de Motecuzoma: Ashayaca, Shoshopehualoc y Ashopacátzin, y los pipiltin que habían estado presos con Motecuzoma en Las casas viejas: el cihuacóatl Tzoacpopocatzin, Meshicalcincatl, Temilotzin, Tlacotzin, Petlauhtzin, Coatzin, Tlazolyaotl, Auelitoctzin y Yupicatl Popocatzin. El resto eran jóvenes como Cuauhtémoc.

—Estamos muy dolidos —dijo el cihuacóatl Tzoacpopocatzin se acercó al tlacochcálcatl. Ambos se miraron a los ojos discretamente.

Tras la muerte de un tlatoani, el cihuacóatl quedaba al mando mientras se elegía al sucesor. Asimismo, su voto podía influir la elección. Por lo tanto los hijos de Motecuzoma se habían mantenido cerca de él en los últimos días con cínicas intenciones de persuadirlo. Pero Tzoacpopocatzin guardaba en la memoria la muerte de su padre, Tlilpotonqui, el anterior cihuacóatl, anciano de más de setenta años muerto en combate. Por su edad no debía acudir a ninguna campaña, pero Motecuzoma, recién electo, exigió su presencia. Justamente en aquellos meses el tlatoani estaba deshaciéndose de todos los funcionarios del gobierno de Ahuízotl, entre ellos Tlilpotonqui y dos hermanos de Motecuzoma: Tlacahuepan y Macuilmalinali. Jamás se pudo comprobar que el tlatoani lo había mandado matar, pero el rumor permaneció entre la población por varias décadas.

Aunque Tzoacpopocatzin no era partidario de Cuauhtémoc, lo veía con mejores ojos que a los hijos de Motecuzoma y Cuecuetzin, Imatlacuatzin y Tepehuatzin, de quienes se rumoraba eran aliados de Malinche.

Luego de aquel encuentro con los pipiltin, Tzoacpopocatzin buscó a Cuauhtémoc en el recinto de los guerreros águila. Lo encontró hablando con los soldados: estaba organizándolos para un ataque contra Malinche y sus hombres que se dirigían a Teshcuco. Lo escuchó sin interrumpirlo y le sorprendió ver que el joven inexperto que había asumido aquel cargo, ahora se mostraba implacable. Aunque le faltaba experiencia y astucia poseía el enojo y la sed de venganza que les faltaba a muchos de los pipiltin.

Al finalizar la reunión, los soldados se retiraron a descansar. Aunque todos deseaban ir a sus casas para ver a sus familiares, el tlacochcálcatl se los prohibió para evitar infecciones. Aunque la epidemia aún seguía latente, ya estaba reduciéndose el número de infectados debido a que los enfermos se encontraban aislados.

—Quiero hablar contigo —se acercó Tzoacpopocatzin a Cuauhtémoc. Su tono de voz era reservado. Su mirada huraña.

—Lo escucho, mi señor.

—Sé que quieres ser tlatoani...

—Así es —respondió prontamente. Desde el instante en el que lo vio en la entrada supo cuál era el objetivo del cihuacóatl. Cuitláhuac se lo había advertido años atrás—. Aunque sé que no estoy preparado, y quizá no lo merezco... —debía mostrar humildad—, estoy dispuesto a...

—...tus principales contendientes serán los hijos de Motecuzoma... —lo interrumpió el cihuacóatl.

—Lo sé...

—No es momento para fingir humildad. Necesitamos a un líder agresivo, sediento de venganza, dispuesto a dar su vida para sacar a los enemigos de nuestras tierras. Malinche está planeando regresar a Tenochtitlan y nosotros debemos impedirlo. Tienes dos semanas para demostrar que mereces el puesto —se retiró.

Los días siguientes la gente comenzó a salir de sus casas para limpiar la ciudad. Juntaron todos los cadáveres en el recinto sagrado para incinerarlos el mismo día en que se llevaría a cabo el funeral de Cuitláhuac, cuyo cuerpo fue desvestido y lavado. Luego le cortaron un mechón para que quedara memoria suya. Lo ungieron con el betún divino, lo vistieron con sus mejores prendas y le colocaron joyas de oro, piedras preciosas, plumas y una esmeralda dentro de la boca. Lo llevaron al salón principal de Las casas nuevas y acomodaron sentado en cuclillas, con una máscara de oro. Ahí se le hicieron elogios solemnes y extensos por diez días con sus noches.

Aunque se enviaron invitaciones para las exequias a todos los pueblos tributarios, pocos señores principales asistieron y con escasas ofrendas correspondientes a un funeral. En el pasado solían llegar con enormes cargas de oro, piedras preciosas, jade, ropas, mantas, plumas y esclavos destinados al sacrificio el día del funeral, para que acompañaran al tlatoani al más allá. Los que no asistieron enviaron mensajes argumentando que no podían asistir debido a que en sus pueblos estaban sufriendo por la enfermedad de las pústulas.

Al décimo día colocaron el cuerpo sobre unas andas, lo cubrieron con mantas finas y luego lo sacaron cargando los tres hijos de Motecuzoma: Ashayaca, Shoshopehualoc y Ashopacátzin, y Cuauhtémoc, vestidos con largas mantas blancas, y sus cabellos sueltos sobre sus espaldas. Iban cantando en tono lúgubre y lloroso. Detrás marcharon cantores y músicos tañendo tristemente los teponaxtles, silbando las caracolas y las flautas. Miles de mujeres lloraban arrodilladas. Recorrieron todos los barrios, las tres calzadas: la de Tlacopan, al oeste; la de Tepeyacac, al norte; y la de Iztapalapan, al sur, hasta llegar al recinto sagrado para que el difunto pudiese despedirse del tozpalatl, el calmecac, el juego de pelota, el huey tzompantli, el adoratorio del dios Tonatiuh, los cuatro teocalis, los recintos de los guerreros águila y los guerreros ocelote, los teocalis dedicados a los Tezcatlipocas, el teocali de Quetzalcóatl y finalmente el Monte sagrado: el Coatépetl.

Luego le quitaron al cadáver las prendas, las joyas, las piedras preciosas y la esmeralda de la boca. Los sacerdotes con sus pebeteros lo rodearon hasta que el humo los cubrió. Subieron el cuerpo hasta la cima del Coatépetl (ciento veinte escalones), y lo colocaron sobre gruesos trozos de madera aromática que pronto arderían.

En los funerales anteriores se acostumbraba sacrificar a los sirvientes del tlatoani, a los malnacidos, a los enanos, a aquellos con defectos físicos y mentales, considerados gente inútil. También a los nacidos en los cinco días intercalares de cada año, llamados nemontemi «aciagos e infelices» y destinados al sacrificio desde su nacimiento. Pero debido al altísimo número de muertos por la enfermedad de las pústulas y los combates contra los extranjeros, el cihuacóatl Tzoacpopocatzin decidió no sacrificar a más gente.

Un teponaxtle se escuchó a lo lejos: *pum, pum, pum.* Luego el graznido de una caracola. Poco después unos cascabeles. Un danzante caminó al centro con un recipiente lleno de copal en las manos. Esparció el humo a los cuatro puntos cardinales, se arrodilló frente al huey teocali, besó la tierra y luego se puso de pie.

Pum, pum, pum, se escuchó

¡Ay, ay, ay, ay, ay!

El danzante sacó unas sonajas y comenzó a bailar en un mismo eje, dando vueltas a la derecha y luego a la izquierda. Los cincuenta cascabeles amarrados a sus pantorrillas sonaban en sincronía con los teponaxtles. Entraron a danzar más de cuatrocientas personas.

Mientras tanto se llevó a cabo la incineración del cuerpo. El fuego ardió hasta el amanecer. A medio día recogieron las cenizas y las guardaron en una olla de barro que esa misma tarde enterraron en el *cuauhxicalli* «jícara de águilas».

Esa noche Cuauhtémoc decidió ir a la casa de su madre, a quien no había visto desde que los pipiltin lo habían apresado para castigarlo por rebelarse contra los barbudos. Se veía mucho más vieja. Estaba enferma, pero su hijo no se enteró, hasta que ella murió un año más tarde.

—Pensé que no te volvería a ver —dijo la mujer sin dirigirle la mirada. Seguía resentida por la ausencia de Cuauhtémoc en el funeral de Atlishcatzin.

—Muchas veces pensé en venir pero…

—No me interesa saber —lo interrumpió y se marchó a su habitación.

—En tres días se llevará a cabo la elección.

—Elegirán a Ashopacátzin.

—¿Cómo lo sabes?

La mujer se dio media vuelta y lo miró con ironía.

—Sigues dudando de mis virtudes.

—Disculpa —inclinó la cabeza.

—Ya te puedes marchar.

Nunca más se volvieron a ver.

Salió de casa de su madre con desconsuelo, pues tenía la certeza de que jamás se restablecería la relación con su madre, con quien nunca se había identificado. Creció con la idea de que Atlishcatzin era el obstáculo entre ella y él. Y murió pensando lo mismo.

Se dirigió a la casa de un amigo de la infancia, quien lo recibió alegremente. Platicaron sobre los últimos acontecimientos mientras bebían octli «pulque». Cuando su amigo le informó que ya se iba a dormir, Cuauhtémoc le pidió que le regalara una jícara con octli. Caminó profundamente afligido por las calles silenciosas de Tenochtitlan, sin comprender concretamente qué era lo que lamentaba: ¿la muerte de Cuitláhuac?, ¿la muerte de tanta gente?, ¿la invasión de los extranjeros?, ¿el desprecio de su madre?, ¿la soledad?, ¿la guerra?, ¿la incertidumbre?

Llegó a la casa de Motelchiuhtzin, donde todos estaban dormidos.

—¡Motelchiuhtzin! —gritó.

Nadie salió.

—¡Motelchiuhtzin!

Seguía sin obtener respuesta.

—¡Motelchiuhtzin!

Decidió marcharse.

—Cuauhtémoc —dijo Motelchiuhtzin en la entrada—. ¿Se encuentra bien?

—No —su aspecto lo decía todo.

Se miraron por un breve instante.

—Necesito hablar con alguien... —le dio un trago largo a su jícara de octli—. Alguien que no pertenezca a la nobleza. Que no busque el poder.

Motelchiuhtzin alzó los pómulos y sonrió ligeramente.

—Aquí estoy.

—¿Crees que soy un buen hombre? —preguntó Cuauhtémoc cuando ambos se sentaron en el piso con las espaldas recargadas en la pared de la casa.

—No le puedo responder eso. Nos conocemos muy poco. El tiempo que hemos estado juntos ha sido por cuestiones bélicas. Jamás hemos platicado personalmente. Y si le soy sincero, me sorprende su presencia en este momento.

—No tengo amigos. Los que creía que eran mis amigos resultaron ser unos oportunistas. Tras la llegada de los extranjeros muchos de ellos se fueron a los extremos. Unos completamente a favor de los barbudos y los otros... están muertos. ¿En verdad crees que existe la amistad?

—Yo ten...

—Sinceramente —lo interrumpió—, lo dudo. No saben escuchar. Están tan enfocados en sus intereses.

—Cierto.

—He estado pensando mucho en ti y en Shochiquentzin. Quiero que ambos estén al frente de las tropas meshicas ahora que me elijan tlatoani.

—¿Cómo sabe que lo...?

—Lo sé, lo sé y eso es lo que debe importarte.

—Hay rumores.

—Son sólo eso —de pronto liberó un bostezo—. Tengo sueño.

—Quizá sea momento de ir a dormir.

—Sí —recargó la cabeza en la pared, cerró los ojos y se quedó dormido.

—Tlacochcálcatl —le movió el hombro—. Despierte.

—¿Qué?

—Vaya a su casa.

—No puedo, he bebido de...

—Vamos, al fondo tenemos una habitación vacía —le ayudó a ponerse de pie y lo guió abrazándolo de la cintura. Lo acostó sobre un petate y se fue.

Una hora más tarde, seguro de que todos dormían, Cuauhtémoc se levantó, hurgó entre la ropa de aquella familia pobre, se puso un humilde tilmatli (un manto para cubrir el torso, amarrado por encima del hombro izquierdo y pasando por debajo de la axila derecha), dejó las prendas que lo distinguían como miembro de la nobleza y tlacochcálcatl, excepto su cuchillo de pedernal, se pintó la cara de negro y salió sigiloso.

A pesar de que las calles estaban vacías, hizo todo lo posible por no ser visto por nadie. Un techichi[12] le ladró, lo que resultó algo inusitado, pues esa raza solía ser extremadamente silenciosa. Tuvo que apresurar el paso para no ser descubierto.

---

12   Los techichis, al igual que los xoloitzcuintles, eran una raza de perros que únicamente se daba en el continente americano y formaban parte de la dieta de los nativos, por lo tanto eran criados específicamente para consumo. El techichi se extinguió después de la conquista, ya que los españoles los consumieron tras la noche de la huida, sin reproducirlos.

Pronto llegó a la casa de Ashopacátzin. Afuera había un grupo de soldados vigilando. Caminó hacia la parte trasera y entró por un tragaluz. Todos dormían. Revisó todas las habitaciones hasta encontrar al hijo de Motecuzoma, acostado en su petate. Lo observó un instante sin entrar a la habitación. De pronto escuchó pasos. Se escondió detrás de una columna. Alcanzó a ver la silueta de una mujer caminando rumbo al patio trasero. La escuchó orinar. Esperó a que ella regresara a dormir. Finalmente entró a la habitación de Ashopacátzin. Lo observó. El hombre, acostado bocarriba roncaba plácidamente. Cuauhtémoc se sintió nervioso. Sus manos tiritaban, su respiración se aceleró, y unas gotas de sudor escurrieron por sus sienes. Sacó el cuchillo de pedernal que llevaba atado a su mashtlatl y dio unos pasos.

«¿Qué esperas?», se preguntó mentalmente. «Si no lo haces ahora, después no habrá otra oportunidad. Debería retarlo a duelo. Te derrotaría: tiene más experiencia en el uso de las armas. Además si le ganaras los pipiltin tomarían eso como una ofensa. Hazlo ya, Cuauhtémoc».

Se sentó en cuclillas para enterrar la daga en el corazón. Sus manos tiritaban aún más. Frunció el entrecejo, apretó los dientes, levantó el cuchillo con la mano derecha y lo dejó caer con fuerza.

No alcanzó su objetivo. Ashopacátzin había despertado y con un golpe había logrado desviar el cuchillo, el cual cayó al suelo. Le dio un puñetazo en la cara a Cuauhtémoc y éste cayó de espaldas. Ashopacátzin se apresuró a recoger el cuchillo, pero hijo de Ahuízotl se fue contra él: le prensó el cuello con el antebrazo al mismo tiempo que intentaba alejarlo del cuchillo. Ashopacátzin le dio varios golpes con los codos en las costillas. Mientras tanto Cuauhtémoc le propinaba puñetazos en la cara.

—Traidor —susurró Ashopacátzin con dificultad, pues apenas podía respirar.

—Cállate —apretó el cuello con más fuerza.

Ashopacátzin se impulsó hacia atrás y logró que Cuauhtémoc quedara de espaldas en el suelo. Puso sus manos sobre el antebrazo de su agresor para liberarse, pero no pudo, el tlacochcálcatl seguía oprimiendo. El hijo de Motecuzoma respondió con cabezazos que pronto le rompieron la nariz a su contrincante. Logró liberarse. Se puso de pie y corrió hacia el arma. Cuando la tuvo en su mano, volvió hacia Cuauhtémoc, a quien reconoció a pesar de la pintura negra en la cara.

—Cobarde... —empuñó el cuchillo con fuerza.

—Tu padre mató a mis hermanos... —respondió Cuauhtémoc en el piso con la nariz sangrante.

—¡Soldados! —gritó Ashopacátzin mirando hacia el pasillo pero sin moverse de su sitio.

Cuauhtémoc abrió los ojos aterrorizado.

—Ordenaré que te encierren y en cuanto salga el sol, llamaré a todo el pueblo para que se enteren de tu cobarde intento de homicidio, traidor. Y te llevaré a la piedra de los sacri...

Cuauhtémoc se abalanzó contra él. Ambos cayeron al piso. Ashopacátzin sin soltar el cuchillo intentó enterrárselo a Cuauhtémoc en el pecho, pero él le prensó las muñecas.

—¡¿Qué pasa?! —gritó una voz femenina, desde el pasillo.

—¡Llama a los soldados! —respondió Ashopacátzin.

Cuauhtémoc le dio fuertísimos golpes en la nariz y boca con su frente, hasta romperle la dentadura.

—¡Soldados! —gritó la mujer aterrada al ver lo que estaba sucediendo y se fue corriendo—. ¡Soldados!

El tlacochcálcatl recuperó el cuchillo y sin titubeo lo enterró en el cuello del hijo de Motecuzoma, quien tenía garantizados diez votos de los doce dignatarios del Tlalocan. Ashopacátzin lo miró a los ojos mientras su cuello sangraba. Cuauhtémoc escuchó a los soldados en el pasillo. Se puso de pie y salió por la claraboya. Se fue corriendo hasta uno de los canales, al cual entró de un clavado. Se mantuvo debajo del agua, escondido detrás de una canoa, con su nariz y boca en la superficie.

Decenas de soldados meshicas pasaron marchando en varias ocasiones. Los vecinos se despertaron y salieron para ver qué ocurría. Cuando sintió que el peligro había pasado, Cuauhtémoc se talló el cuerpo entero sin salir del agua para quitarse las manchas. Luego salió con la cabeza agachada y caminó sigiloso hasta la casa de Motelchiuhtzin, donde, por lo alejados que estaban de la casa de Ashopacátzin, todo estaba tranquilo.

Entró por el mismo lugar por donde había escapado horas atrás, se quitó la ropa y se acostó.

XII

—Yo lo maté —dice el tlatoani Cuauhtémoc mientras duerme—. Yo lo maté.

Es media noche. Los demás presos despiertan al oír la voz del tlatoani quien lleva cinco días sin hablar.

—¿A quién mato? —pregunta Cohuanacotzin.

—¿Está hablando de Malinche? —cuestiona Coyohue-huetzin.

—No —responde Tlacotzin—. Probablemente se refiere a Ashopacátzin.

—¿Él lo mató? —pregunta Huanitzin y en sus ojos despierta un rencor que poco a poco irá creciendo.

Tlacotzin asiente con la cabeza.

—Lo sospechaba —agrega Tetlepanquetzaltzin—. Él nunca me dio confianza.

Motelchiuhtzin finge seguir dormido. Teme ser cuestionado. Se sabe cómplice de aquel crimen.

Aquella mañana la noticia sobre la muerte de Ashopacá-tzin se había difundido por toda la ciudad isla. Las tropas se encontraban investigando de casa en casa. Motelchiuhtzin se dirigió a la habitación donde había dejado a Cuauhtémoc para notificarle, pero al entrar descubrió el tilmatli húmedo en el piso. Le pareció muy extraño. El hijo de Ahuízotl seguía dormido, bocabajo, casi desnudo, salvo por el mashtlatl. Motel-chiuhtzin estaba seguro de haberlo dejado vestido. Aunque eso era lo de menos. Sin embargo aquella prenda en el piso le causó desconfianza.

—Mi señor —le tocó la espalda.

—¿Qué sucede? —se giró.

Motelchiuhtzin notó que el tlacochcálcatl tenía more-tones en la cara y algo de sangre en la nariz.

—Las tropas meshicas lo están buscando.

—¿A mí? —se estremeció—. ¿Por qué? —se sentó.

—Usted es el tlacochcálcatl.

—Sí, sí, eso ya lo sé... —dijo con más tranquilidad—. ¿Qué ocurrió? ¿Por qué me están buscando?

—Un hombre entró en la madrugada a la casa de Asho-pacátzin y lo mató.

—¿Lo mató? ¿Está muerto? ¿Estás seguro?

—Eso dicen.

—¿Saben quién fue?

—Dicen que fue un hombre que vestía un tilmatli y que iba con la cara pintada de negro.

—Qué pena —exhaló con tranquilidad y se volvió a acostar bocarriba.

—El cihuacóatl solicita su presencia en Las casas nuevas.

—¿Les dijiste que estuve aquí toda la noche?

—No.

—¿Por qué? —se mostró algo molesto.

—No sabía si era correcto.

—Tienes razón. Cuando estemos frente al Tzoacpopoca-tzin, dile que aquí estuve toda la noche. Es la verdad. Sé que me castigará por haber bebido octli, pero asumiré mi castigo con responsabilidad.

La embriaguez en los jóvenes era delito capital: el hombre moría a golpes y la mujer apedreada. Sin embargo, las bebidas alcohólicas y su consumo no estaban prohibidas. Estaba permitido emborracharse en las fiestas o en su casa. Los ancianos tenían permitido embriagarse cuando quisiesen. Los hombres maduros acusados de embriaguez (fuera de los contextos mencionados) no recibían la pena de muerte, pero sí eran castigados: los pipiltin eran retirados de sus empleos y perdían su título de nobleza; los plebeyos eran trasquilados y sus casas eran derrumbadas.

—Como usted ordene.

—¿Ya desayunaste?

—Sí.

—¿Podrías pedirle a tu esposa que me prepare algo de comer? Nos espera un día muy ajetreado y lo más probable es que no comamos en todo el día.

—Así lo haré —salió de la habitación confundido y decepcionado.

Al llegar a Las casas nuevas, Cuauhtémoc fue recibido por el cihuacóatl Tzoacpopocatzin.

—¿Dónde has estado toda la mañana?

—Anoche me sentí tan acongojado por el funeral de nuestro tlatoani que sin poder evitarlo comencé a beber octli

—Cuauhtémoc dio una amplia explicación—. Pido perdón por mi falta. Estaba tan ebrio que me tuve que quedar a dormir en casa de Motelchiuhtzin —lo señaló.

—¿Quién es él?

—Un macehuali que luchó conmigo en las batallas contra los barbudos. Es un hombre muy valeroso.

—Eso no importa en este momento —preguntó Tzoacpopocatzin desviando la mirada—. ¿Ya te enteraste de lo que le ocurrió al hijo de Motecuzoma?

—Sí, ya me informaron todo.

—Entonces ve a trabajar —le dio la espalda—. Encuentra al asesino.

—Como usted lo ordene —Cuauhtémoc salió acompañado de Motelchiuhtzin.

Al reunirse con sus tropas, recibió un informe sobre lo acontecido. Había decenas de testimonios distintos: que había sido un tlashcalteca, un barbudo disfrazado, que a su paso había matado a dos hombres, que tres soldados lo persiguieron por la calzada de Iztapalapan, entre otras.

Recorrieron toda la ciudad, averiguando con todo aquel que se cruzaba en su camino, hasta la puesta del sol. Volvieron al recinto de los guerreros ocelote con veintiocho sospechosos. Cuauhtémoc los interrogó uno a uno. Hasta que decidió culpar a uno de ellos.

—¡Cómo te llamas?

—Yaotecatl.

—¡Confiesa! ¡Mataste al hijo de Motecuzoma!

—¡No, señor!

—¿Por qué estabas en la calle en la madrugada?

—Salí a ver qué ocurría, mi señor —el hombre lloraba—. Me ganó la curiosidad y espié a los soldados...

—¡No te creo!

—¡Soy un humilde macehuali!

—¡Un aliado de los barbudos!

—¡Eso es mentira!

—¿Me estás llamando mentiroso?

—Perdóneme.

Cuauhtémoc miró a los capitanes en silencio y luego les ordenó que lo dejaran solo con el acusado.

—Sé que fuiste tú.

—No.

—Si admites tu culpa, abogaré por ti. Le diré al cihua-cóatl que lo hiciste para defender a los tenoshcas porque sabías que Ashopacátzin estaba aliado con Malinche y que él pretendía entregarle la ciudad en cuanto fuese jurado tla-toani. Quizá Tzoacpopocatzin te perdone la vida. Podría ser benéfico para ti: serías un héroe, el hombre que salvó a los meshicas de la traición del hijo de Motecuzoma. Sabes bien que miles repudiaban al tlatoani.

—Pero yo soy inocente.

—Como quieras. Puedo decirle a todos que eres aliado de Malinche. Morirás apedreado y tus hijos y nietos tendrán que vivir por siempre con la vergüenza de ser descendientes de un traidor.

—Le estoy diciendo la verdad: soy inocente.

—Tú eliges: morir como un traidor o vivir como un héroe. Piénsalo. Volveré más tarde.

El tlacochcálcatl salió y se dirigió a sus soldados. Les dijo que había encontrado al culpable y que liberaran a los demás sospechosos.

Minutos después, se dirigieron al patio, donde decenas de mujeres estaban sirviendo alimentos para los miles de soldados. Cuauhtémoc los acompañó, como lo había hecho en los días que combatían contra los barbudos.

—¿En verdad cree que ese hombre mató a Ashopacátzin? —preguntó Shochiquentzin.

—Absolutamente —el tlacochcálcatl se mantuvo con la mirada hacia los soldados que comían sentados en cuclillas.

—Mi hermano lo conoce y asegura que es un hombre muy pacífico —respondió Shochiquentzin.

—La gente cambia.

Motelchiuhtzin se mantuvo en silencio con la cabeza agachada.

—¿Tú qué opinas, Motelchiuhtzin? —preguntó Shochiquentzin.

—Lo mismo: la gente cambia. Tanto que un día los desconocemos por completo —se puso de pie y se marchó sin despedirse.

Horas más tarde, el tlacochcálcatl volvió con Yaotecatl, quien aceptó las condiciones ofrecidas: vivir como héroe. Lo llevaron al tlatzontecoyan (juzgado) para que rindiera su declaración.

El sistema judicial en Meshico Tenochtitlan había tenido cambios radicales en los últimos años, pues antes de la llegada de los meshicas al Anáhuac, la tribu estaba dividida en diez clanes, pero todos bajo las órdenes de cuatro dirigentes. Tras la fundación de Tenochtitlan estos clanes se dividieron entre los cuatro calputin «barrios» que se construyeron. Los calpuleque «plural de calpullec que significa jefe de calpuli», fueron los creadores de las primeras leyes en Tenochtitlan. Con el paso de los años estos barrios se dividieron en veinte pues la ciudad había crecido.

La impartición de *justicia* (en náhuatl Tlamelahuacachi-cahualiztli) en Meshico Tenochtitlan estaba a cargo del huey tlatoani, quien era el juez supremo y cuyas sentencias eran inapelables. En su ausencia o representación estaba siempre el cihuacóatl, quien además estaba a cargo de las rentas reales y designación de los jueces de otros tribunales.

Asimismo había cuatro miembros de la nobleza que formaban parte del Consejo supremo, en calidad de consejeros y jueces, llamados tecuhtlahtohqueh. Al cihuacóatl le seguían en jerarquía el tlacochcalcatl y el tlacatecatl, ambos jefes del ejército; luego el huitznahuatlailotlac y el tizociahuácatl, quienes fungían como jueces principales.

El tribunal del tlacatecatl, compuesto por tres jueces (el tlacatecatl, como presidente, el cuauhnochtli y el tlailotlac), estaba a cargo de juzgar las causas civiles y criminales en primera instancia. En el tlatzontecoyan (juzgado), ubicado en Las casas nuevas, donde había audiencias todos los días (mañana y tarde). Tras escuchar a los litigantes, los jueces daban sus sentencias, de acuerdo a sus leyes; luego el tecpoyotl «pregonero» anunciaba la sentencia si era inapelable (generalmente las civiles; las criminales podían ser transferidas al tribunal supremo).

Este mismo tribunal tenía un representante (con juzgado) en cada uno de los calputin, quienes todos los días acudían ante el Consejo supremo para dar un informe completo de actividades.

Había centectlapixqueh (inspectores) en cada uno de los barrios asegurándose de que se cumplieran las leyes; sin embargo, no tenían la autoridad para juzgar. En su jefatura tenían un grupo de personas.

Debajo de estos tribunales existían aproximadamente treinta y cinco títulos, por mencionar algunos al azar: el teccalcatl, o el atlauhcatl (formados generalmente sobre un topónimo: templos y barrios de la ciudad de Tenochtitlan) y un número desconocido de cargos, como el de los calpishqueh (recaudadores). No se sabe exactamente cuántos pipiltin «miembros de la nobleza» ostentaban estos títulos. Por ejemplo, podía haber doscientos recaudadores de impuestos (a su vez jueces), y cincuenta administradores del comercio. Los tetecuhtin que ostentaban los títulos referidos desempeñaban funciones sacerdotales, militares, judiciales, de jefatura de los barrios y representación del tlatoani y sus dioses como teopishqueh «guardianes de los dioses».

Cada veinte días se realizaba una junta entre el tlatoani y los jueces en la cual se analizaban los casos pendientes. Los que no se solucionaban en esa junta se postergaban para otra que se hacía cada ochenta días, en la cual todos los casos recibían sentencia. El tlatoani marcaba la cabeza del sentenciado con la punta de una flecha, de manera simbólica.

En los juicios no había abogados o intermediarios. En las causas criminales las únicas pruebas que se admitían eran los testimonios. La declaración bajo juramento del acusado era completamente válida, sin importar la veracidad de sus palabras.

Yaotecatl, dijo exactamente lo que Cuauhtémoc le había dicho: había matado a Ashopacátzin porque era aliado de Malinche y en cuanto fuese jurado le entregaría el gobierno. Tzoacpopocatzin lo escuchó sin atención. Parecía distraído.

—A veces el destino es como las aguas turbias: nos engaña y nos hace tomar decisiones erróneas. Si optaste por este camino no puedo evitar que lo sigas. Que los dioses te acompañen. Serás llevado a la piedra de los sacrificios.

—¿Qué? ¡No! —intentó acercarse al cihuacóatl, pero los soldados lo cargaron de las axilas y lo sacaron del juzgado—. ¡Soy inocente! —pataleaba tratando de alcanzar el piso—. ¡Tecutli Cuauhtémoc! ¡Tecutli Cuauhtémoc!

El tlacochcálcatl se mantuvo firme, sin mirar a nadie, como un soldado en guardia. El cihuacóatl Tzoacpopocatzin lo miró de reojo con un gesto de decepción.

Se anunció al pueblo la decisión del cihuacóatl y la muerte de Ashopacátzin quedó resuelta. Sin embargo Ashayaca y Shoshopehualoc, se rehusaron a aceptar aquella resolución. Aseguraron a todos los que podían que su hermano Ashopacátzin había sido asesinado por un pipiltin y que lo encontrarían tarde o temprano.

Dos días más tarde se reunió el Consejo formado por doce altos dignatarios civiles, militares y religiosos encargados de elegir al nuevo tlatoani. Los votos se dividieron entre Cuauhtémoc, Ashayaca y Shoshopehualoc. Una de las facciones insistía en elegir a alguno de los descendientes de Motecuzoma, hasta que se fueron a la segunda ronda: Shoshopehualoc y Cuauhtémoc. El cihuacóatl hizo una gran labor de convencimiento y la elección recayó sobre Cuauhtémoc.

Esa tarde se llevó a cabo un banquete austero para los miembros de la nobleza y los pocos invitados. No era nada comparado con las celebraciones que se hicieron tras las elecciones de Ahuízotl, Ashayacatl y Motecuzoma. Había en el ambiente mucha tristeza. La enfermedad de las pústulas seguía matando nativos y la amenaza del regreso de los barbudos era cada día más latente.

Al caer la noche, cuando todos los invitados se habían retirado, el cihuacóatl Tzoacpopocatzin habló en privado con el recién electo tlatoani. Lo llevó a la cima del Monte Sagrado y lo invitó a que observara la ciudad, el lago, la majestuosa alfombra de árboles y la cortina de montañas en el otro extremo.

—Esto es tuyo —le dio un cuchillo de pedernal.

—Ah... —tartamudeó—, ah... L... Lo perdí hace varias semanas —fingió sorpresa con una sonrisa mal confeccionada—, ¿dónde estaba?

—Lo dejaste enterrado en el cuello de Ashopacátzin.

—Eh...

—Aunque desapruebo lo que hiciste, no tengo otra opción más que callar. Los demás candidatos no me convencieron. No será el último hombre que mates ni la última vez que seas injusto. El poder transforma. Nunca más volverás a ser el mismo. Se apoderarán de ti la soberbia, la desconfianza, la intolerancia, el egoísmo...

—Suficiente.

—Tiene usted razón. Se me olvidó que ya no estaba hablando con un subordinado.

—Era necesario.

—Lo entiendo —agachó la cabeza con humildad—. Ahora, si me lo permite, volveré a mis ocupaciones.

Esa noche Cuauhtémoc comenzó a habitar Las casas nuevas, aunque aún no había sido jurado, ya tenía derecho. Tres sirvientes permanecieron junto a él, arrodillados, con las cabezas agachadas, en silencio.

—Ya se pueden ir a dormir.

Ninguno se movió.

—Váyanse. Quiero estar solo.

Se retiraron en silencio, sin darle la espalda. Cuando se quedó solo no supo qué hacer consigo mismo. No se reconocía. Sus emociones y pensamientos eran completamente nuevos. Sentía mucho poder y al mismo tiempo impotencia. Miedo y coraje. Preocupación y confianza. Rencor y culpa. Euforia y envidia. Angustia y optimismo. Satisfacción y vergüenza.

Se fue a dormir con la esperanza de que al día siguiente sus emociones amanecieran estables. Al entrar a su habitación, se encontró con Shuchimatzatzin, quien lo estaba esperando, sonriente, acostada en el lecho que anteriormente había pertenecido a Motecuzoma, el cual estaba sobre una estera, con veinte mantas de algodón (una sobre otra), luego una capa de plumas ricas y hasta arriba una cobija hecha con pieles de conejo. Tenían varios años sin verse. La última vez había sido poco antes de la llegada de los barbudos a Tenochtitlan.

—¿Qué haces aquí? ¿Cómo entraste?

—Aquí vivo —sonrió con picardía—. O vivía. Ahora no sabemos qué vamos a hacer. Nadie nos ha dado una explicación.

—¿Eres criada de la casa?

—No. Soy hija de Motecuzoma.

—¡¿Qué?!

—Sí.

—Me engañaste todo este tiempo.

—No podía decirte quién era.

—Por eso no te encontré por ninguna parte. Te busqué y nadie me supo decir nada.

—Ser hija del tlatoani no ha sido fácil. Hemos vivido encerradas toda la vida. Mi padre era un hombre muy celoso. Tenía razón al ser así con sus concubinas, pero con sus hijas no. Por eso yo me escapaba, para poder disfrutar un poco de lo que hay allá afuera.

—¿Cómo diste conmigo?

—Estaba espiando el día que mi padre te recibió en la sala principal. Reprobaba tu rebeldía. Me gustaste desde ese momento. Me identifiqué contigo, supongo.

El tlatoani se acercó a ella y la besó apasionado. Llevaba meses sin acostarse con una mujer. Ella lo recibió cariñosa. Se desprendieron de sus vestiduras y se entregaron al ardor de sus placeres.

—¿Quiero que te cases conmigo? —dijo Cuauhtémoc al amanecer.

—¿Por qué me los estás pidiendo?

—¿Cómo que por qué?

—Quiero saber si lo haces por interés o por que en verdad lo deseas.

—Es mi deseo.

—Te lo digo porque no soy hija legítima de Motecuzoma. Y nuestro matrimonio no validaría...

—Lo sé.

—¿Entonces?

—No me importa. Quiero que seas mi esposa.

—El cihuacóatl te pedirá que te cases con Tecuichpo, la hija legítima y preferida de mi padre.

El tlatoani decidió casarse con las dos, aunque a la segunda jamás la tomó en cuenta, por ser apenas una niña de diez años.

La jura se llevó a cabo ochenta días después de la elección: el Seis Cipactli del mes Atlacahualco, principio del año Ye Calli, primer día del año meshica[13].

A cargo estuvieron los tetecuhtin de Teshcuco y Tlacopan y el cihuacóatl. Cohuanacotzin y Tetlepanquetzaltzin le cortaron el cabello al nuevo tlatoani, le perforaron el labio inferior, la nariz y las orejas para ponerle un bezote de oro, una piedra de jade y unos pendientes de oro; y sobre los hombros una manta adornada con cientos de piedras preciosas y unas sandalias doradas. El cihuacóatl Tzoacpopocatzin lo roció con incienso sagrado mientras decía: «Tecutli Cuauhtémoc, hijo de Ahuízotl, te proclamo huey tlatoani de Meshico Tenochtitlan, para que lo escuches y hables por él, cuides de cualquier peligro y defiendas su honor de día y de noche». El joven tlatoani recibió el pebetero y esparció el incienso sobre el brasero. Cohuanacotzin le proporcionó tres punzones para que se sangrara las orejas, los brazos, las piernas y las espinillas y derramara su sangre sobre el fuego. Cohuanacotzin y Tetlepanquetzaltzin le entregaron unas aves para que les rompiera el pescuezo y derramara su sangre sobre el fuego. Acompañaron al nuevo tlatoani a la cima del Coatépetl, donde lo despojaron de sus vestiduras, excepto del mashtlatl, para que entrara en meditación —comiendo y bebiendo una vez al día— en un cuarto hasta el día de la presentación ante el pueblo, con el cual comenzó el mitote. Aunque fue un evento austero, se aprovechó para invitar a los señores principales de los pueblos vecinos y conseguir alianzas. Hubo muchos que se negaron a asistir con excusas, otros abiertamente, se declararon libres y aseguraron que nunca más pagarían tributo a Meshico Tenochtitlan.

13 Primero de marzo de 1521.

XIII

—He decidido aceptar las condiciones de Malinche —Cuauhtémoc rompe el silencio al octavo día.

—¡Habló! —informa Motelchiuhtzin a los demás presos.

—Ya lo escuchamos —responde Tlacotzin con indiferencia.

Cohuanacotzin y Coyohuehuetzin caminan hacia el tlatoani.

—¿Cuáles son esas condiciones? —pregunta Coyohuehuetzin.

—Malinche quiere que siga al frente del gobierno y que organice a los meshicas para llevar a cabo la reconstrucción de la ciudad.

—¿No es eso lo que le criticaste a Motecuzoma en varias ocasiones? —preguntó Tetlepanquetzaltzin.

—Yo nunca dije eso. Fueron rumores para desprestigiarme —el tlatoani cierra los ojos con dolor y agrega—. Y castigué a los responsables...

Poco después de haber sido jurado, el huey tlatoani recibió a un informante en Las casas viejas. Cuauhtémoc había adoptado los rituales que habían caracterizado a Motecuzoma: los macehualtin tenían que entrar con las cabezas agachadas y arrodillarse ante él, no podían usar prendas de algodón ni sandalias.

—Mi señor —dijo el informante—, hace unos días Malinche y sus hombres entraron a la ciudad de Chalco, donde fueron recibidos con ofrendas de oro, piedras preciosas, cargas de mantas, plumas finas y un gran banquete. Iban escoltados por miles de tlashcaltecas y acolhuas. A pesar de que las tropas meshicas obstaculizaron el camino con grandes troncos y ramas, Malinche ordenó que mil quinientos tlashcaltecas y acolhuas limpiaran el camino para que pudiesen transitar los venados gigantes.

»Cuando Malinche y sus hombres llegaron a los llanos, la gente de los pueblos colindantes encendió fogatas para avisar a los pueblos alrededor de la presencia de los barbudos. A pesar de que los extranjeros ya conocían el significado de las columnas de humo, avanzaron sin temor. Los pobladores les gritaban insultos desde lejos. Hubo algunos que les lanzaron piedras y flechas, pero los extranjeros les respondieron con algunos disparos y los persiguieron montados en sus venados gigantes. Los pobladores huyeron. Esa noche los barbudos durmieron en Coatepec, abandonado esa misma tarde. Los tlashcaltecas robaron todo.

—¿Querrás decir, los barbudos?

—No. A ellos parece no interesarles nada más que el oro. Mientras que los tlashcaltecas se llevan guajolotes, perros, maíz frijol, otros alimentos, ropa, vasijas, plumas y armas.

—Esos extranjeros son muy... Olvídalo. Sígueme contando.

—Ayer se apoderaron de Teshcuco.

Esa misma tarde Cohuanacotzin llegó a Tenochtitlan, acompañado de miles de acolhuas, huyendo de Teshcuco. Cuauhtémoc llevó a cabo una reunión con Cohuanacotzin, Tetlepanquetzaltzin y los miembros de la nobleza para establecer el procedimiento ante la llegada de los barbudos y sus aliados a Teshcuco, ciudad que para entonces se hallaba casi despoblada: los ancianos, las mujeres y niños habían huido a los pueblos cercanos y la mayoría de los soldados se habían incorporado a las tropas meshicas. No obstante, la otra mitad se encontraba bajo el mando del joven Ishtlilshóchitl. Malinche nombró tecutli de Teshcuco a Cuicuitzcatzin, hermano ilegítimo de Cohuanacotzin.

Días más tarde, Malinche recibió en Teshcuco a los señores principales de Coatlichan, Hueshotzinco y Atenco, quienes le ofrecieron obediencia. Cuauhtémoc envió una embajada a estos pueblos para solicitarles una alianza, pero los tetecuhtin de aquellos pueblos los arrestaron y los llevaron ante Malinche quien los envió de regreso con un mensaje:

—Dice el tecutli Malinche que si nos entregamos sin resistencia, no habrá represalias —informó el embajador.

El tlatoani soltó una risotada:

—Ya escucharon —se dirigió a los pipiltin con soberbia—. Malinche cree que nos ha derrotado. Le vamos a demostrar que está equivocado. Debemos poner todo nuestro ser en la defensa de nuestros dominios —dijo el tlatoani con enardecimiento—, de nuestras vidas, nuestra libertad, nuestros hijos y mujeres. Si no lo hacemos, Meshico Tenochtitlan quedará destruida para siempre. Ustedes han visto cómo Malinche y sus aliados quitan y ponen señores a su antojo, cómo destruyen teocalis y dioses, cómo imponen su fe, sus costumbres y sus leyes. Aún contamos con un número mucho mayor de guerreros que Malinche y sus aliados. Nuestra ciudad es una fortaleza. Y mientras ellos no entren, no nos podrán destruir.

Los pipiltin murmuraron entre sí, algunos con entusiasmo, otros con pesimismo.

—Permítame decirle, mi señor —dijo uno de los primos de Cuauhtémoc—, que me siento muy alegre de tenerlo como tlatoani. Su determinación y valor darán a nuestras tierras el respeto y la riqueza que siempre ha tenido.

—Si usted hubiese sido nuestro huey tlatoani en vez de Motecuzoma —agregó otro— esos invasores jamás habrían pasado más allá de Cempoala.

—¡Cuente con nuestra lealtad! —agregó otro con aclamación—. ¡Estamos seguros de que usted nos llevará a la victoria!

El tlatoani agradeció sus palabras con emoción. Sin embargo no todos pensaban igual.

—El elogio de los subordinados puede enajenar a cualquier líder —le susurró el cihuacóatl al tlatoani—. Tenga cuidado.

Cuauhtémoc se incomodó con aquel comentario; sin embargo, sonrió y se dirigió a la audiencia.

—Mi señor, creo que ha llegado el momento de hacer las paces con los enemigos —recomendó Cuecuetzin.

—¿Rendirnos? —respondió el tlatoani en voz alta—. ¿Por qué haríamos algo así?

—Por nuestro bien. Ya quedó demostrado que a Malinche nada lo detiene.

—Porque no le hemos enviado todas nuestras tropas

—respondió Cuauhtémoc con un tono soberbio y un gesto mordaz.

—Aunque así fuera, él tiene las tropas tlashcaltecas, hueshotzincas, cholultecas, totonacas y acolhuas —intervino Imatlacuatzin.

—Por lo visto, ustedes están a favor de Malinche —Cuauhtémoc caminó frente a ellos.

—No se trata de eso —habló con serenidad Tepehuatzin—. Sino que somos viejos y la experiencia nos ha enseñado que debemos aprender a perder.

—Hablan los que fueron enemigos de Motecuzoma y Cuitláhuac. ¿Creen que no estoy enterado? Ustedes estaban coludidos con Opochtli, Tlilancalqui, Cuitlalpítoc. Intentaron manipularme para que cuando fuese electo le entregara el gobierno a sus aliados extranjeros. Ustedes me encerraron cuando apoyé a los macehualtin en el levantamiento contra los barbudos. Tenían el poder y eran soberbios. Ahora no son más que un montón de ancianos cobardes, preocupados por mantener los beneficios que han tenido toda su vida bajo el manto de la hipocresía. Eso se acabó. Serán llevados a la piedra de los sacrificios.

Todos los presentes se inquietaron con aquella resolución. El cihuacóatl y los tetecuhtin de Tlatilulco, Tlacopan y Teshcuco intentaron hablar en privado con el tlatoani, pero éste se negó. Cuecuetzin, Imatlacuatzin y Tepehuatzin fueron llevados a una celda donde permanecieron varias semanas, hasta que el tlatoani y un grupo de sacerdotes llevaron a cabo uno de los rituales correspondientes al calendario azteca en el que soldados enemigos se debían sacrificar.

Contrario a lo que todos esperaban, el nuevo tlatoani, se dedicó a gobernar desde Las casas nuevas, sin salir a combatir a los extranjeros: envió embajadas a solicitar auxilio, con ofrendas y la promesa de que quedarían exentos de tributo, y a los pueblos enemigos les ofreció la paz. Principalmente debían convencerlos del peligro que se avecinaba: destrucción de sus ciudades y esclavitud. Pero algunas respuestas fueron negativas: Tzinzicha, el cazonci[14] de Tzintzuntzán, al igual que su padre Zuangua, muerto por la enfermedad de las pústulas, le negó la ayuda. Los acolhuas, chalcas, shochimilcas y tepanecas también se declararon a favor de Malinche. Mientras que Cuauhtlalpan, Cuauhtitlán, Tláhuac, Yacapichtla, Huashtepec, Yauhtepec, Tepoztlán, Cuauhnahuac, Tlayacapan y Totolapan se mostraron fieles a Tenochtitlan. El tlatoani llevó el mayor número de tropas de aquellas tierras a Meshico, con lo cual fortaleció la ciudad; se aseguró de que el trabajo en el campo no se detuviera y de que los víveres y cosechas no fueran a dar a manos del enemigo; asimismo, mandó construir miles de canoas más.

Pronto el pueblo comenzó a repudiar las decisiones del huey tlatoani, quien en respuesta intentó ganarse la aprobación de sus vasallos con regalos, aceptados por algunos y rechazados por otros. En poco tiempo se acabó todas las riquezas del gobierno y todas las reservas de semillas.

—Mi señor, debemos hacer algo con los ancianos —dijo el cihuacóatl Tzoacpopocatzin.

—¿A qué te refieres? —respondió Cuauhtémoc despreocupado.

—Corren peligro en la ciudad.

—¿Cuál peligro?

—Si los barbudos llegan a entrar...

---

14   Gobernante de los purépechas en Michoacán, equivalente a tlatoani.

—¡No entrarán!

—No podemos estar tan seguros.

—¿Qué quieres decir? —lo quiso intimidar con la mirada, pero Tzoacpopocatzin era demasiado viejo para caer en trampas como esas.

—Que debemos tomar nuestras precauciones.

—Envíenlos a los cerros colindantes a Tlacopan.

—¿Quiere que caminen hasta allá?

—¿Quieres que los lleven cargando? Lo más importante en este momento es reunir la mayor cantidad de soldados. Si te preocupan los ancianos, soluciona el problema y no me quites el tiempo. Los barbudos ya tomaron Teshcuco.

Al salir de Las casas nuevas, el cihuacóatl se encontró con los hijos de Motecuzoma: Ashayaca y Shoshopehualoc, quienes además de considerar al tlatoani demasiado joven e inexperto para el puesto, lo creían culpable de la muerte de su hermano, Ashopacátzin. El cihuacóatl Tzoacpopocatzin ya se había arrepentido de haber elegido a Cuauhtémoc, pero no había dicho una palabra, hasta el momento.

—¿Está todo bien? —preguntó Ashayaca.

—No —Tzoacpopocatzin siguió su camino a paso lento.

—¿Qué ocurre? —caminó a su lado.

—Preocupaciones de un viejo.

—Entonces debe ser algo muy importante —respondió Shoshopehualoc, quien también caminaba junto a él.

—El tlatoani...

—Vaya que fue un grave error elegirlo.

—Tienes razón —dijo el cihuacóatl con tristeza—. Nos equivocamos.

—Muchos miembros de la nobleza insisten en que se

rinda ante los barbudos, pero Cuauhtémoc se niega —dijo Shoshopehualoc.

—Está lleno de rabia y ambición —agregó Ashayaca.

—Quiere ser recordado como el tlatoani que acabó con los extranjeros y conquistó toda la tierra —continuó Shosho-pehualoc.

—Y también quiere castigar a quien no piense como él —dijo el cihuacóatl con preocupación.

—Ayer estaba hablando con los pipiltin Zepactzin y Ten-cuecuenotzin —comentó Ashayaca— y me dijeron que...

—Escuchen bien —lo interrumpió el cihuacóatl—. Deben tener cuidado con lo que dicen y a quien se lo dicen. Imagínense que yo hubiese dicho todo esto para tenderles una trampa. Serían acusados de alta traición. Afortunadamente no era esa mi intención. Cuídense —se marchó.

En esos días Malinche y sus hombres entraron a Iztapa-lapan, pero antes de llegar fueron atacados por ocho mil mes-hicas que habían llegado en canoas. Ishtlilshóchitl se batió a duelo con uno de los señores principales, hasta que lo capturó; entonces ordenó a sus soldados que lo ataran de pies y manos, y lo quemaran vivo. Tras varias horas de combate, los extran-jeros lograron llegar a la calzada-dique que detenía el agua del lago de Shochimilco y protegía la ciudad de inundaciones. Los meshicas comenzaron a destruir la calzada, con lo cual, liberaron las corrientes de agua dulce hacia las aguas saladas. Pronto, el canal se desbocó y se llevó a todos en sus aguas. Ya había oscurecido cuando Malinche ordenó la retirada. La corriente llevaba tanta fuerza que apenas si podían caminar con el agua al pecho. Los aliados tlashcaltecas perdieron el botín que habían adquirido. Murieron más de seis mil hom-bres, mujeres y niños.

Los barbudos y sus aliados pasaron la noche mojados, con frío y hambre afuera de Iztapalapan. Al amanecer los guerreros meshicas los estaban esperando en sus canoas, para continuar el combate. Malinche y sus hombres resistieron la agresión, pero siempre luchando de forma que pudiesen retomar el camino a Teshcuco, dejando atrás a los aliados tlashcaltecas, acolhuas y hueshotzincas, quienes murieron a manos de los meshicas.

La noticia alegró de sobremanera al tlatoani, quien ordenó que se hiciera un banquete para los soldados. Se llevaron a cabo danzas y se sacrificaron algunos presos tlashcaltecas.

Al finalizar el mitote, los sacerdotes Zepactzin y Tencuecuenotzin hablaron con Cuauhtémoc:

—Creemos que es el momento justo de que cese la guerra.

—¿Qué? ¿De qué están hablando? Estamos acabando con el enemigo.

—No es así. Están muriendo tlashcaltecas, acolhuas, hueshotzincas y muchos más, pero de los barbudos únicamente murió uno. Uno.

El tlatoani los observó detenidamente. Trató de recordar cuántas veces habían avalado sus decisiones y no encontró nada en su memoria. Eran callados, reservados, austeros. Desde la matanza de la noche del Toshcatl ellos se habían mantenido en sus casas y en los templos.

—Tienen razón —dijo Cuauhtémoc con humildad—. Su sabiduría me ayuda a reflexionar. En los próximos días tomaré una decisión. Sólo les pido que mantengan esto en secreto. No quiero mal informar al pueblo. ¿Les parece bien?

—Por supuesto. Esperaremos hasta entonces. Y agradezco su comprensión. El pueblo tenoshca también se lo reconocerá por siempre.

Los dos sacerdotes se retiraron complacidos. Más tarde Cuauhtémoc mandó llamar al cihuacóatl.

—¿Qué opinas de Zepactzin y Tencuecuenotzin?

—Son hombres de gran sabiduría —Tzoacpopocatzin presintió el rumbo que tomaría aquella conversación—. Su experiencia es valiosísima.

—¿Cuáles eran sus cargos en el gobierno de Motecuzoma?

—El gobierno duró muchos años y con frecuencia había cambios. Fueron embajadores, ministros, cobradores de impuestos y sacerdotes.

—¿Alguna vez intentaron rebelarse ante el tlatoani?

—Jamás —Tzoacpopocatzin se mostró firme.

—¿Nunca contradijeron a Motecuzoma?

—Eso es diferente. La labor de los pipiltin siempre ha sido aconsejar al tlatoani, incluso cuando la recomendación no ha sido solicitada. En todos los gobiernos hay objeciones, y por ello el tlatoani no debe sentirse traicionado. La diversidad de pensamientos abre caminos, aclara dudas y sobre todo ayuda a tomar mejores decisiones.

—No estoy de acuerdo: cuando hay opiniones tan contrastantes, la toma de decisiones se torna más compleja. Opaca la visión de los demás pipiltin. Los confunde. En este momento lo que menos necesitamos es complicar la situación. Necesitamos convencer al pueblo. Sólo así dejaremos de discutir entre nosotros para dedicarnos a lo único y verdaderamente importante: acabar con el enemigo.

—Centrarnos en un objetivo e ignorar otras posibilidades es demasiado arriesgado.

—Zepactzin y Tencuecuenotzin no están de acuerdo con mis decisiones —Cuauhtémoc fingió algo de tristeza, agachando la cabeza, al mismo tiempo que se cruzó de brazos.

—Eso es bueno. La sabiduría se obtiene con los fracasos, el diálogo, los consejos. Es bueno que los pipiltin no siempre piensen igual que usted. Uno de los grandes errores de Motecuzoma fue exigir que todos los miembros de la nobleza compartieran sus ideales y caprichos. Para ello decretó matar a todos los funcionarios del gobierno de Ahuízotl, incluyendo a algunos de sus hijos.

—Siempre critiqué aquella decisión de Motecuzoma. Me dolió saber que había asesinado a muchos de mis hermanos, pero ahora la veo de una manera muy distinta. El tlatoani no necesita enemigos en su propio gobierno.

—No son enemigos.

—Necesita aliados, gente de confianza.

—La confianza debe ser recíproca.

—De eso estoy hablando: hay muchos miembros de la nobleza que no confían en mí.

—Usted debe ganarse su confianza.

—¿Yo?

—Usted es el tlatoani —el cihuacóatl alzó la frente.

—Por eso mismo. Son ellos quienes deben ganarse mi confianza.

—No —Tzoacpopocatzin se mantenía firme, seguro de cada una de sus palabras.

—¿Te estás revelando?

—No. Le estoy diciendo que usted debe ganarse la confianza de los pipiltin para poder gobernar. Eso es todo.

—Para lograr eso que dices, tengo que obedecerlos.

—Yo no lo veo de esa manera. Existen dos formas para comprender la política: desde la ideología y desde los resultados. La primera siempre es más dañina. Los pipiltin que sugieren una rendición han vivido el triple que usted, disculpe el atrevimiento, pero su experiencia habla por ellos. Saben perfectamente que la ideología no siempre es buena consejera. Por supuesto que es bueno intentar cosas nuevas, pero existen momentos en la vida en los que uno no puede darse esos indultos, mucho menos cuando la vida de tanta gente está en peligro.

—Quieren que me rinda ante el enemigo. Eso es lo que piden. Y según tus palabras, para ganarme su confianza debo hacer lo que ellos piden: rendirme, rendir al pueblo meshica ante los invasores, entregarles nuestra ciudad.

—Esta mañana los señores principales de Otumba, Tepecoculco y Mishquic ofrecieron vasallaje a Malinche. Al paso que van, los barbudos se apoderarán de la ciudad de una u otra manera. Usted decide, si quiere entregarles una ciudad con una población viva o un cementerio.

—Si no hay otra opción, les dejaremos un cementerio. Pero de aquí no nos van a sacar.

En ese momento uno de los miembros de la nobleza entró a la sala para informarle al tlatoani que dos cobradores de impuestos solicitaban hablar con él.

—Diles que pasen.

—¿Seguirá requiriendo de mi presencia? —preguntó el cihuacóatl con deseos de retirarse. La necedad del tlatoani lo había irritado de sobremanera.

—Por supuesto —respondió con exageración—. Eres el cihuacóatl y tus consejos son indispensables.

Los calpishqueh (recaudadores) entraron con la humildad de siempre: descalzos, con ropas de henequén y sin joyas. En cuanto el tlatoani los vio a la cara se percató que iban heridos.

—¿Qué les sucedió?

—Los campesinos se están negando a pagar el tributo de maíz.

—¿Con qué excusa?

—Que no tienen para comer.

—Les explicaron que es indispensable para sostener al ejército.

—Sí, mi señor.

—¿Qué debemos hacer? —le preguntó el tlatoani al cihua-cóatl.

—Pues...

Cuauhtémoc no lo dejó hablar:

—¡Confisquen el maíz! ¡Arresten a quienes se rehúsen a pagar el tributo!

—El problema es que los están defendiendo soldados tlashcaltecas. Hay grupos de hasta cincuenta soldados en cada sembradío.

—¿Usted qué opina? —el tlatoani le preguntó al cihua-cóatl.

—Creo que...

—Mañana temprano enviaré unas tropas a acabar con esos malnacidos —lo interrumpió.

—¿Algo más? —le preguntó Cuauhtémoc al cihuacóatl.

—No —respondió ocultando su molestia.

—Bien —sonrió con satisfacción, luego se dirigió a los dos calpishqueh—. Ya se pueden retirar.

Los hombres salieron caminando hacia atrás para no darle la espalda al tlatoani.

—¿Te das cuenta de que los consejos de los pipiltin no son indispensable? Si me eligieron como tlatoani es porque confían en mi capacidad para tomar decisiones.

Ambos se miraron en silencio por un instante.

—Estoy seguro de que ya ha tomado una decisión —dijo Tzoacpopocatzin con pesadumbre—. Haga lo que tenga que hacer. Estaré en mi casa, esperando.

—Es la mejor decisión —dice el cihuacóatl Tlacotzin.

Cuauhtémoc baja la cabeza con tristeza. Los demás presos ahora tienen la certeza de que ésa debió haber sido la resolución del tlatoani desde el principio de su gobierno. La rendición era su única salida para evitar tantas muertes.

—Tal vez —dice Cuauhtémoc con voz baja, para evitar que los guardias tlashcaltecas lo escuchen— ya en libertad podríamos organizar al pueblo para...

—No seas terco —le dice el cihuacóatl con amargura—. Se acabó. Basta. Ya no hay más.

Ambos se miran a los ojos como si estuviesen en medio de un duelo, con macahuitles en mano. Los demás presos se mantienen en silencio, esperando que en cualquier instante alguno de ellos lance el primer golpe.

—¿Estás dispuesto a vivir lo que te queda de vida en esclavitud? —pregunta el tlatoani con tono retador.

—Estoy dispuesto a lo que sea con tal de que nuestro pueblo deje de sufrir.

—No... A mí no me engañas con eso, ni tú te lo crees —el tlatoani camina alrededor con dificultad. Frunce el ceño con cada paso que da—. Tu problema es que no me perdonas.

—¿De qué hablas? —el cihuacóatl finge ignorar para que el tlatoani lo diga, para que todos lo escuchen.

—Sabes perfectamente a qué me refiero.

—No —camina hacia el tlatoani—. Dímelo. Quiero saber.

—Olvídalo... —le da la espalda.

—O... ¿es que no quieres que ellos se enteren?

—No necesito que todas mis conversaciones se hagan públicas.

—¿Públicas? Cuenta cuántos somos. Perdón. Tienes razón. Probablemente a Cohuanacotzin se le ocurra salir corriendo a Teshcuco para contarle a todos los acolhuas. O Coyohuehuetzin tal vez quiera divulgar tu secreto en Tlatilulco. No. El más peligroso podría ser Huanitzin. Quién sabe qué podrían pensar los pobladores de Ecatepec. Tetlepanquetzaltzin confío en tu discreción. Sé que por Motelchiuhtzin y Shochiquentzin no te preocupas, pues siempre supieron callarse. Su humildad y deseos por un mejor gobierno se esfumaron cuando les diste poder, cuando los convertiste en tus cercanos y obedientes soldados. Por cierto, te diré que me parece injusto de parte tuya que a pesar de toda la confianza que decías tener en ellos, jamás los nombraste tlacochcálcatl ni tlacatecatl. Nada. Los ocupaste para el trabajo sucio.

—¡Cállate! —Cuauhtémoc le da un puñetazo en la boca.

Tlacotzin le responde con otro golpe. Los demás reclusos

se apresuran a detener el pleito, mientras los soldados tlashcaltecas observan divertidos desde el pasillo.

—Para que se enteren —Tlacotzin grita tratando de soltarse de los brazos que lo aprehenden—: Cuauhtémoc mató a…

El tlatoani golpea con tanta fuerza al cihuacóatl que éste pierde el conocimiento.

—Era necesario —dice Cuauhtémoc de pie, apretando los puños, frente al cuerpo inconsciente de Tlacotzin—. La guerra por la cosecha se había tornado cada días más sangrienta…

Las batallas en las que los nativos buscaban obtener el mayor número de presos habían quedado en el pasado. Por su parte los tlashcaltecas se estaban haciendo de un botín jamás imaginado para ellos: por primera vez en muchos años, llevarían prendas de algodón y sal a sus casas, algo que los meshicas les habían impedido ya que los pueblos dedicados a la elaboración de estos productos estaban bajo su dominio.

Chalco también estaba disfrutando de su independencia después de más de cincuenta años de vasallaje. Era tanta la alegría de los pueblos liberados del yugo que acudían ante Malinche a solicitar que él nombrara a sus nuevos señores. Aunque Cuauhtémoc les enviaba embajadas para ofrecerles una alianza y la condonación de impuestos, ninguno aceptó. La reputación de los meshicas estaba tan deteriorada que ya nada los salvaría del ocaso del imperio.

No obstante el tlatoani se negaba a admitir su fracaso: ordenó que se construyera más armamento, lanzas mucho más largas y trincheras más profundas. El rencor del tlatoani hacia aquellos pueblos revelados lo cegó por completo.

—Cualquier pueblo que sostenga alguna relación con los

aliados de los extranjeros también será considerado nuestro enemigo —decretó el tlatoani en una reunión con los pipiltin y los capitanes del ejército—, y por lo tanto los castigaremos a todos, hasta reducir sus ciudades a escombros.

—Esa es la peor decisión que pudo haber tomado, mi señor —dijo el cihuacóatl Tzoacpopocatzin en cuanto estuvieron solos.

No era la primera vez que lo contradecía. Lo había hecho todos los días con moderación, siempre utilizando las palabras más adecuadas, para que el tlatoani no las tomara como una ofensa. Siempre comenzaba sus frases con «yo sugeriría», «qué le parece», «tal vez podría», «quizá», «y si», «seguramente la gente apreciaría…», pero Cuauhtémoc lo ignoraba por completo o se molestaba sin importar la dulzura con la que el cihuacóatl le hablara. No estaba dispuesto a escuchar ni a aceptar la opinión de nadie.

—¿Eso es lo que crees? —lo miró con encono.

—Sí —Tzoacpopocatzin sabía perfectamente que aquel momento llegaría tarde o temprano—. Se ha equivocado todo este tiempo.

El tlatoani le dio la espalda y caminó hacia la pared, pintada con hermosas imágenes que recordaban a los meshicas sus victorias. Las observó detenidamente, en silencio. Se giró y observó las columnas de casi tres metros de alto. La sala era bella, elegante, limpia. Y en ese momento estaba a su disposición. Todavía le parecía increíble que él fuese el nuevo tlatoani.

—Dime entonces: ¿En qué me he equivocado?

Tzoacpopocatzin había sido nombrado cihuacóatl tras la muerte de su padre, el cihuacóatl Tlilpotonqui hijo del anterior cihuacóatl, Tlacaeleltzin, el único puesto que era hereditario de padre a hijo, sin importar las circunstancias. Tlacaeleltzin había sido cihuacóatl en los gobiernos de Izcóatl, Motecuzoma Ilhuicamina y Ashayácatl. Tlilpotonqui, en los gobiernos de Tízoc, Ahuízotl y en el inicio del de Motecuzoma Shocoyotzin, quien, lo había mandado matar para hacerse del poder absoluto. Tzoacpopocatzin había ostentado el puesto en el gobierno de Motecuzoma Ilhuicamina, Cuitláhuac y ahora Cuauhtémoc. No le quedaba duda de que el joven tlatoani imitaría a Motecuzoma. Era un anciano que había vivido más de lo que esperaba. Tenía años aguardando la muerte, pero jamás se imaginó que llegaría de esa manera y en esas circunstancias, aún así, no se atemorizó; por el contrario, se dispuso a recibir el golpe artero con dignidad.

—En todo. Resultaste ser el tlatoani más impulsivo, necio y rencoroso que ha existido. Pero fue mi culpa: yo convencí a los demás miembros del Consejo de que votaran por ti. A mí me ganó el arrebato, el rencor, el dolor de haber perdido a mi padre de la misma manera en que tú acabarás con mi vida.

—No sé de qué hablas —Cuauhtémoc tenía las manos en la espalda baja.

—No seas cobarde y hazlo ya.

—Me decepciona escucharte. Te creí más inteligente.

—La inteligencia y la hipocresía son cosas muy distintas. No te confundas, niño.

—¿Cómo me llamaste? —se inclinó sin quitarle los ojos de encima.

—Ya lo escuchaste. Eres testarudo, pero no sordo.

—Cuida tus palabras… —simuló una sonrisa.

—¡Obstinado, vengativo, arrebatado y tremendamente estúpido!

—¡Cállate! ¡Cállate! —se fue contra él y le enterró el

cuchillo de obsidiana en el abdomen cinco veces—. ¡Cállate! ¡Cállate!

El cuerpo del cihuacóatl se desplomó. El tlatoani siguió enterrando el cuchillo en el pecho del cihuacóatl mientras gritaba desesperado: ¡Cállate! ¡Cállate! ¡Cállate!

Permaneció arrodillado junto al cadáver hasta la madrugada. Contempló las heridas y la sangre como quien descubre el amanecer por primera vez. Aunque no era la primera vez que mataba a alguien y mucho menos la primera vez que veía sangre. Como sacerdote encargado de llevar a cabo los sacrificios había visto suficiente sangre y había tenido suficientes corazones en sus manos como para estar acostumbrado. Pero la sangre y la muerte generaban en él una especie de hipnosis. La primera vez que llevó a cabo un sacrificio, se quedó con las manos ensangrentadas por dos días. Para evitar cuestionamientos se encerró en la habitación en la cima del teocali de Tlatilulco. Nadie se atrevería a cuestionarle a un sacerdote qué hacía ahí, pues era común que se recluyeran para meditar. En aquella ocasión se quedó con dos corazones en las manos. Aunque el ritual consistía en lanzarlos al fuego decidió conservarlos. Los contempló día y noche, con las llamas encendidas y el humo del copal. Era impactante para él comprender que podía arrebatar una vida y al mismo tiempo dar vida, pues con cada corazón se alimentaba a los dioses: se les daba vida.

—Era necesario... Era necesario... Era necesario... Era necesario... —repitió insaciable.

Poco antes del amanecer se puso de pie y ordenó a un grupo de soldados que llevaran el cuerpo con sus familiares y que les informaran que lo habían hallado en la calle.

—El que diga una palabra sobre lo que ha visto aquí será

condenado a muerte —amenazó el tlatoani con las manos llenas de sangre.

Sin embargo a uno de ellos no le intimidó aquella amenaza.

—El tlatoani lo mató en la noche y estuvo con el cadáver toda la madrugada —le contó a Tlacotzin.

—Gracias, prometo no decir una palabra —respondió el hijo del cihuacóatl con lágrimas.

—Su padre fue un hombre virtuoso —dijo el soldado con abatimiento—. Yo he estado diez años trabajando en Las casas nuevas y jamás vi en él algo de intolerancia, soberbia o arrebato.

Tres noches atrás Tzoacpopocatzin había hablado en privado con su hijo:

—Bien sabes, amado hijo que el nombramiento de cihuacóatl es hereditario de padre a hijo, y que si yo muero, automáticamente recibirás el cargo. Y si no eres tú, será tu hermano menor, o el que le sigue. Nuestro linaje está condenado a ser la consciencia del tlatoani. Un trabajo difícil. Decirle a quien se cree dueño de toda la tierra que está cometiendo un error es peligroso. Las leyes en Meshico Tenochtitlan son incongruentes e injustas, comenzando por la prohibición de llevarle la contraria al tlatoani. Y lo más absurdo de todo es que el cihuacóatl es quien tiene la última palabra al momento de elegir al tlatoani. Una decisión extremadamente compleja. Cuando uno cree que ha elegido al tlatoani que no lo traicionará en su gobierno, que no lo tratará como títere, resulta todo lo contrario. Entre el candidato y el elegido existe un abismo. Jamás se sabe qué sucederá tras la elección. Hijo mío, te ruego que aceptes el nombramiento de cihuacóatl a pesar de cualquier circunstancia. Es tu responsabilidad orientar al tlatoani.

Estoy consciente de que lo que te pido es demasiado peligroso para ti y tu familia, tomando en cuenta la situación en la que se encuentra nuestra ciudad. El fracaso del tlatoani en turno es evidente. He intentado por todos los medios convencerlo de que sus decisiones son equívocas y que únicamente nos encaminan a la decadencia. Él se rehúsa a admitir su incompetencia. Fue mi culpa y por ello pagaré con mi vida. El día que esto suceda, te ruego no te reveles ante el tlatoani, pues únicamente lograrás enemistarte con él. Aconséjale, escúchale e insiste. Confío en tu habilidad de persuasión. Y si no lo logras, no te culpes. Los gobernantes suelen perder la capacidad de escuchar y observar cuando adquieren el cargo. No olvides que eres el único representante del pueblo. Los demás únicamente ven por sus intereses. En tus manos dejo el destino de los tenoshcas.

Aquella noche Tlacotzin lloró imaginado lo que vendría. Cuando recibió el cadáver de su padre no le quedó duda de que Cuauhtémoc lo había asesinado, mucho antes de que el soldado hiciera aquella confesión...

—Él lo mató —dice Tlacotzin al despertar. Los demás presos lo escuchan en silencio—. No quiso escuchar a mi padre. Se negó a admitir que estaba en un error.

El tlatoani permanece solo en una esquina de la habitación.

—Era necesario —dice Cuauhtémoc.

—Ya cállate, imbécil —responde el cihuacóatl acostado en el piso.

Los demás presos permanecen alrededor.

—No me obligues a... —amenaza Cuauhtémoc.

—¿A qué? —el cihuacóatl se pone de pie—. ¿Quién te crees? No eres más que un imbécil que recibió el nombramiento de tlatoani por ser hijo de Ahuízotl.

—Ya me hartaste —el tlatoani camina al cihuacóatl apretando los puños.

—Detente —lo intercepta el tecutli de Tlacopan—. Fue suficiente.

—Quítate de mi camino.

—¡No!

—No me obligues a...

—Eres un idiota —dice Tetlepanquetzaltzin—. No has comprendido dónde te encuentras. Ya no eres un tlatoani. Entiéndelo. Eres un prisionero. Y de aquí no saldrás vivo. Jamás, jamás, jamás, ¡jamás!, entiéndelo, ¡jamás!, volverás a gobernar esa ciudad que creíste poseer. Pues aunque no lo creas, o no lo quieras admitir, jamás fuiste tlatoani. Eras tan sólo un comandante de guerra, aunque, nunca, dirigiste un combate.

Cuauhtémoc finalmente comprende que se encuentra solo. Se aleja del grupo y piensa día y noche. Comprende que no le queda nada más, que sus ideales están devastados. Evita el llanto. Se mantiene firme.

—No importa lo que ustedes piensen —dice días más tarde—. Aceptaré las condiciones de Malinche.

—Haz lo que te venga en gana —responde el cihuacóatl.

Los demás presos evitan intervenir.

—Estoy seguro de que de alguna manera podremos reunir nuestras tropas y...

—Ya cállate —responde el cihuacóatl.

—No me importa lo que pienses. Alcanzaré mi objetivo. Estos invasores no se quedarán con nuestras tierras.

—Lo mismo dijiste antes de llevar al pueblo meshica a un suicidio colectivo. Eso sin contar a todos los pipiltin que mandaste matar, sólo porque no pensaban como tú.

Cohuanacotzin baja la mirada.

Semanas después del asesinato del cihuacóatl, Cuauhtémoc se reunió con Cohuanacotzin, quien había perdido el gobierno de Teshcuco, por culpa de su hermano Ishtlilshóchitl, quien había dejado entrar a los barbudos. Malinche había designado a Cuicuitzcatzin como tecutli de Teshcuco. Por lo tanto había dos gobernantes al mismo tiempo.

—Mátalo —dijo Cuauhtémoc—. Es la única forma en la que podrás recuperar tus tierras y la legitimidad del gobierno.

—No sé —respondió Cohuanacotzin dudoso.

—¿Qué es lo que no sabes?

—Es mi hermano.

—Pero es un traidor y no merece perdón.

Cohuanacotzin se notaba preocupado.

—No será el último hombre que mates ni la última vez que seas injusto —dijo Cuauhtémoc reproduciendo las mismas palabras que le había dicho el cihuacóatl tras la muerte de Ashopacátzin—. Si no lo haces, yo te mataré por cobarde. Necesitamos recuperar Teshcuco.

Hubo un breve silencio. El tlatoani lo observaba de forma intimidatoria. No se parecía en nada al joven que había sido meses atrás.

—Enviaré unos…

—No me importa cómo le hagas, pero acaba con ese traidor.

Al día siguiente, cuatro embajadores se dirigieron a Teshcuco. Cuicuitzcatzin los recibió rodeado de los miembros de la nobleza que habían optado por aliarse a los barbudos.

—Mi señor Cohuanacotzin le manda pedir que reconsidere su postura y lo invita a unirse a las tropas meshicas —dijo uno de los embajadores.

—Dile a mi hermano que yo le hago la misma invitación. Que se aleje del testarudo Cuauhtémoc. Su guerra está perdida.

Los embajadores volvieron a Tenochtitlan y le informaron a Cohuanacotzin, quien había evitado que el tlatoani se enterara del envío de la embajada. Tenía la vaga esperanza de convencer a su hermano. Decisión que le arrebató el sueño las siguientes noches, finalmente hizo cumplir la petición de Cuauhtémoc: envió un grupo de soldados disfrazados de macehualtin para que lo mataran. Cuicuitzcatzin se había confiado, al tener a los extranjeros de su lado, por lo tanto andaba por la ciudad sin mucha vigilancia. Los sicarios lo habían perseguido varios días, disfrazados de macehualtin, asegurándose de que las condiciones fuesen aptas para cumplir con su misión. Cuicuitzcatzin acudía todas las mañanas al servicio religioso que los barbudos hacían en honor a su dios colgado de la cruz a los pies del Monte Sagrado de Teshcuco, el cual era cuatro escalones más alto que el Coatépetl de Meshico Tenochtitlan; luego regresaban al palacio de Nezahualcóyotl donde desayunaban y hablaban de los logros obtenidos y las estrategias a seguir. Los sicarios se enteraron de que el plan de Malinche y sus hombres era cercar a los meshicas en su isla, prohibiendo la entrada y salida de gente, con lo cual también limitarían el acceso a alimentos. A medio día Cuicuitzcatzin se bañaba en los temazcales construidos por su abuelo Nezahualcóyotl. Iba acompañado de un pequeño número de soldados. Los baños se encontraban fuera de la ciudad, en la cima de un cerro lleno de plantas y flores exóticas. Al terminar volvía al palacio cargado en sus andas y continuaba con las labores de gobierno.

Los sicarios lo esperaron a la mitad del camino, escondidos en las copas de los árboles. Cuando lo tuvieron cerca dispararon cuatro flechas al mismo tiempo. Cuicuitzcatzin fue herido en el pecho por dos, mientras que las otras dos habían dado en los cargadores. La guardia se apresuró a buscar a los agresores, quienes sin espera continuaron lanzando saetas. Pero la guardia los detectó y los atacó con sus flechas. Uno de ellos cayó desde la cima del árbol con un dardo atravesado en la garganta. Los otros tres intentaron huir, pero fueron capturados por los soldados. Los ataron de pies y manos, mientras otros soldados intentaban mantener con vida a Cuicuitzcatzin quien se desangraba lentamente. Uno de los sicarios logró quitarse la soga de las manos, le arrebató el macahuitl a uno de los soldados y lo mató, enterrándoselo en la espalda. Pronto le quitó el cuchillo que llevaba atado en la cintura y se lo lanzó a uno de sus compañeros. Los otros tres soldados se prepararon para el combate, dejando a Cuicuitzcatzin en el piso. El sicario logró entretenerlos mientras uno de sus acompañantes cortaba las sogas. Los soldados hirieron al sicario que se había liberado primero. Los otros dos se desataron, recuperaron sus macahuitles y auxiliaron a su compañero. Los soldados murieron en el combate. Antes de partir, uno de los sicarios caminó hacia Cuicuitzcatzin y le enterró el macahuitl en el cuello, sin cortarle la cabeza.

Llegaron poco antes del anochecer a Tenochtitlan donde fueron recibidos por Cuauhtémoc y Cohuanacotzin.

—Me siento muy orgulloso de ustedes —les dijo el tlatoani a los tres hombres—. En cuanto terminemos con nuestros enemigos, me aseguraré de que su valentía sea premiada con tierras y mujeres. Mujeres de la nobleza.

El tecuhtli de Teshcuco se mantuvo en silencio todo el

tiempo. Era la primera en que mataba a alguien de su familia. Le dolía ver la forma en que sus hermanos se habían convertido en enemigos tras la muerte de Nezahualpili, quien no había nombrado a un heredero. Era como si les hubiese querido dejar una maldición, un castigo, pues a diferencia de Tenochtitlan, donde el gobernante era electo por la nobleza, en Teshcuco el padre lo designaba. Cohuanacotzin había sido el único de los hijos del tecutli acolhua que había sufrido por la tristeza que llevó a Nezahualpili a aislarse en los últimos años de su vida.

—Mañana enviaremos tropas para recuperar el reino acolhua —dijo Cuauhtémoc con entusiasmo.

Esa noche los tres hombres que le habían arrebatado la vida a Cuicuitzcatzin fueron asesinados mientras dormían. No hubo testigos ni evidencias. A la mañana siguiente un macehuali solicitó audiencia con al tlatoani.

—Estaba en mi canoa —explicó el hombre—, cuando dos hombres en otra canoa se acercaron a mí. Me dijeron que le trajera un mensaje: Tecocoltzin es el nuevo tecutli de Teshcuco, nombrado por Malinche y debemos rendirnos.

—¡Voy a matarlos a todos! —gritó enfurecido el tlatoani—. ¡Preparen las tropas! ¡Atacaremos Teshcuco hoy mismo!

Los miembros de la nobleza lo observaron en silencio por un instante, pero luego comenzaron a murmurar.

—No —dijo uno de los miembros de la nobleza—. Ya no seguiremos sus caprichos.

El tlatoani caminó hacia él.

—¿Qué dijiste?

Nadie se movió.

—Estamos hartos de esta guerra.

—¿Estamos? Yo nada más te veo a ti quejarte.

—¿Qué esperan? —preguntó el pipiltin a los demás—. Díganle lo que piensan. Es el momento de parar esta guerra absurda.

—Nos estamos quedando sin alimento —dijo uno.

—Nos están cercando —agregó otro.

—¿Quién más? —Cuauhtémoc miró a los demás, fingiendo consternación por lo que estaba presenciando—. Sean honestos. Necesito saber quienes opinan igual. Ése es su trabajo: orientar al tlatoani, hacerle ver que se está equivocando. De lo contrario su presencia sería inútil. Levanten la mano.

Nadie respondió.

—Escuchen —agachó la cabeza—. A veces he actuado de manera incorrecta porque no he tenido la orientación apropiada. Para ser un buen tlatoani se necesita de sabiduría. Y la sabiduría llega con el tiempo, con la experiencia, algo que a mí me falta. Estoy consciente de eso. Sé que muchos de ustedes piensan que soy demasiado joven para el puesto. Yo también creo lo mismo. Necesito de alguien que me guíe. Los necesito a ustedes. Si me estoy equivocando, háganmelo saber. Hablen. Sean honestos. Aquí estoy para escucharlos.

Poco a poco aparecieron los detractores. Muchos se encontraban temerosos de la respuesta del tlatoani, otros cansados de obedecerle.

—¡Arresten a todos los traidores! —le ordenó al tlacochcálcatl.

Decenas de soldados entraron con macahuitles. Uno de los pipiltin intentó atacar a los soldados, pero pronto fue sometido. Los demás aceptaron su condena. Sabían que no había salida.

El tlatoani dio un largo discurso ante los pipiltin que no se habían mostrado en su contra. Les habló sobre la lealtad y los planes que tenía para todos ellos cuando terminara la guerra. Más de la mitad le creía ciegamente. Otros, disimularon su repudio.

XV

—¡Guatemuz! —grita uno de los soldados de Malinche en la entrada de la celda—. Don Fernando Cortés os manda llamar.

El tlatoani sale con la cabeza en alto. Sabe que sus compañeros desaprueban todas sus decisiones, pero él está resuelto a llevar a cabo un levantamiento. Tiene plena confianza en sus propósitos pues fue testigo de la manera en que Motecuzoma, a pesar de su encierro, logró enviar información.

—¿Me tenéis una respuesta? —pregunta Malinche caminando de un lado a otro en medio de la sala. Tiene su mano derecha sobre el puño de su largo cuchillo de plata.

—Sí... —responde Cuauhtémoc de pie—. Con una condición.

La niña Malintzin traduce.

—¿Condición? ¿A mí? ¿En estas circunstancias? —ríe.

—Así es —el tlatoani se mantiene firme, a pesar del martirio de mantenerse sobre sus pies por largos ratos.

—No... —Malinche lo mira de frente y frunce el ceño—. No. Mi respuesta es no.

—No me has escuchado.

—Acepté la condición de Mutezuma de liberar a su hermano Cuetravacin y me traicionó. ¿Qué os hace pensar que confío en vosotros? Yo soy quien pone las condiciones.

—Sólo quiero salir de aquí —dice el tlatoani—. No soporto el encierro. Haré lo que pides. Pero déjame ver el cielo, las calles, la gente. No soporto estar encerrado. Puedes ponerme esas cadenas en los pies, rodeado de soldados, lo que quieras...

—No —Malinche se dirige a los soldados—. Llevadlo a su celda.

—Es todo lo que pido —insiste Cuauhtémoc mientras los soldados lo toman de los brazos.

En cuanto se llevan al tlatoani, Malinche se sienta en una de las sillas y levanta la cara hacia el cielo. Piensa en lo que se prometió tras salir de la ciudad isla: no volver a confiar en ninguno de los nativos. Por lo mismo, cuando sus hombres le preguntaron qué debían hacer si los indígenas se presentaban en son de paz, él respondió: "Aunque os salgan de paz, os matad".

De esa manera se hizo. Tan sólo en Calpolalpan, entre Tlashcalan y Teshcuco, las tropas de Malinche, a cargo de un hombre llamado Sandoval mataron a más de tres mil personas en venganza por la muerte de cuarenta y cinco de sus compañeros que habían pasado por ahí, en su camino hacia las costas totonacas, meses atrás. Los meshicas los habían interceptado y desollado.

En esa segunda ocasión, los barbudos iban con más de ocho mil tamemes cargando la madera cortada para armar las nuevas casas flotantes en Teshcuco. Otros dos mil tamemes llevaban alimento y agua para los demás. Al llegar a Teshcuco fueron recibidos con tambores, caracolas y flautas. Era tan larga la fila de cargadores que se tardaron más de ocho horas en entrar todos.

Aquella noche hubo celebración por toda la ciudad. Tecocoltzin recibió en el palacio a los barbudos, con un gran banquete.

—Martín López —dijo él mismo con una sonrisa a Tecocoltzin, quien estaba sentado a su lado—, me llamo Martín López.

—No os entiende —replicó Sandoval—. No desperdiciéis vuestro tiempo.

—Coño, ¿cómo esperáis que aprendan la lengua de Castilla si no os tomáis el tiempo para enseñarles?

—¿Y qué os hace creer que yo quiero enseñar algo a estos indios?

—No se trata de que queráis o no. Pero es de gran utilidad. Ahí tenéis, la madera lista para armar los bergantines. ¿Cómo se ha logrado eso? Hablando. No todo se consigue con ballestas y espadas.

—Os puedo demostrar que sí.

—De eso no tengo duda. Pero carajo, tarde o temprano esta guerra tendrá que terminar y vosotros no podréis cortarle una mano a un indio porque no os entiende.

—En ese caso vosotros deberíais aprender la lengua de estos indios, estamos en sus tierras.

—No —Martín López se rió ligeramente—. Nosotros no tenemos que aprender su lengua. Les estamos salvando del pecado.

—¿Vosotros qué opináis? —Sandoval se dirigió a Tecocol-tzin—. ¿Quién es más imbécil: Martín López o vosotros?

—Vosotros —Martín López lo señaló con una sonrisa a la cual Tecocoltzin respondió con otra sonrisa.

Al finalizar la cena el tecutli de Teshcuco se fue a su habitación, donde lo esperaba una de sus concubinas: una doncella recientemente adquirida.

—Me informaron que mi hermano Ishtlilshóchitl me había enviado un regalo, pero jamás imaginé que sería extraordinario—. ¿Cuántos años tienes?

—Catorce, mi señor.

—Quítate la ropa.

La joven dejó caer su huipil al suelo.

—Eres verdaderamente hermosa —dijo Tecocoltzin al verla desnuda—. Me encantas.

La joven agacho la cabeza con humildad.

—¿Qué ocurre? —se acercó a ella.

—Es la primera vez que estoy desnuda ante un hombre.

—No te preocupes. Ya se te pasará.

—Estoy muy nerviosa.

—Ven —la tomó de la mano y la acercó al petate—, siéntate —luego se dirigió hacia una garrafa que estaba en el piso y sirvió un poco de líquido en un vaso—. Bebe un poco.

—¿Qué es eso?

—Es octli.

—Nunca lo he probado.

—Te encantará.

—No. Prefiero no probarlo. Mi madre siempre me ha dicho que esas bebidas hacen mucho daño.

—Así son las madres —Tecocoltzin sonrió y le dio un trago—. Si no quieres, no te puedo obligar.

La joven se frotó los brazos al mismo tiempo que se encogió.

—No me digas que tienes frío —Tecocoltzin comenzaba a sudar.

—Sí, hace frío. Me voy a tapar un poco. No me quiero enfermar.

—¿Frío? Hace muchísimo calor —el tecutli se quitó la ropa y se abanicó con las manos—. Qué calor. Pediré que nos traigan agua fría —se puso de pie, dio tres pasos y se desplomó.

La joven se alejó lentamente sin quitarle la mirada.

—¿Qué le pusiste a mi bebida? —alcanzó a decir Tecocoltzin antes de convulsionar, de inmediato su boca se llenó de vómito.

—Le dije que esas bebidas hacían mucho daño —la joven escapó por el tragaluz.

Tecocoltzin murió segundos después.

Los extranjeros no se enteraron de aquello, hasta la mañana siguiente, cuando los guardias de Tecocoltzin se lo informaron.

—Dile a los señores que anoche el tecutli estuvo con una doncella que le envió su hermano Ishtlilshóchitl —dijo el soldado al intérprete, quien apenas podía traducir.

—Dicen que Ishtlilshóchitl no envió ninguna doncella.

—Pues diles que lo más probable es que ella lo envenenó, porque anoche se quedó con él y esta mañana ya no estaba.

Los barbudos enviaron un mensajero a Malinche, quien se encontraba en una expedición en el lado norte del lago de Teshcuco. En esos días habían sido atacados por tropas meshicas, las cuales salieron huyendo al enfrentarse al cada día más poderoso ejército de aliados. Malinche y sus hombres saquearon la isla de Shaltocan. Luego salieron con el botín y durmieron al aire libre en tierra firme. Al día siguiente se dirigieron a Cuauhtitlan, la cual se encontraba desierta. No era la primera vez que los pobladores abandonaban sus ciudades para evitar ser masacrados. De igual forma saquearon Tenayuca y Azcapotzalco, las cuales también estaban vacías. De ahí se dirigieron a Tlacopan. Los tlashcaltecas saquearon la ciudad e incendiaron algunos templos y casas de los pipiltin. Al día siguiente fueron atacados por tropas meshicas. Malinche y sus hombres pretendían entrar a la ciudad por la calzada, pero no pudieron resistir el combate. La calzada era demasiado estrecha para todo el ejército de los invasores.

—¡Entren! —gritaban los soldados tenoshcas con entusiasmo al saberse vencedores de aquellas peleas.

—¿Estáis locos? ¿Queréis ser destruidos? —gritó Malinche en la entrada de la calzada—. ¡Traed a vuestro señor para que dialoguemos, si es que tienen uno!

—¡Todos los que estamos aquí somos señores! —respondió otro con soberbia—. ¡Si quieres decir algo, puedes decirlo ahora!

—¡Queremos hablar con vuestro tlatoani!

—¿Creen que tenemos otro Motecuzoma? —gritó otro con soberbia—. ¡Cuauhtémoc es un hombre valiente y jamás se rendirá!

—¡Todos ustedes moriréis de hambre! —gritó uno de los barbudos.

—¡Cuando necesitemos alimentos, nos los comeremos a ustedes! —respondió uno de los meshicas.

Entonces uno de ellos les lanzó unas tortillas al piso:

—¡Coman! ¡Seguramente tienen hambre! ¡A nosotros no nos hacen falta! —lanzó una carcajada.

Luego de siete días de reñidos combates, los barbudos y sus aliados regresaron a Teshcuco, donde Malinche nombró a otro de los hijos de Nezahualpili como señor de aquellas tierras. Ahuashpitzactzin era un joven de veintidós años que obedecía ciegamente a Malinche.

—No importa qué tan seguro os sintáis —le dijo Malinche antes de jurarlo tecutli de Teshcuco—, nunca, recordadlo, nunca confíes en nadie. Ni en tus soldados ni en los miembros de la nobleza. Ya lo habéis visto con vuestros hermanos. No tienen clemencia entre ellos.

Cuando todos los miembros de la nobleza se reunieron, Malinche llevó del brazo a Ahuashpitzactzin, lo sentó en una silla de madera hizo una seña con la mano:

—En nombre de su Majestad el Rey Carlos Quinto os nombro rey de Tescuco.

No se uso ninguno de los rituales acostumbrados en estas tierras. Lo único, que Malinche permitió, fueron los discursos de los ancianos y los pipiltin.

Al final de la ceremonia, Malinche acompañó al nuevo tecutli a sus aposentos. Todo el palacio estaba severamente resguardado.

—Os presento a quienes a partir de hoy serán vuestros maestros de español y de la fe cristiana, Antonio de Villareal y el bachiller Escobar —luego señaló a otro hombre—. Él es Pedro Sánchez Farfán, y será vuestro guardia, día y noche. Vuestra vida corre peligro, así que, como ya os dije esta tarde, debéis desconfiar de todos vuestros familiares, pipiltin y amigos. Pedro es el único que no os traicionará.

Al día siguiente llegaron embajadores de Tushpan, Mes-hícaltzinco y Nauhtla a pedir perdón a Malinche por haberse rebelado contra él y a ofrecer vasallaje. Malinche aceptó sus disculpas y les exigió que se convirtiesen a la religión cristiana y rindieran vasallaje al Rey Carlos Quinto.

Los siguientes días los ocuparon en descansar y recuperarse de las heridas. Al mismo tiempo querían aprovechar el tiempo para que los carpinteros terminaran de ensamblar las casas flotantes. Pero sus planes no resultaron como esperaban. Informantes de Coatlichan y Hueshotla le avisaron a Malinche sobre la aproximación de un numeroso contingente de meshicas.

—Digan a sus señores que se mantengan es sus palacios. Sigan vigilando. Yo os protegeré.

Las tropas meshicas no llegaron al día siguiente, pues se estaban fortificando en las costas. Malinche salió a enfrentarlos. Tras una batalla de varias horas, los meshicas se retiraron. Esa noche comprendieron el verdadero objetivo de las tropas meshicas: robar todo el maíz que estaban a punto de cosechar los campesinos.

—Los meshicas argumentan que el maíz les pertenece —dijo uno de los campesinos.

—Tescuco le pertenece a la corona y por lo tanto nosotros tenemos derecho a esa cosecha —respondió Malinche y sin más se retiró montado en su venado gigante.

Dejó una tropa de tlashcaltecas para que vigilaran día y noche. Y para asegurarse de que no se perdiera la cosecha, Malinche envió días después a varios de sus hombres con cientos de tamemes para que se llevaran el maíz a Teshcuco. En uno de esos viajes fueron atacados por más de tres mil meshicas, que habían llegado a bordo de mil canoas. Murieron, cientos de soldados tlashcaltecas y meshicas, y uno de los hombres de Malinche. Cinco de ellos fueron apresados por los meshicas y llevados a Tenochtitlan para ser sacrificados.

La noticia hizo enojar a Malinche. Nada le indignaba tanto como enterarse de que alguno de sus hermanos fuese sacrificado en los rituales de los meshicas.

Se recluyó en el palacio para elaborar una estrategia. Pero fue interrumpido por uno de sus hombres:

—Unos indios quieren hablar con vosotros.

—¿Quiénes son?

—Dicen que vienen de Chalco.

—Hacedlos pasar.

La niña Malintzin, como siempre, estaba a su lado para traducir.

—Mi señor —dijo el hombre arrodillado—. Venimos a avisarle que los meshicas están marchando hacia Chalco.

Malinche no quiso distraer a sus tropas.

—Decidle a vuestro rey que no los puedo ayudar por el momento. Si envío mis tropas, los meshicas podrían atacar por este lado. Soliciten auxilio a Huexotzinco, a Chololan y a Quecholac.

—Ellos no querrán ayudarnos —dijo el hombre.

—¿Por qué?

—Hemos sido pueblos enemigos por mucho...

—¡Pero ahora sois vasallos de la corona española! —Malinche levantó la voz.

Los hombres se mostraron humillados.

—Si usted nos proporcionara uno de esos papeles que suele enviar con sus mensajeros, quizá...

—¿Una carta? ¡Pero ninguno de ustedes sabe leer!

—Y tampoco sabemos escribirlas, por lo tanto tienen el mismo valor. No hay forma de que las falsifiquemos. Su palabra es de gran valor en estas tierras y si usted lo ordena, ellos obedecerán.

—Así lo haré. Esperen un momento en la otra sala mientras la escribo.

Malinche se dirigió a su habitación, buscó entre sus documentos algo que careciera de valor, lo enrolló y regresó a la sala principal.

—Aquí tenéis una carta de mi puño y letra. Decidles a esos señores que si desobedecen mis órdenes los castigaré con severidad.

Los hombres agradecieron las atenciones de Malinche y se retiraron, pero justo antes de que salieran, llegaron mensajeros de Hueshotzinco y Quecholac. Malinche detuvo a los chalcas.

—Nuestros señores nos enviaron para averiguar cómo están.

—Justamente estábamos hablando de ustedes —respondió Malinche—. Necesito que envíen sus tropas al pueblo de Chalco.

Los mensajeros de Hueshotzinco y Quecholac observaron a los de Chalco con placer, imaginando que su designio era atacarlos.

—Os ordeno que hagan la paz entre vosotros y luchen juntos en contra de los meshicas, que son malos y perversos. Chalco requiere de vuestro auxilio, y como vasallos de la corona española, tenéis la obligación de luchar juntos. Podéis retiraos.

—Gracias mi señor —dijeron todos al mismo tiempo.

—Aguardad un momento —dijo Malinche—. Ya no necesitaréis la carta.

—Sí, sí —respondió el de Chalco—. Será muy bien recibida por nuestro señor.

—Bien —sonrió Malinche—. Si es así, podéis llevadle la carta.

A pesar de que en un principio, Malinche no deseaba enviar gente a la batalla de Chalco, lo hizo.

Marcharon rumbo a Huashtepec, con tropas chalcas, hueshotzincas y Quecholacas. Antes de llegar, se toparon con las tropas meshicas, que ya los estaban esperando. Los tenoshcas no pudieron mantener el combate. Se dispersaron y luego volvieron al ataque. Pronto las circunstancias se invirtieron: los extranjeros estaban retrocediendo debido a que sus venados gigantes no podían caminar por el cerro, incluso uno de éstos tropezó y cayó por el barranco. Al llegar al fondo quedó sobre su jinete, quien murió días después.

Llegaron quince mil meshicas más, con lo cual los extranjeros y sus aliados huyeron hacia el pueblo más cercano, donde no pudieron permanecer por mucho tiempo ya que fueron atacados por los habitantes.

A la mañana siguiente los barbudos enviaron unos mensajeros al pueblo llamado Yacapishtla para que les exigieran su rendición, pero se negaron. Ante aquella respuesta, los barbudos decidieron atacar de nuevo. Sin embargo, aquello no fue fácil ya que Yacapishtla se encontraba en la cima de un peñón. Los soldados aliados se negaron a escalar, alegando que la pendiente era demasiado inclinada y que las flechas y piedras que les lanzaban desde la cima los terminarían tirando al fondo. El español al frente de las tropas comenzó a escalar, con lo cual muchos de sus hombres lo siguieron. Los aliados no tuvieron más opción que hacer lo mismo. Pero pronto fueron atacados por flechas y piedras. Para su suerte, los árboles les servían de escudo. Lograron llegar hasta la cima, donde comenzaron los combates cuerpo a cuerpo. Fueron tantos los meshicas que cayeron por el barranco, que el río que se hallaba a un costado quedó teñido de rojo por varios días, con lo cual sufrieron mucha sed. Sometieron a los sobrevivientes, saquearon el pueblo, y se llevaron consigo a las mujeres más jóvenes y hermosas para hacerlas sus concubinas.

En cuanto el tlatoani recibió noticia sobre aquella derrota enfureció por completo.

—Voy a acabar con esos traidores —se refería a los chalcas—. Envíen veinte mil guerreros.

—Eso es mucho, mi señor —intervino el nuevo cihua-cóatl—. Sugiero que espere un poco.

—¿Esperar hasta que nos tengan completamente rodeados? ¿Hasta que ya no tengamos otra salida?

—Ya no tenemos otra salida.

—No pienso volver a esto.

—¿A qué se refiere, mi señor?

—Al desperdicio de tiempo. Creí que ya había quedado claro que no estoy dispuesto a negociar con ustedes. No en estas circunstancias.

—¿Por qué no?

—¡Porque no tenemos tiempo!

—¿Usted prefiere perder vidas en lugar de unas cuantas horas discutiendo?

—De haber sabido que ibas a ser igual que tu padre… —el tlatoani cerró los ojos y le dio la espalda—. Olvídalo.

—¿Qué habría hecho? O mejor dicho, ¿qué no habría hecho?

—¿Qué estás insinuando?

—Lo mismo le pregunto, con todo respeto.

—No olvides que el tlatoani soy yo.

—Y espero que usted tampoco olvide que el cihuacóatl soy yo, y aunque no le guste, mi trabajo es contradecirlo, orientarlo, guiarlo, ayudarle a tomar las mejores decisiones.

—La decisión ha sido tomada —concluyó el tlatoani—. Envíen las tropas hoy mismo —salió de la sala sin despedirse.

Al llegar a su habitación se encontró con su esposa, con quien tenía días sin hablar. Ella se encontraba bordando un huipil.

—¿Todo bien? —preguntó Shuchimatzatzin.

—No —se masajeó la nuca—. Nada está funcionando como quiero.

—Quizá porque te estás obsesionando con que las cosas se hagan a tu manera.

—¿Tú también? —bajó las manos y apretó los puños.

—Disculpa no quise...

—Tú nuca quieres —le dio la espalda—. No tienes otra forma de justificar las estupideces que dices.

Shuchimatzatzin bajó la mirada y continuó bordando.

—Estoy hablando contigo, no me ignores.

—Si te molesta que me disculpe, no lo volveré a hacer.

—Me molesta tu actitud.

—¿Cuál actitud?

—¡Ésa!

—No te entiendo. ¿Qué es lo que quieres que haga? ¿Que me calle siempre que llegas enojado, que te dé la razón bajo cualquier circunstancia? ¿O que te diga tus verdades? Si me disculpo, mal; si me quedo callada, peor. ¿Qué quieres?

—Necesito una mujer.

La esposa del tlatoani comprendió perfectamente lo que aquellas palabras significaban.

—Estoy dispuesta a escucharte —tragó saliva.

—No —se acercó a ella—. No necesito que me escuches.

—Lo mejor será que te relajes. ¿Por qué no te tomas un baño?

—Ven —la tomó del brazo y la guió a la cama.

—Espera, no me siento bien...

—Yo tampoco —la empujó y ella cayó sobre la cobija hecha con pieles de conejo.

—No... —clamó—. Suéltame... Gritaré —amenazó.

—Hazlo. Nadie vendrá a ayudarte —le alzó el huipil, abrió las piernas y la penetró, mientras ella lloraba y trataba de rasguñarlo, pero él la sostuvo de las muñecas.

XVI

—¿Qué ocurrió? —pregunta Motelchiuhtzin en cuanto el tlatoani regresa a la celda.

—Rechacé las condiciones de Malinche —responde el tlatoani sin mirar al cihuacóatl.

Los demás presos se hallan sentados en el suelo, recargados contra los muros. Cohuanacotzin, aunque por su postura da la impresión de estar despierto, se encuentra dormido. Tlacotzin, Huanitzin y Tetlepanquetzaltzin permanecen juntos la mayor parte del tiempo. Coyohuehuetzin ha decidido mantenerse neutral. Motelchiuhtzin y Shochiquentzin siguen a Cuauhtémoc, a pesar de la mala fama que se han ganado con los demás presos.

—¿Cuáles eran esas condiciones? —insiste Tlacotzin.

—Que denunciara a los detractores. Entonces le dije que yo no soy ningún traidor.

Tlacotzin, Huanitzin y Tetlepanquetzaltzin lo observan dudosos.

—¿Eso de qué le serviría a Malinche? —pregunta Tlacotzin—. No tiene sentido.

—Para evitar rebeliones.

—¿En verdad crees que a estas alturas hay alguien dispuesto a reanudar la guerra? —Tlacotzin hace una pausa,
aprieta los párpados y simula jalarse los cabellos—. Qué pregunta tan tonta, por supuesto que sí: tú —lo mira con los ojos
extremadamente abiertos.

—Ya no quiero discutir contigo.

—Siempre que se te acaban las respuestas haces lo mismo.
Antes por lo menos gritabas y terminabas con autoritarismo:
Yo soy el tlatoani —sonríe.

—Sigo siendo el tlatoani, aunque no te guste.

—La diferencia radica en que antes mandabas asesinar a
tus detractores; ahora sólo haces berrinches.

—Tienes razón —responde Cuauhtémoc—. Tuviste
suerte.

—Te equivocas: fue coraje.

Tras la discusión por el envío de veinte mil hombres a Chalco,
Cuauhtémoc decidió ocultar su enojo ante el cihuacóatl y
ocupar toda su atención en aquellos combates.

Los hombres de Malinche que habían peleado contra
los meshicas en Chalco se marcharon a Teshcuco, satisfechos
por la victoria obtenida. Entonces Cuauhtémoc envió veinte
mil hombres a cobrar venganza. Pero el tlatoani no contaba
con que los chalcas y los hueshotzincas ya estaban aliados
y dispuestos a acabar con el pueblo opresor y los recibieron
con veinte mil soldados, con lo cual obtuvieron una victoria
indiscutible. Malinche se enteró de aquel ataque y envió a

sus hombres de regreso a Chalco para que los auxiliaran, pero cuando llegaron la contienda ya había concluido. Aún así, aprovecharon para marcarles con hierro ardiente la G de guerra en la mejilla. Malinche envió a cuatro de los principales capturados a Tenochtitlan para que le dijeran al tlatoani que se rindiera. Dos de ellos se fugaron, mientras que los otros dos siguieron su camino.

—A ustedes por su lealtad los premiaré con tierras y mujeres cuando termine la guerra —prometió el tlatoani.

—Este joven está prometiendo todo sin tener idea de lo que dice —le susurró Ashayaca a su hermano Shoshope-hualoc.

—Vámonos —dijo Shoshopehualoc.

Los hijos de Motecuzoma caminaron en silencio por las calles de la ciudad. Sabían que Cuauhtémoc los estaba espiando. Hasta el momento habían evitado al máximo relacionarse con los detractores del tlatoani o hacer cualquier cosa que despertara desconfianza. No era por temor ni mucho menos por favoritismo hacia el tlatoani. Por el contrario: lo odiaban tanto como todos sus rivales. Estaban seguros de que él había asesinado a su hermano Ashopacátzin. Eran diez y trece años mayores que el tlatoani. Tenían mucha más experiencia, no sólo por la edad, sino también por las enseñanzas de Motecuzoma. Siempre habían sido mucho más discretos que sus hermanos. Por lo tanto pasaron desapercibidos, incluso cuando estuvieron presos en Las casas viejas junto a todos los pipiltin. En aquellos días, jamás llamaron la atención de Malinche, pues éste enfocó su atención en los hijos más viejos y con mayores posibilidades de heredar el gobierno.

Esperaron mucho tiempo. Primero porque recién habían logrado liberarse de los barbudos, tras la noche de la huida.

Cuitláhuac era el nuevo tlatoani y respetaban la decisión de los pipiltin. Si bien jamás imaginaron que su gobierno duraría tan poco, mucho menos esperaban que la elección recayera en alguien tan joven y sin experiencia en el gobierno y en las armas. Aún así, acataron las reglas de la elección, rindieron respeto al tlatoani y confiaron en la decisión del Consejo. Pero, tras observar la forma de gobernar de Cuauhtémoc decidieron hacerse de aliados. Conocían a los que habían pactado con Malinche y por ello los evadieron. Cuitláhuac ya había matado a varios en su gobierno, obedeciendo la orden de Motecuzoma poco antes de morir.

Jamás se aliaron a Malinche ni tenían deseos de hacerlo, pero la experiencia les había enseñado que todo tiene un límite, y Meshico Tenochtitlan lo había rebasado. Estaban conscientes de que no tenían escapatoria. Todos los pueblos vasallos les estaban dando la espalda, algunos por temor a los barbudos y otros, la mayoría, por rencor.

Se dirigieron al recinto sagrado. Al caminar frente al calmecac notaron los avances que llevaban los albañiles en las reparaciones. El Tozpalatl ya no tenía cadáveres en su interior. El juego de pelota ahora se veía limpio. El huey tzompantli seguía en reparación por otra veintena de albañiles. El adoratorio del dios Tonatiuh no estaba siendo reparado debido a que no había sufrido tantos daños. Los cuatro teocalis alineados entre sí, dedicados a Coacalco, Cihuacóatl, Chicomecóatl y Shochiquetzal tenían cada uno diez hombres reparándolos.

Siguieron hasta el Monte Sagrado, subieron los ciento veinte escalones, desde donde se podía apreciar el lago, las calzadas, los pueblos en el otro lado y los cerros tapizados de árboles. Un grupo de sacerdotes barrían e incensaban el huey teocali. Cogieron sus escobas y comenzaron a barrer en silencio.

—¿Nos protegen los dioses? —preguntó Ashayaca con la mirada hacia el piso.

—Los dioses nos protegen —respondió uno de los sacerdotes que esparcía el humo del copal.

Aquello significaba que no había espías.

—Los calpuleque[15] dicen que la mayoría de la gente está cansada de la guerra y que están dispuestos a ofrecer la paz a los barbudos —dijo uno de los sacerdotes mientras barría—. Por si fuera poco, el alimento está escaseando.

—¿Qué dicen los familiares de los soldados? —preguntó Shoshopehualoc.

—Lo mismo. Principalmente las madres son las que están preocupadas por sus hijos.

Había muchísimos jóvenes sin experiencia luchando contra los extranjeros, algunos de doce años.

—Debemos hacer que las madres de esos soldados los convenzan de renunciar al ejército —sentenció Ashayaca.

—No creo que eso sea posible —dijo uno de los sacerdotes.

Todos seguían esparciendo el incienso y barriendo.

—Es la única manera —respondió Ashayaca—. Si las tropas desobedecen al tlatoani, el pueblo también lo hará.

—Más de la mitad de los pipiltin están en desacuerdo con Cuauhtémoc —agregó Shoshopehualoc—, incluyendo al cihuacóatl.

—Si él está en desacuerdo, ¿por qué no impone su autoridad?

15   Plural de calpullec que significa «jefe de calpulli». Calpulli: barrio.

—Los tiempos han cambiado.

—Vaya que han cambiado —agregó uno de los sacerdotes más viejos—. Cuando yo era un jovencito, se hacía lo que Tlacaeleltzin ordenaba —liberó una sonrisa—. Era inclemente. No perdonaba la detracción, la deslealtad, la conspiración, el engaño. Fue el líder más autoritario que ha tenido Meshico Tenochtitlan. Él transformó la religión. Los sacrificios humanos los incrementó con la teoría de que con esto se alimentaba al sol. Mi padre me contaba que en su momento, muchos estaban en desacuerdo con tantos sacrificios, pero nadie se atrevió a contradecir al cihuacóatl, ni siquiera el tlatoani. Lo único que ha cambiado es que ahora el poder absoluto está en manos del tlatoani. Tlacotzin y su padre no supieron controlar al joven gobernante.

—Tienes razón —respondió Ashayaca—. Si Tlacaeleltzin estuviese vivo, quizá él tampoco aceptaría la rendición.

—No lo creo —respondió seriamente el anciano—. Esta guerra es muy distinta a todas las anteriores. Creo que incluso Tlacaeleltzin habría aceptado la paz con los extranjeros.

—Motecuzoma nunca se rindió —comentó uno de los sacerdotes.

—Porque jamás percibió el poder de las armas de los extranjeros —respondió Shoshopehualoc—. Sufrió mucho tras la matanza del Toshcatl, pero no vio los combates ni sufrió sus heridas. Tienes razón. Nunca se rindió, a pesar de todo, a pesar de su gran dolor. Por eso a veces me pregunto qué habría hecho mi padre si hubiese estado al frente de la batalla, si hubiese sido testigo de la miseria en la que nos encontramos ahora. Él ni siquiera conoció la enfermedad de las pústulas, no vio a los miles de hombres que se arrastraron por las calles rogando por algo que les curara aquellos ardores. Mi padre fue un gran hombre, un guerrero valiente, en su momento, ante una guerra que conocía. Esto es muy distinto. Y el imbécil de Cuauhtémoc no lo entiende. Las circunstancias han cambiado.

—Haremos todo lo posible por convencer a las madres de los soldados.

—Nosotros hemos sido muy discretos hasta el momento, pero en cuanto ustedes nos digan, haremos nuestra labor con los pipiltin.

Los hijos de Motecuzoma tomaron dos ahumaderos, rociaron incienso a los teocalis de Huitzilopochtli y Tezcatlipoca y se retiraron sin despedirse de los sacerdotes. Caminaron por la ciudad en silencio. En el camino se encontraron con el cihuacóatl. Se miraron en silencio.

—Que los dioses los protejan —dijo Tlacotzin.

—Que los dioses lo protejan —respondieron los hijos de Motecuzoma.

El cihuacóatl siguió su camino hasta su casa, donde cenó con sus hijos y yernos. Eran setenta y seis personas: dieciséis hijos, catorce hijas, una esposa, ocho concubinas y trece nietos. Nueve de sus hijos tenían esposas y concubinas, las cuales sumaban dieciocho. Cinco de las hijas estaban casadas y sus esposos también estaban presentes. Los hombres, como era costumbre, comían mientras las mujeres les servían. Cuando ellos terminaban ellas comían en la cocina.

La cena de esa noche consistía en barbacoa de venado envuelta en pencas de maguey, en cocción bajo tierra, sobre leña ardiente enterrada en un hoyo; guajolote en adobo, hecho de chilitos rojos, perejil, achiote, tequesquite, vinagre de maguey y aceite de chía; mishiote de conejo; pato a los capulines, hecho con pimienta de la tierra, miel de abeja, cebollas, jitomate machacado, calabacitas rebanadas y pulque; ranas asadas con chile verde; charales con nopales cortados en rajas en salsa de tomate, cebolla, sal, cilantro y chile verde molidos en el molcajete; moscos de zanja, caracoles, atetepitz (gusanos de maíz), izcahuitl (lombrices del agua), meocutli (gusanos blancos) y escamoles asados al comal aderezado con chile, epazote, y tecuitlatl (lamas verdes del lago) en tortillas de maíz azul. Para acompañar, sirvieron tres bebidas sin alcohol obtenidas del maíz, la chía y el cacao, así como atole de maíz y atole con miel.

El cihuacóatl tenía a todos sus hijos en asuntos públicos. Por lo tanto las conversaciones siempre estaban relacionadas con las funciones del gobierno y tarde o temprano terminaban hablando sobre las reuniones con el tlatoani. El cihuacóatl solía ser muy abierto en las conversaciones con sus hijos. Pues no podía ser el cihuacóatl si no era capaz de escuchar las críticas de sus hijos.

—Creo que la decisión del tlatoani de enviar veinte mil hombres a Chalco fue acertada —dijo uno de sus hijos.

—¿Por qué opinas eso? —preguntó el cihuacóatl sin intenciones de contradecir a su hijo.

—Tenemos derecho a defender nuestras tierras.

—¿A costa de muchas muertes?

—A costa de todo. No conocemos a los extranjeros. Han llegado con una nueva religión, con reglas nuevas. Lo único que desean es apoderarse de nuestras tierras y de nuestras riquezas.

—No se pueden poner en riesgo miles de vidas sólo porque queremos conservar nuestro territorio —respondió otro.

—Sí, eso lo entiendo. Pero tampoco tenemos la certeza de que finalizada la guerra los extranjeros nos permitan vivir como antes. No sabemos en realidad qué sucederá. Han matado a miles de personas en otros pueblos, gente que ni siquiera deseaba pelear, gente que se rindió y que fueron asesinados. ¿Qué les hace creer que cuando termine la guerra nos dejarán vivir como antes?

—¿Qué te hace pensar que ganaremos esta guerra?

—Nada.

—¿Prefieres morir en el intento?

—Sí. Los meshicas somos un pueblo guerrero. Fuimos educados para ganar las guerras, para dominar la tierra, sin importar las circunstancias. Huitzilopochtli nos protege. ¿De qué les han servido todas las enseñanzas en el calmecac si ahora se quieren rendir ante un enemigo desconocido. Ésta es la verdadera prueba para el pueblo meshica. Es el momento de demostrar quiénes somos.

—Estás muy equivocado. No se puede ir a la guerra con el idealismo como escudo. Se requiere de sabiduría.

—¿Usted qué opina, padre?

El cihuacóatl se había mantenido en silencio.

—Prefiero no opinar. Me gusta escucharlos hablar.

Al terminar la cena los hijos del cihuacóatl se marcharon a sus casas y él se dirigió a su habitación.

Después de media noche un ruido lo despertó. Se levantó de su cama y caminó hacia el rincón de la habitación donde tenía sus armas. Tomó el macahuitl y salió al pasillo. Caminó sigiloso hasta la entrada de la casa. Conforme avanzaba los ruidos que lo habían despertado se incrementaron. Se asomó discretamente hacia el patio: sus seis guardias se estaban batiendo a duelo con una docena de sicarios. Tlacotzin salió en su auxilio sin temor. Uno de los sicarios lo atacó con su macahuitl en cuanto lo vio. El cihuacóatl detuvo el porrazo con su arma. El hombre continuó lanzando golpes sin clemencia, pero Tlacotzin resistió la embestida. Tenía mucha experiencia en las armas. Había pertenecido a las tropas de Motecuzoma desde los quince años. Y por si fuera poco había estado entre los guerreros que apresaron al gigante Tlahuicole. Si bien, ya no era el joven ágil de antes, la experiencia le servía mucho más. Su atacante era feroz pero de golpes imprecisos, lo cual únicamente le generaba desgaste físico. El cihuacóatl dejó que su adversario se cansara y se ocupó en defenderse. Luego con una maniobra casi imperceptible, desarmó al contrincante, quien desesperado se fue contra él para golpearlo. Tlacotzin dejó caer su macahuitl y esperó a que el hombre se acercara: lo recibió con su cuchillo de obsidiana, enterrándoselo en la garganta. Mientras tanto, del otro lado del patio sus guardias seguían luchando. Dos de sus soldados y cinco enemigos ya habían sido abatidos. El cihuacóatl los auxilió. El combate duró poco más de media hora. Finalmente lograron mantener vivos a dos de ellos.

—¿Qué quiere que hagamos, mi señor? —preguntó uno de los soldados.

—Vamos a interrogarlos ahora mismo. Empecemos con él —le cogió la mano y con su cuchillo de obsidiana le cortó los dedos.

El hombre, empapado en sangre y sudor, contuvo un grito.

—¿Quién los envió?

—…

—Si no me respondes, te voy a cortar toda la mano.

—Córtemela. De cualquier manera no hablaré.

—Tú lo pediste —le cortó la mano.

—¡Ah! —aulló el hombre.

—¿Quién los envió?

La sangre escurría rápidamente sobre el piso.

—Si no te apuras, morirás muy pronto —amenazó el cihuacóatl.

—Moriré con honor.

—Tienes razón —le respondió y luego se dirigió a los soldados—. Háganle un torniquete para que no se desangre. Lo quiero vivo. Intentemos con él —Tlacotzin miró al otro hombre—. ¿Cuál mano quieres que te corte primero?

—¿Si le digo la verdad, me promete que no me hará daño?

El otro lo miró con enojo.

—Te prometo que no te haré daño.

—Fue el tlacochcálcatl.

—¡Traidor! —gritó el otro.

—Te prometí que no te haría daño y lo cumpliré. Con una condición: en este momento ve a la casa del tlacochcálcatl, le pides una audiencia en privado y le dices que tú me mataste. Para hacer esto creíble y evitar que te fugues, mis soldados irán contigo, como tus presos. En algún momento el tlacochcálcatl se acercará a ti para felicitarte. Entonces le enterrarás tu cuchillo en el corazón. Si no lo haces él mismo te matará en cuanto descubra que le mentiste.

—Eso es traición.

—¿Hablas de traición? Intentaste matar al cihuacóatl. Eso ya es traición y cualquier juez te condenaría a muerte. Me dijiste quién te envió. Lo traicionaste. Qué más da que lo mates. No tienes honor. Claro que si no quieres, te cortaremos las manos y te llevaré mañana ante el juzgado. El tlacochcálcatl estará presente, y para asegurarse de que no lo delates, llevará a tus hijos, para que los veas por última vez. No te quepa duda que los matará a todos.

—Haré lo que me pide —respondió preocupado.

—Eso es lo que quería escuchar. Anda. Ve a salvar a tus hijos.

El hombre llegó a la casa del tlacochcálcatl acompañado de los cuatro soldados que simulaban llevar las manos atadas a la espalda. Debido a que iban sucios y heridos no despertaron desconfianza en la guardia del tlacochcálcatl.

—Quiero hablar con el tlacochcálcatl en privado.

—Está durmiendo.

—Es sumamente importante.

—¿No puede esperar a que amanezca?

—No. Soy el soldado sobreviviente de una misión secreta. Él sabe de qué se trata. Y si no le avisas en este momento, mañana, será demasiado tarde y lo más probable es que te condenen a muerte.

—¿Quiénes son ellos?

—Mis prisioneros.

—Espera un momento —el soldado entró a la casa y salió minutos más tarde—. Puedes entrar.

En la sala el tlacochcálcatl los recibió con la larga cabellera suelta, y una prenda que apenas le cubría la cintura. Se le veía fatigado.

—Veo que me tienes buenas noticias.

—Así es, mi señor.

—Habla.

—Lo que tengo que contarle es sumamente confidencial. Estoy seguro de que usted no querrá que se sepa.

—Sálganse —le ordenó a su guardia.

—Hicimos lo que nos ordenó.

—¿Y tus compañeros?

—Todos murieron. Ellos son mis prisioneros. Ahora suyos. Maté al cihuacóatl, como usted lo ordenó —dijo.

—Muy bien —sonrió y caminó hacia el soldado—. Te felicito —le puso las manos en los hombros—. Te premiaré bastante bien en cuanto termine la gue... —no pudo terminar pues el soldado le enterró el cuchillo de obsidiana en el corazón.

Los soldados del cihuacóatl se fueron contra el homicida, lo mataron rápidamente y huyeron del lugar sin ser vistos.

A la mañana siguiente, el tlatoani se enteró de la muerte del tlacochcálcatl.

—Alguien nos quiere matar —dijo Tlacotzin—. Anoche doce hombres irrumpieron en mi casa e intentaron asesinarme. Afortunadamente mi guardia hizo una gran defensa.

El fracaso duele. Cada día más. Todos sus compañeros de celda notan la tristeza del tlatoani. Cohuanacotzin, Motelchiuhtzin y Shochiquentzin sufren con él; Tlacotzin, Huanitzin y Tetle-panquetzaltzin disfrutan verlo atormentado. Coyohuehuetzin es indiferente. No porque no le preocupe estar preso, o la situación con sus familiares, sino porque está convencido de que haga lo que haga no logrará que las cosas cambien.

Huanitzin tenía confianza en Cuauhtémoc. Lo conocía desde que había nacido. Tenía la certeza de que el joven lograría salvar a Meshico Tenochtitlan de la invasión. Lo aconsejó siempre que tuvo la oportunidad. Creyó en su política. Pero todo se desvaneció de un día para otro...

Por esa época asesinaron a Ahuashpitzactzin, tecutli de Teshcuco. En cuanto el tlatoani se enteró felicitó a Cohuana-cotzin, quien no supo qué responder.

—Te entiendo, era tu hermano —dijo Cuauhtémoc—. Pero entiéndelo: era necesario.

—No fui yo.

El tlatoani se echó para atrás.

—¿Estás hablando en serio?

—Por supuesto. Pensé que había sido usted.

—No... Te lo habría informado.

Ambos permanecieron en silencio.

—¿Quién habrá sido? —preguntó el tlatoani.

—Ishtlilshóchitl.

El tlatoani no pudo contener una sonrisa.

—Yo sabía que él no se quedaría tranquilo. Hace años que quería el puesto.

—Lo voy a matar.

—Adelante. Tienes todo mi apoyo.

Semanas más tarde se enteraron de que Ishtlilshóchitl había sido nombrado tecuhtli de Teshcuco.

Malinche y sus hombres se encontraban en Tlalmanalco, donde fueron bien recibidos. A la mañana siguiente continuaron su camino rumbo a Chalco, con cuatro mil guerreros más, provenientes de Chalco, Tlaxcala, Huexotzinco, Cuauhquecholan y otros poblados más pequeños. Llegaron sin dificultad a la ciudad de Chalco. Luego pasaron a Chimalhuacan-Chalco, donde se les añadieron más soldados, llegando a cuarenta mil. Avanzaron a Totolapan, Yauhtepec y Tlayacapan, sobre un peñón, donde fueron atacados por los tlahuicas. Malinche y sus aliados los atacaron por tres puntos distintos al mismo tiempo. Sin embargo no les resultó fácil subir el peñasco. Las lanzas, piedras y flechas se los impidieron. Finalmente huyeron.

Los días siguientes se apoderaron de Oashtepec, Cuauhnahuac (Cuernavaca) y Shochimilco, y lo quemaron por completo porque llegaron muy sedientos y no encontraron ríos a su paso, además los señores principales jamás se presentaron a ofrecer vasallaje. De ahí siguieron a Coyohuacan, Tlacopan, Cuauhtitlan, Acolman y todos los pueblos del norte del lago, hasta regresar a Teshcuco, sin contratiempos. Su único obstáculo eran las lluvias. Los meshicas creían que ahuyentaban a los enemigos, pero la verdad es que Malinche se acercaba cada día más a la victoria: estaban cercando a Meshico Tenochtitlan, mientras miles de hombres cavaban un canal de tres metros y medio de ancho, tres y medio de profundidad y tres kilómetros de largo, desde Teshcuco hasta la orilla del lago, para armar las casas flotantes en Teshcuco y evitar ser descubiertos por los meshicas, quienes, ignorando las estrategias de Malinche, se sentían protegidos en la ciudad isla, a pesar de que sufrían ya la carestía de alimentos. El tlatoani había llenado la ciudad de soldados aliados, pero dejó de ocuparse en la producción y comercialización de alimentos. Por otra parte, se enfocaron más en mantener los rituales religiosos. Hasta que un día llegó un informante a Las casas nuevas:

—Mi señor, los barbudos construyeron doce casas flotantes.

—¿Qué? —preguntó enfurecido—. ¡Les ordené que vigilaran el lago!

—Eso hicimos.

—Entonces explícame cómo aparecieron doce casas flotantes de un día para otro.

—Nuestros espías dicen que cortaron la madera en Tlashcalan, la llevaron a Teshcuco donde armaron las casas flotantes, y que luego hicieron un canal desde Teshcuco hasta la orilla del lago.

Las casas flotantes medían doce metros de largo por dos y medio de ancho. La capitana medía trece metros y medio.

Cada una tenía doce remos, seis de cada lado y dos mástiles para las velas. Con espacio para treinta hombres.

—Envíen las tropas a Teshcuco.

—¿En canoas?

—En canoas y caminando.

—No podemos —respondió el nuevo tlacochcálcatl—. Malinche tiene bloqueadas las calzadas. Además destruyeron el acceso de agua al acueducto de Chapultepec. Ahora nuestro único suministro es el pozo del recinto sagrado.

—Envíen tropas a todas las calzadas —ordenó el tlatoani.

—No —respondió Shoshopehualoc—. Ya no iremos a combatir.

—¿Estás rebelándote? —se mantuvo sentado en su lugar.

—Ya fue suficiente. No podemos seguir así. No tenemos alimentos. Y pronto nos quedaremos sin agua. Nos tienen cercados. Ha llegado el momento de ofrecer la paz.

—Esa decisión no te corresponde.

—No soy el único que piensa de esa manera.

—Somos muchos pipiltin los que estamos en contra de continuar con esta guerra —terció Ashayaca.

—Sabía que tú también estabas involucrado —sonrió Cuauhtémoc.

—Yo apoyo a los hijos de Motecuzoma —dijo uno de los miembros de la nobleza.

—El pueblo también está cansado —continuó otro de los pipiltin—. Necesitamos...

—¡Silencio! —gritó el tlatoani—. No voy a desperdiciar mi tiempo discutiendo con ustedes. Tengo al enemigo allá afuera y ustedes lo único que quieren es rendirse. ¡Cobardes!

Entonces dirigió su mirada a sus soldados, a quienes ya había adiestrado para que actuaran en momentos como esos.

Los soldados caminaron hacia Shoshopehualoc, Ashayaca y los otros dos miembros de la nobleza.

—Estás cometiendo un grave error —exclamó Ashayaca.

—¿Qué ocurre con ustedes? —cuestionó enojado Shoshopehualoc mirando a los demás pipiltin que les habían prometido alzar la voz cuando llegara el momento—. ¡Hablen! ¡Luchen por su vida!

Los soldados los rodearon. Uno de ellos miró al tlatoani a los ojos y éste le dio la señal que esperaba. Entonces el soldado se giró, sacó su cuchillo y degolló a Shoshopehualoc. Los otros soldados hicieron lo mismo con los otros tres detenidos; luego, dejando los cadáveres en el piso, caminaron junto al tlatoani y se pararon a su espalda, mirando a los demás miembros de la nobleza que estaba atónita.

—Ya me cansé de discutir con ustedes, de tener que darles explicaciones como si necesitara su permiso. Saben a quiénes me refiero. También hay en esta sala una gran cantidad de hombres leales. Espero que sea la última vez que tenga que recurrir a esto —se marchó de la sala.

Huanitzin sintió un profundo dolor esa tarde. Esperó a que la mayoría de los pipiltin se marchara para llevarse los cuerpos de sus primos y darles un funeral digno.

En venganza, Huanitzin, mandó matar a los sacerdotes de Huitzilopochtli y Tezcatlipoca, quienes se habían mostrado a favor de los hijos de Motecuzoma y que habían jurado no traicionarlos. Huanitzin no había asistido a aquellas reuniones, porque hasta el momento había respetado las decisiones de Cuauhtémoc.

Después de eso, ninguno de los pipiltin se mostró en contra de las decisiones del tlatoani, quien en los días siguientes envió tropas a las calzadas, a la isla de Tepepolco, a Iztapalapan, Coyohuacan, Tepeyacac, Tlacopan y cientos en canoas para que evitaran el arribo de las casas flotantes a Tenochtitlan. Sin embargo poco pudieron hacer. Las tropas de Malinche rebasaban los doscientos mil.[16]

El tlatoani recorrió el lago en una canoa para supervisar los combates. Estaba furioso por las derrotas. Así que al volver a Tenochtitlan ordenó que las mujeres también se prepararan para tomar las armas. Se encendieron fogatas por toda la ciudad, lo cual indicaba que Meshico estaba siendo atacado. Sonaron los tambores y las caracolas. Lo ataques se dieron por toda la ciudad, todas las calzadas, desde las azoteas y las canoas.

Malinche logró que sus casas flotantes se acercaran a la isla, quitando los puentes de las calzadas y cruzando de un lado a otro. Luego entraron a la ciudad isla por los canales del sur. Mientras tanto seguían los ataques en la calzada de Nonoalco y en Coyohuacan.

Entre la gente que huía de los ataques aquel día se encontraba Atzín, quien se había quedado sin casa y sin trabajo desde la muerte de su hijo. Trabajo había, y el único pago era alimento, pero cuando éste comenzó a escasear, no había más que robar o esperar a que alguien le regalara algo.

Aquella tarde Atzín corrió entre algunos callejones, de pronto se tropezó. Se sentó en el piso por un brevísimo instante y notó que se había cortado la planta del pie. Buscó alrededor para comprender qué le había provocado aquella cortada pero no encontró nada. Cojeando se metió en una casa, dejando huellas de sangre por todo el camino. Desde un

---

16   Esta cifra es un aproximado ya que los números proporcionados por los cronistas difieren por completo. Algunos aseguran que fueron entre cien mil y ciento cincuenta mil, y otros hasta medio millón de soldados aliados.

rincón alcanzó a ver la forma en que los barbudos les cortaban la cabeza con gran facilidad a sus contrincantes.

—¿Qué tenemos aquí? —dijo un barbudo con su largo cuchillo de plata en la mano derecha.

Atzín no entendió lo que había dicho el hombre que se acercó a ella poco a poco, con una sonrisa malévola, al mismo tiempo que se acariciaba su larga y canosa barba. Ella trató de huir, pero no pudo, el hombre la atrapó. La acostó en el piso y se preparó para quitarse el pantalón, cuando, súbitamente, entró uno de sus compañeros:

—¿Qué estáis haciendo?

El hombre sonrió y dejó que el otro viera a su víctima en el piso.

—No es momento para eso. ¡Andad!

El hombre se abrochó el pantalón y se marchó. Atzín permaneció ahí toda la noche sin agua ni alimento.

Mientras tanto, afuera, los meshicas cavaron zanjas para protegerse de los ataques. Al día siguiente los aliados tlashcaltecas llenaban las zanjas. Y al anochecer los meshicas las volvían a cavar.

Hasta entonces, los meshicas entraban y salían por la calzada de Tepeyacac, por la cual estaba obteniendo alimentos y agua. Cuando Malinche se enteró de esto, ordenó bloquear aquella calzada a sus hombres.

Fueron días y noches sin descanso. Malinche y sus hombres avanzaron por uno de los canales rumbo al recinto sagrado. Pese a los ataques lograron avanzar lentamente. Quemaron y derrumbaron todas las casas a su paso. Continuaron a pie hacia el norte de la ciudad. Hicieron estallar sus cañones, con lo cual intimidaron a los soldados meshicas, que huyeron hacia el recinto sagrado. Malinche y sus tropas los siguieron sin clemencia. Ahí hicieron estallar sus cañones nuevamente, con los cuales destruyeron el calmecac, el juego de pelota y el huey tzompantli.

Pronto llegaron miles de soldados meshicas en auxilio, con lo cual superaron por mucho a los enemigos, obligándolos a huir, abandonando uno de sus cañones. En su retirada, los barbudos y sus aliados fueron atacados severamente por una lluvia de piedras que les caía desde las azoteas de las casas. Al mismo tiempo los capitanes Alvarado y Sandoval atacaban la ciudad por los lados oeste y norte, y no lograron entrar a la ciudad. El pueblo meshica estaba enardecido.

Entre los soldados meshicas había un otomí, llamado Tzilacatzin, casi tan grande como el gigante Tlahuicole. Iba armado con tres piedras enormes para construir muros. Una en una mano y las otras dos colgadas al escudo. En cuanto veía a los extranjeros corría hacia ellos y con las piedras los derrumbaba antes de que ellos lograran atacarlo. Entonces ellos huían y él los perseguía hasta sacarlos de la ciudad. Los meshicas le tenían gran confianza. Hasta que un día, un disparo en la frente acabó con él.

Los ataques no cesaron por varios días, sin que los enemigos lograran entrar a la ciudad. Lo cual no resultó sencillo, pues los meshicas clavaron estacas en los canales para que las casas flotantes encallaran.

En una ocasión, Alvarado y sus hombres entraron a la ciudad sin recibir ataques. Entonces decidieron tomar el mercado. Al momento que estaban dentro de la ciudad, frente a unos templos muy grandes y rodeados de casas, les llegó una lluvia de piedras y flechas. Salieron miles de meshicas por todas partes. Los barbudos y sus aliados tuvieron que dispersarse por las calles y canales. La mayoría tuvo que lanzarse a los canales para salvarse. Mientras tanto las dos casas flotantes en las que habían llegado estaban encalladas por las estacas que los meshicas habían enterrado en el fondo de los canales.

Cinco días más tarde, Malinche y sus tropas volvieron a entrar hasta el recinto sagrado, donde nuevamente fueron atacados con furia. Huyeron al caer la tarde. Los siguientes días, Malinche decidió destruir la ciudad, algo que no deseaba, pues quería mantenerla intacta. Quería que el Rey Carlos Quinto conociera su belleza. Pero concluyó que si no derribaba los edificios no podría avanzar, pues los ataques provenían desde las azoteas. Así destruyeron Las casas viejas, Las casas de las aves y muchos templos más. Los únicos que celebraban la destrucción de la ciudad eran los tlashcaltecas, hueshotzincas, cholultecas y demás aliados.

Aunque la gente de Meshicatzinco, Mishquic, Cuitláhuac, Huitzilopochco, Iztapalapan y Culhuacan decidió no tomar las armas en contra de los barbudos, les proporcionaron agua y alimentos a los meshicas. En cuanto los chalcas se enteraron de esto, los atacaron y derrotaron. Con esto, los meshicas perdieron aliados valiosísimos.

Tras destruir la mayoría de la ciudad, los extranjeros y sus aliados lograron entrar sin ser agredidos, pues los meshicas ya no los podían atacar desde las azoteas.

Los hombres de Malinche sugirieron que tomaran la ciudad ese mismo día, pero él les respondió que no quería repetir la historia. Si se alojaban en la ciudad sin la rendición del tlatoani y su gente, en cualquier momento serían encerrados en la urbe. Así que optó por salir de la ciudad esa tarde y entrar a la mañana siguiente, destruir más edificios y acorralar a los meshicas. Así continuó dos semanas más. Los meshicas no descansaban. En las noches cavaban las brechas para impedirles el paso y al amanecer, los aliados las volvían a abrir. En una ocasión, una de las brechas no fue rellenada correctamente y cinco barbudos cayeron presos. Días más tarde una de las casas flotantes encalló en uno de los canales. Los meshicas los atacaron ferozmente, capturando a quince barbudos.

Malinche entró a la ciudad veintitrés días después de iniciado el sitio. Sin embargo se negó a tomar la ciudad. Quería que el pueblo y el tlatoani se rindieran. Continuaron con los ataques los siguientes días.

Al ver la destrucción de la ciudad, el tlatoani decidió negociar con Ecatzin y Temilotzin, los dos más altos dignatarios de Tlatilulco para mudar su gobierno a aquélla que no había sufrido ningún daño hasta el momento.

—Con una condición —respondió tajante Temilotzin.

—¿Cuál?

—Que renuncies al dominio absoluto, incluso después de terminada la guerra. Y que éste quede bajo el control de Tlatilulco.

—¿Quieres que los pueblos rindan vasallaje a Tlatilulco?

—Así es —continuó Ecatzin—. Seguirás siendo tlatoani de Meshico Tenochtitlan, pero a partir de hoy las decisiones las tomaremos todos. No nada más tú o yo. Sino todos los pipiltin.

Cuauhtémoc suspiró con los ojos cerrados. Le dolió aquella respuesta, aún más viniendo del pueblo en el que había sido sacerdote.

—Me están traicionando...

—¿Traición? —respondió con enfado Temilotzin—. Los meshicas utilizaron a los tlatilulcas para vencer a los tepanecas y luego crearon la triple alianza entre Tenochtitlan, Teshcuco y Tlacopan, dejando a un lado a uno de los pueblos que más los apoyó: su ciudad gemela, Tlatilulco. Años más tarde invadieron Tlatilulco y lo obligaron a pagar tributo por años. Lo que yo te estoy ofreciendo es una negociación. Tu ciudad está destruida, tus tropas cansadas, tu pueblo sediento y hambriento. Me estás solicitando asilo. Si te lo doy, mi ciudad corre el grave riesgo de quedar en ruinas, igual que Meshico. ¿No tengo acaso, yo derecho de exigir algo a cambio?

—Acepto —no tenía otra salida.

Su gobierno se mudó a Tlatilulco y su cuartel general quedó en el edificio llamado Yacacolco. Otros personajes a cargo de Tlatilulco eran Topantemoctzin, el tizociahuácatl; Popocatzin, el tezcacohuácatl; Temilotzin, el tlacatécatl; Coyohuehuetzin, el tlacochcálcatl; y Matlalacatzin, el tzihuatecpanécatl.

Por aquellos días llegó a Tlatilulco una embajada de Teshcuco:

«Nos envía el señor acolhua. Esto es lo que les manda decir: Escuchen tlatilulcas. Se aflige y se acongoja mi corazón. Si compro alguna cosa y la pongo en mi envoltorio o en mi regazo, al punto vienen y me la arrebatan. Está muriendo la gente. Por eso digo: Que dejen solo al tenoshca para que perezca él solo; ya no haré más que esperar su respuesta».

Les respondieron los señores de Tlatilulco:

«Nos ha hecho merced nuestro hermano; ¿acaso no es nuestro padre y nuestra madre el acolhua chichimeca? Pero escuche esto: hace ya veinte días que debió hacerse lo que propone; porque ahora lo que veo es que el tenoshca ha desaparecido: ya nadie se proclama tenoshca, sino que algunos se hacen pasar por cuauhtitlancalcas, y otros por tenayocas, azcapotzalcas, coyohuacas o cualesquiera otros; eso es lo que yo veo».[17]

Los barbudos atacaron Tlatilulco. Malinche y sus hombres conocían poco las calles de aquella ciudad, por lo tanto el avance resultó mucho más lento de lo esperado. El ataque de los tlatilulcas y los meshicas fue atroz. La lluvia de piedras y flechas los obligó a retirarse. El caos, el pánico de los aliados tlashcaltecas y las calles estrechas hicieron imposible que los barbudos hicieran estallar sus cañones como lo habían hecho en Tenochtitlan. Ni siquiera podían utilizar sus venados gigantes.

Un grupo de soldados meshicas lograron capturar a Malinche. Como era costumbre, deseaban llevarlo preso, para luego sacrificarlo en la cima del Monte Sagrado. Lo tenían sujetado de las manos. Estaban seguros de que con aquella acción ganarían la guerra, que sus hombres y sus aliados se rendirían inmediatamente. Así se acostumbraba. Con o sin Malinche ellos continuarían con su venganza. En ese momento uno de los barbudos llegó en auxilio de Malinche, sacó su largo cuchillo de plata y les cortó las manos a los hombres que lo tenían preso.

Esa tarde, cuando los barbudos y sus aliados se retiraron, los tlatilulcas celebraron la victoria en el recinto sagrado de esta ciudad. Sin lugar a dudas, la victoria era suya. Llevaron al huey teocali a los presos obtenidos aquel día, incluyendo a varios barbudos, a quienes les sacaron los corazones en la piedra de los sacrificios; les cortaron las cabezas, brazos y piernas y las repartieron entre la gente para que los cocinaran en chile. La fiesta era tan grande que se escuchaba al otro lado

---

17 *Anales de Tlatelolco.*

del lago. Las fogatas, los gritos, los caracoles, los tambores y las danzas tenían un solo objetivo: intimidar a sus enemigos.

Al caer la noche se dieron a la huida miles de tlashcaltecas, hueshotzincas, cholultecas, acolhuas, chalcas y otros más. Los aliados no rebasaban los ciento cincuenta hombres. La fama de los meshicas seguía viva. Aunque la victoria le pertenecía a los tlatilulcas.

Los extranjeros permanecieron en sus cuarteles por cuatro días, escuchando y viendo de lejos los festejos de los tlatilulcas y meshicas. Asimismo aprovecharon aquellos días para curar sus heridas.

Entre los barbudos capturados, cinco llevaban sus palos de fuego. Los capitanes de las tropas tlatilulcas les ordenaron que les enseñaran a usar los palos de fuego; entonces los barbudos dispararon al aire. Los meshicas, creyendo que los estaban atacando se fueron contra ellos y los descuartizaron.

Los pipiltin enviaron embajadas a Chalco, Shochimilco, Cuauhnáhuac y otros lugares para que les ofrecieran una alianza. Llevaban cabezas de los barbudos capturados y de los venados gigantes. El mensaje principal era que ya había quedado comprobado que Huitzilopochtli no había abandonado a los meshicas y los tlatilulcas. A pesar de eso, los señores principales decidieron no dar ninguna respuesta.

Malinche por su parte se encargó de enviar mensajeros a todos los pueblos aliados para pedirles que regresaran al combate. Fue entonces que se enteró que los de Malinalco habían atacado a los de Cuauhnáhuac. Él sabía perfectamente que si los abandonaba, ellos también lo dejarían solo en su lucha contra los meshicas. Así que envió a ochenta de sus hombres y diez venados gigantes a auxiliarlos. En diez días derrotaron a los de Malinalco. De igual forma envió otro grupo de hombres a socorrer a los otomíes que habían sido atacados por los de Matlacingo.

Quince días después de la victoria, los meshicas y tlatilulcas permanecían encerrados. Sin atacar, sin cobrar venganza, sin aprovechar esa gran y última oportunidad para destruir a los extranjeros que seguían, prácticamente abandonados por los aliados.

XVIII

—Mi padre solía decirme que con el baño no sólo se quita la mugre, sino también los malos pensamientos —dice Huanitzin.

Los soldados tlashcaltecas llevaron a los presos a un temazcali para que se bañaran.

—¿Le creíste? —pregunta Tlacotzin.

—En aquellos años le creía todo a mi padre... yo era un niño.

—¿Y sigues pensando lo mismo?

—No... Desde hace mucho que los malos pensamientos no me abandonan, a pesar de que me bañe.

Ambos ríen.

En el otro extremo del temazcali, el tlatoani se mantiene en silencio.

—Tal vez debería llevar a cabo esos pensamientos, para que de una vez por todas dejen de atormentarme —agrega

Huanitzin mirando a Cuauhtémoc, que se encuentra lejos de él y por lo tanto no lo escucha.

—¡Afuera todos! —grita un soldado tlashcalteca.

Los presos salen del temazcali, se secan con unos trapos de algodón, se visten y caminan a paso lento, escoltados por un ejército, rumbo a la casa de Malinche. La gente de Coyohuacan observa el desfile de soldados, tratando de ver a los presos, pero no pueden ya que son tantos los soldados que se vuelve imposible ver.

—Se siente bien —dice Cohuanacotzin.

—Ya extrañaba el sol —responde Coyohuehuetzin con la mirada hacia el cielo.

—La brisa —sonríe Motelchiuhtzin.

—¡Apúrense! —los regaña uno de los soldados tlashcaltecas.

—Creo que yo también llevaré a cabo esos malos pensamientos, para que me dejen en paz —susurra Tlacotzin.

—Si me cuentas cuáles son esos pensamientos yo te platico los míos —responde Huanitzin en voz baja.

—Los mismos que los tuyos —Tlacotzin sonríe al mismo tiempo que dirige la mirada hacia el tlatoani.

Tetlepanquetzaltzin los escucha todo el tiempo, pero se mantiene en silencio.

El rencor que siente el tecutli de Tlacopan proviene principalmente del abandono de los meshicas ante la invasión de los barbudos a Tlacopan. Cuauhtémoc estaba tan ocupado en defender Meshico Tenochtitlan que se olvidó de proteger a sus aliados, algo que Malinche sí tomo en cuenta.

Tras el auxilio de los barbudos a los de Cuauhnáhuac y a los otomíes, los pobladores de Tlashcalan, Hueshotzinco, Chololan y Teshcuco tomaron aquella acción como un acto de lealtad; por lo tanto comenzaron a regresar, aunque no de manera masiva. Malinche y sus hombres seguían atacando Tenochtitlan y Tlatilulco. La respuesta de los habitantes era cada vez menor, pues se estaban quedando sin alimentos y agua.

Atzín, al igual que miles de jovencitas, era ya un fardel de huesos que deambulaba a todas horas en busca de comida. Rascaba en el piso en busca de insectos o ratas. En una ocasión atrapó una lagartija, entonces llegó un jovencito, se la arrebató, y se la comió mientras huía. Atzín trató de alcanzarlo pero ya no le quedaban fuerzas. Había días en los que masticaba hojas de árbol para imaginar que estaba comiendo de verdad, hasta que un día se las comió y bebió agua del lago. A la mañana siguiente amaneció con diarrea. No fue la primera ni la última que enfermaba por beber agua salada del lago, que además era donde los meshicas y tlatilulcas echaban sus desperdicios.

Comenzó la venta de macehualtin, doncellas, niños, jóvenes, sirvientes: dos medidas de maíz, diez tortillas de mosco acuático o veinte rollos de zacate para comer. El oro, el jade, las plumas finas, las mantas de algodón, ya no valían nada. Incluso a los niños extraviados los estaban vendiendo como esclavos, a pesar de que las leyes lo prohibían. En otros tiempos, a los que eran encontrados culpables, se les encarcelaba y se les incautaban sus bienes: la mitad para pagar al comprador la libertad del niño y la otra mitad para el mantenimiento del niño. Los tutores a cargo de algún niño huérfano eran ahorcados si no administraban correctamente los bienes heredados del niño. Pero a esas alturas, ya no había ley que se cumpliera en Tenochtitlan y Tlatilulco. Muchos salían en las noches por el lago, en canoas o nadando, desesperados, hambrientos, dispuestos a aceptar las condiciones de los barbudos.

Pues lo único que no podían hacer era rendirse públicamente ni mucho menos rendir al pueblo entero. A pesar de todo, la última palabra la seguía teniendo el tlatoani.

—Ha llegado el momento de rendirnos —dijo uno de los señores principales de Tlatilulco.

—No —respondió Cuauhtémoc—. Aún tenemos otra posibilidad para derrotar a los enemigos. Ya lo hicimos hace algunos días.

—La gente está enfermando —insistió.

—Podemos utilizar a las mujeres para los combates.

—¿Mujeres? ¿Cuándo se ha visto eso?

Todos los pipiltin se conmocionaron.

—La mujer es el cordón umbilical que nos une a la tierra —dijo uno de ellos con indignación—, es la criadora de hijos, la cocinera, la flor de la casa. Verlas con un macahuitl y un escudo significará la destrucción de las costumbres.

—Las podemos vestir de hombres para engañar a los enemigos —insistió Cuauhtémoc—. Debemos aprovechar esta oportunidad.

No hubo detractores. No se sabe si fue por temor a las represalias o por el enojo que sentían al ver sus ciudades destruidas.

Los meshicas y tlatilulcas dejaron de abrir las brechas, con las cuales les impedían el paso a los enemigos, quienes además adoptaron una nueva estrategia: demoler e incendiar todas las casas a su paso, y con los escombros tapar los canales, de tal forma que pudiesen avanzar más rápido. Su mayor obstáculo en aquellos días fue la temporada de lluvias, pues todas las tardes caían severos aguaceros.

En una ocasión Malinche y sus hombres entraron hasta el recinto sagrado, el cual se encontraba en ruinas. Poco después apareció un grupo de meshicas. Los barbudos y sus aliados seguían en guardia.

—No nos maten —rogó uno de ellos.

Uno de los tlashcaltecas tradujo a la lengua de los extranjeros.

—Decidles que si quieren la paz tendrá que venir su rey Guatemuz a rendirse —respondió Malinche.

—Iremos por él —respondieron.

Los invasores y sus aliados bajaron la guardia. Entonces llegó una tropa de tlatilulcas y meshicas con lanzas y piedras. Los barbudos respondieron al ataque y lograron salir de ahí.

Cohuanacotzin fue capturado en uno de esos combates por tropas acolhuas. Su hermano Ishtlilshóchitl había ordenado su captura a toda costa.

Cuando Cuauhtémoc se enteró, reunió a los pipiltin para hablar. Solamente una persona se atrevió a proponer la rendición, pero la mayoría de los meshicas y tlatilulcas se negaron rotundamente.

Los enemigos tenían ocupadas tres cuartas partes de Tenochtitlan, y avanzaban día con día hacia Tlatilulco. Cuando se les acabó la pólvora, aparecieron con un invento jamás visto en el Anáhuac: una catapulta. La colocaron en la cima del teocali dedicado al dios Momoztl, pero al momento de usarla, el aparato no funcionó. Las enormes piedras no llegaban tan lejos como los barbudos esperaban. Malinche decidió abandonar esa estrategia y continuar con los ataques y el envío de mensajeros que ofrecían a los meshicas la paz. Pero éstos se negaban una y otra vez. Estaban dispuestos a morir en su ciudad.

En diversas ocasiones Cuauhtémoc envió mensajeros que prometían a Malinche que acudiría a verlo, pero no cumplía. A veces mandaba gente a que los atacaran. Un día, los mensajeros prometieron que Cuauhtémoc por fin se reuniría con él. Malinche esperó cuatro horas en el mercado de Tlatilulco. Nadie llegó. Malinche enfureció y ordenó a sus hombres que acabaran con la ciudad. Los aliados tlashcaltecas mataron a todos los que encontraban a su paso, incluyendo mujeres, niños y ancianos. Jamás se había visto tanta mortandad en el Anáhuac. La venganza de los pueblos sometidos por los meshicas se estaba consumando, después de décadas de espera. La ciudad se convirtió en un cementerio, tal cual lo había prometido Cuauhtémoc en una conversación con el cihuacóatl. Sangre en los muros y en los pisos. Gente al borde de la muerte por el hambre, la diarrea, las heridas, con brazos y piernas mutiladas o las tripas por fuera y miles de cadáveres podridos por todos los estrechos callejones de Tlatilulco. Ese día murieron alrededor de cuarenta mil personas.

Como último recurso, el tlatoani decidió acudir a la magia negra: vistieron a un guerrero de tecolote-quetzal. El atuendo había pertenecido al padre de Cuauhtémoc. El objetivo era que el guerrero ataviado saliera cargando un cetro en forma de culebra retorcida y la imagen de un búho hecho de finas plumas para ahuyentar a los enemigos. Mientras tanto se llevaban a cabo algunos sacrificios. El guerrero vestido de tecolote-quetzal subió a las azoteas para que los enemigos lo vieran, pero no obtuvo resultados favorables.

Tres noches después Cuauhtémoc sacrificó en el huey teocali de Tlatilulco a los últimos prisioneros que les quedaban: unos cuantos barbudos y varios tlashcaltecas. Esperaba intimidar a sus enemigos, pero tampoco funcionó. Esa noche cayó un tremendo aguacero sobre el Anáhuac.

La madrugada del Uno Culebra del mes de Shocolhuetzi

del año Tres Casas[18] la pasaron en vela. Ya no tenían más que dos opciones: morir o rendirse.

—¿Qué hacemos? —preguntó Topantemoctzin, el tizo-ciahuácatl de Tlatilulco.

Todos estaban sucios, hambrientos y enclenques.

—No me voy a rendir —respondió el tlatoani.

—¿Entonces?

—Me voy.

—¿Qué?

Todos se quedaron boquiabiertos. Ninguno podía creer lo que acaba de decir Cuauhtémoc. Después de tantos discursos sobre el valor, el amor a su religión, la lealtad a Tenochtitlan y al gobierno, el honor de morir por su raza, ahora él salía huyendo, sin importar el porvenir de su ciudad. Primero estaban su vida y su orgullo.

—Tomaré una canoa y remaré hasta Azcapotzalco. Encontraré algún pueblo que nos quiera ayudar.

—¿Cree usted que aún haya un pueblo dispuesto a ayudarnos? —preguntó Topantemoctzin—. Se acabó. Es momento de rendirnos.

—¡Jamás!

—La gente está muriendo de hambre.

—Así lo quieren los dioses que nos han abandonado.

—Acepte la rendición —insistió Topantemoctzin.

—Ya dije que no. ¿Quién quiere venir conmigo?

Los pipiltin lo observaron con decepción, otros con desprecio. Era una acto de cobardía imperdonable; aún más viniendo de quien se había rehusado a la sumisión y había

---

18   13 de agosto de 1521.

empujado a su pueblo a un suicidio colectivo, a pesar de tantas advertencias.

—Cobarde —dijo uno de ellos con vilipendio.

—¡Te hubieras largado desde antes! —le gritó uno de los pipiltin lleno de rabia.

—¡Deseo que los barbudos te atrapen y te maten, perro cobarde! —le gritó otro—.

—Tetlepanquetzaltzin, vamos —dijo el tlatoani—. Podemos recuperar Tlacopan.

—No lo hagas —le dijo uno de los pipiltin.

—Si te quedas, los barbudos te matarán. Eso han hecho con todos los señores principales de los pueblos que han invadido.

—No vayas —exhortaban los pipiltin.

El tecutli de Tlacopan estaba muy nervioso. Sabía que abandonar a los demás a su suerte era lo peor que podía hacer un gobernante.

—Lo siento —dijo y caminó detrás del tlatoani.

—¿Quién más viene conmigo? —preguntó Cuauhtémoc.

Se le unieron tres hombres llamados Tepotzitoloc, Yaztachimal y Cenyaotl. Estaba amaneciendo.

—¡Cobardes! —gritaron algunos.

—Ahí va Cuauhtémoc —gritó una mujer al verlo abordar una de las canoas.

—¡Vámonos! —le dijo un pipiltin a su esposa e hijos—. ¡Aborden una canoa!

—¿Por qué? —preguntó la mujer.

—Muy pronto entrarán los enemigos y matarán a todos. Tenemos que salir de aquí.

La mujer obedeció sin preguntar más. En cuanto los demás pobladores los vieron los acusaron de cobardes mientras otros decidieron hacer lo mismo. Pronto el lago se llenó de gente que también resolvió escapar. Cientos corrían al agua para abordar alguna canoa. Inició el caos. La gente se peleó por las canoas.

Los pipiltin que se quedaron, se prepararon para salir en cuanto el sol apareciera y ofrecer la rendición. Al amanecer, los barbudos y sus aliados entraron a los últimos barrios de Tlatilulco que no habían atacado. Encontraron miles de personas sucias, debiluchas, enfermas, amotinadas en las casas. A pesar de las condiciones lamentables en las que se encontraban los meshicas y tlatilulcas, los tlashcaltecas los atacaron sin misericordia. En un principio nada pudo hacer Malinche para evitarlo: estaban enardecidos. La gente rogaba con alaridos y llanto que no los matasen. Al comprobar que no se trataba de una treta y que en verdad se estaban rindiendo los meshicas, Malinche ordenó a los rabiosos tlashcaltecas que cesaran su carnicería, lo cual no ocurrió del todo. Mataron a más de quince mil en ese día. Mientras él hablaba con los pipiltin meshicas, otros cientos de tlashcaltecas enardecidos seguían entrando a las casas, matando a quien se les pusiera en frente y saqueando la ciudad de Tlatilulco.

Tras obtener un poco de calma, Malinche pudo observar con más tranquilidad los alrededores: había miles de cadáveres amontonados en las casas y calles. Los meshicas habían hecho eso para evitar que los enemigos se dieran cuenta del alto número de muertos de hambre, por diarrea o por heridas que estaban teniendo a diario.

—¿Dónde está el tlatoani? —preguntó Malinche.

Respondieron cientos de ellos al mismo tiempo:

—¡Se fue, el cobarde!

—¡Huyó!

—¡Abordó una canoa!

XIX

La flama de una vela bailotea sobre el escritorio. Un sirviente camina a la ventana y cierra las recién construidas puertas de madera para evitar que siga entrando la corriente de aire. Malinche y Cuauhtémoc se miran en silencio. La niña Malintzin espera de pie a la respuesta del capitán:

—Os daré permiso de salir, pero siempre escoltado por mis hombres. No podréis tomar decisiones sin antes consultarlas conmigo.

Cuauhtémoc exhala con tranquilidad. Necesita el aire fresco, el contacto con la gente, el calor del sol. Malinche sonríe al ver el gesto del tlatoani.

—Si me hubieses escuchado desde un principio... —Malinche baja la mirada y se lamenta en silencio. Luego se dirige a Malintzin—. No le digáis lo que acabo de decir...

Lo que pensaba decir Malinche era que si Cuauhtémoc lo hubiese escuchado desde un principio, se habría evitado la destrucción de la ciudad. Esa ciudad que lo había embelesado.

Esa ciudad que él decía era mucho más bella que Venecia. Aquella urbe de templos majestuosos, calles hermosamente decoradas con flores y canales llenos de canoas y vida. Tanto le gustaba que quería entregársela intacta a su Majestad el Rey Carlos Quinto. Pero de eso ya casi nada quedaba.

Tras la caída de la ciudad isla, Cuauhtémoc fue llevado ante Malinche, quien lo recibió con el mismo respeto y los mismos honores con los que había tratado a todos los señores principales del Anáhuac.

Llovía fuertemente, como ocurría cada año en esas fechas y como había sucedido un año atrás, en que los meshicas luchaban para sacar a los extranjeros de Las casas viejas.

Se miraron fijamente a los ojos. Malinche, con el placer de la victoria. Cuauhtémoc con el dolor de la derrota. Los aliados de Malinche jubilosos de presenciar la escena. Malinche les ordenó que guardaran absoluto silencio y que mostraran respeto. Todos obedecieron, pues ya sabían que si hacían enojar al capitán Malinche lo pagarían muy caro.

—Finalmente conozco en persona a Guatemuz.

Jerónimo de Aguilar tradujo al maya y Malintzin, al náhuatl.

—Ah, capitán —el tlatoani lucía esquelético y sucio—. Ya he hecho todo lo que estaba en mi poder para defender mi ciudad y librarla de tus manos; y pues, mi fortuna no ha sido favorable. Quítame la vida, que será más justo. Con esto acabarás con el gobierno meshica, pues a mi ciudad y vasallos los tienes destruidos y muertos.

Tras escuchar la traducción de Jerónimo de Aguilar, Malinche respondió tranquilo:

—Os estimo más de lo que vosotros creéis. Admiro el valor con el que habéis defendido vuestra ciudad. Sin embargo, hubiese preferido que os hubieses hecho la paz antes de tanta destrucción. No debéis temer. Todo estará bien. Mis hombres os llevarán a una habitación para que vayáis a descansar, que dentro de poco podréis gobernar vuestra ciudad y pueblos como antes solíais hacerlo.

—Si no puedo convencerle, esperaré con resignación el momento de mi muerte.

—¿Dónde está la hija de Motecuzoma?

—¿Cuál de ellas?

—La niña de diez años.

—Tecuichpo. Es mi esposa.

—¿Dónde está?

—No lo sé. Venía conmigo, pero tus hombres se la llevaron antes de entrar aquí.

Malinche dirigió la mirada a sus hombres con desagrado.

—No os preocupéis por ella. Ordenaré que la traigan y me aseguraré de que reciba el trato que se merece la reina de Temixtitan.

Tras decir esto, Malinche no supo qué más decir ante aquel desconocido por quien sentía un odio indisoluble; pues para él, la destrucción de la ciudad y el alto número de muertes eran responsabilidad de Guatemuz el testarudo, como llegó a llamarle en varias ocasiones. Se miraron en silencio por unos segundos. En ese momento uno de los hombres de Malinche se acercó y le habló al oído.

—Me acaban de informar que todavía hay grupos de resistencia en las calles. Es necesario llevaros ante la multitud para que vosotros les habléis y les ordenéis que dejen las armas —dijo Malinche en tono de orden.

A pesar de que había corrido el rumor de que el tlatoani había abandonado la ciudad, muchos no lo creyeron asegurando que él jamás haría algo así.

—Lleve con usted a alguno de ellos —el tlatoani señaló a los hombres que habían sido capturados junto a él.

—No —respondió tajante Malinche—. Es vuestra obligación calmar al pueblo.

—No puedo... —bajó la mirada lleno de vergüenza.

El capitán Malinche dio a sus soldados la orden con la mirada de que llevasen al tlatoani afuera. Lo guiaron hasta la azotea del palacio de Tlatilulco desde donde podían ver una multitud aún enfurecida, dispuesta a morir en combate. Cuauhtémoc los vio y por un instante sintió el deseo de que lo mataran a pedradas o que una flecha le perforara el corazón.

—¡Mejicas! —gritó Malinche—. ¡Aquí está vuestro tlatoani!

Nadie le hizo caso.

—Decidles que se tranquilicen —ordenó Malinche a Cuauhtémoc.

Con gran nerviosismo y vergüenza el tlatoani se dirigió a aquella muchedumbre:

—¡Meshicas y tlatilulcas, dejen las armas...! —sintió un severo mareo en ese instante—. ¡Ha llegado el momento de rendirnos!

La gente se quedó en silencio al reconocer al tlatoani. Para la gran mayoría verlo ahí, rendido, significaba la peor de las desilusiones de sus vidas. Habían creído ciegamente en los discursos de aquel joven. Los que no le habían creído habían abandonado la ciudad isla hacía mucho tiempo.

—¡Meshicas y tlatilulcas, dejen las armas...! —repitió con tristeza.

Todos estaban consternados. Les aterrorizaba el futuro. Mucho se había hablado en las calles, de día y de noche, sobre lo que les sucedería si los barbudos se apoderaban de la ciudad.

Estaban enterados de las torturas con hierro ardiente en las mejillas a las que habían sometido a muchas personas en los pueblos derrotados. Así como las violaciones a mujeres y las matanzas injustificadas. El mismo tlatoani que en ese momento les estaba ordenando que se rindieran era el que les había advertido hasta el cansancio sobre los peligros que corrían si se entregaban.

—¡Cobarde! —gritó un meshica.

—¡Traidor! —agregó otro.

Malinche decidió que era el momento de regresar al interior del palacio.

—Os llevarán a una de las habitaciones para que descanséis —dijo Malinche, para terminar el encuentro. Un encuentro muy distinto al que había tenido con Motecuzoma.

Escoltaron a Cuauhtémoc a una habitación, donde permaneció solo. Contempló los muros con melancolía, sin dar un paso. Sus brazos caídos. Sus ojos rojos, ojerosos. Su cuerpo enclenque. Sucio. En ese momento se escuchó un trueno. La tormenta que azotaba a la ciudad esa tarde llevaba consigo muchos lamentos, una pena colectiva indómita: la maravillosa ciudad isla, la más poderosa, estaba destruida.

Para menguar el inmenso dolor que lo estaba comiendo por dentro, apretó los puños y golpeó el muro hasta llenar sus nudillos de sangre. Berreó iracundo. Los soldados lo observaron desde el pasillo, contentos.

A la mañana siguiente el silencio se apoderó de la ciudad. Los gritos amenazadores y los lamentos de hambre y pena que tanto se habían escuchado a todas horas en las últimas semanas desaparecieron. Cuatro soldados tlashcaltecas entraron a la habitación donde había permanecido el tlatoani, le entregaron una manta real de plumas de quetzal, muy sucia, como símbolo de su derrota, y lo llevaron a la sala principal, donde ya se encontraban los demás miembros de la nobleza: el cihuacóatl Tlacotzin, el tlilalanqui Petlauhtzin, el huitznahuatl Motelchiuhtzin, el sumo sacerdote, el decano de los sacerdotes Coatzin, el tesorero Tlazolyaotl, el mishcoatlailotlac Auelitoctzin y el pipiltin Yupicatl Popocatzin. Los tetecuhtin de Tlatilulco, Tlacopan y Teshcuco vestían unas mantas hechas de fibra de maguey, con fleco y ribete de flores labradas y también muy sucias, en símbolo de humillación. De esa manera eran presentados los señores derrotados cuando una ciudad era conquistada.

El encuentro con los capitanes tlashcaltecas, cholultecas, chalcas, hueshotzincas y demás aliados fue el más humillante que pudo experimentar cualquier tlatoani de la historia de Meshico Tenochtitlan. Las risas, las burlas, los gritos e insultos se tornaron ensordecedores. Los barbudos se tapaban la boca y nariz con trapos para evadir el hedor de la muerte, por toda la ciudad.

—Decidles que se callen —dijo Malinche a la niña Malintzin.

Resultó difícil silenciarlos, ya que su júbilo era mucho mayor que el respeto que le tenían a Malinche y sus hombres. Aquella victoria les pertenecía a ellos. Una victoria que habían codiciado por décadas.

—El año pasado Motecuzoma nos regaló oro, jade y piedras preciosas. Cuando salimos de vuestra ciudad, lo llevábamos en baúles, pero lo extraviamos en el combate. Queremos que nos lo devuelvan.

—No sé de qué oro hablan —respondió el tlatoani.

—Lo único que nosotros tenemos es el que llevábamos en las canoas al salir de Tlatilulco.

Los barbudos interrumpieron sin permiso de Malinche.

—¡Estáis mintiendo! —gritó uno de los barbudos.

Cuauhtémoc se mantuvo en silencio mientras los demás pipiltin se esforzaban por convencer a los barbudos de que no tenían nada más. Pero los barbudos no les creyeron.

—¡Entréguenles el oro que quieren! —exclamó enojado uno de los pipiltin de Tlatilulco.

—¿Cuál? ¿De dónde? No tenemos nada —respondió uno de los meshicas.

—A mí no me engañas —respondió otro de los tlatilulcas.

—No tenemos más que lo que llevábamos —respondió otro pipiltin tenoshca.

—Los tlatilulcas también lucharon aquella noche respondió el cihuacóatl—. ¿No será que ellos se llevaron el oro?

—¡Nosotros no somos ladrones! —respondió un tlatilulca.

De pronto los meshicas y tlatilulcas comenzaron a discutir frente a los barbudos y sus aliados.

—Tienen que presentar doscientas piezas de oro de este tamaño —dijo Malintzin dibujando con sus manos en el aire un círculo del tamaño de una cabeza.

—Tal vez las mujeres se llevaron el oro —respondió el cihuacóatl nervioso.

Los barbudos perdieron la paciencia y comenzaron a gritar. Malinche los tranquilizó prometiéndoles que tarde o temprano recuperarían el tesoro. Ordenó que llevaran a los pipiltin a distintas habitaciones, donde permanecieron aislados de todo lo que sucedía en la ciudad isla.

Más tarde partieron a Coyohuacan, donde el tecutli de aquel poblado les tenía preparado un banquete para celebrar la victoria. Días atrás Malinche había enviado a algunos de sus hombres a lo que él llamaba la Villa Rica de la Vera Cruz para que llevaran a Coyohuacan todo el vino que pudieran para la celebración. Se emborracharon, bailaron y dieron discursos sin sentido, aseguraron que muy pronto tendrían sillas de oro en sus caballos y flechas de oro en sus ballestas.

Mientras tanto los tlashcaltecas, acolhuas, chalcas y demás aliados estaban masacrando a todos los meshicas y tlatilulcas que encontraban en las calles. Lo único que escuchaban el tlatoani y los demás presos eran gritos de sufrimiento, especialmente en las noches.

Muchas familias intentaron huir de aquella masacre nadando por el lago, pero eran interceptadas por los tlashcaltecas que vigilaban alrededor de la ciudad isla día y noche.

Dos mujeres de la nobleza se sumergieron en el agua a la orilla de la laguna, en una zona rodeada de grandes tulares. El agua les cubría todo el cuerpo, manteniendo la cabeza apenas sobre la superficie para poder respirar. Llevaban consigo unas mazorcas, de las cuales comieron entre diez y quince granos a ratos, para menguar el hambre atroz por la que tuvieron que pasar a lo largo de tres días. Cuando ya no pudieron con el cansancio, el hambre y la sed salieron del lago, desesperadas y rogaron a quienes se cruzaban en su camino que les dieran algo de beber y de comer.[19]

Al tercer día Malinche visitó a Cuauhtémoc en su celda, con la intención de obtener más información sobre el tesoro que aseguraba seguía en manos de los meshicas. El tlatoani le dijo una vez más que él no sabía nada.

—Entonces volveré dentro de unos días —finalizó Malinche.

—¿Qué está sucediendo allá afuera? —preguntó el tla-

19   Una de estas mujeres era la tía de fray Juan de Tovar, uno de los primeros mestizos en nacer en Tlatelolco y autor del *Códice Ramírez*.

toani en cuanto vio que Malinche se marchaba—. Escucho muchos gritos de día y de noche.

—Vuestros enemigos los tlashcaltecas y tezcucanos están... —hizo un mueca—, matando a muchos mejicas.[20]

—Quiero pedirle algo, capitán.

—Hablad...

—Que permita que la gente salga de Meshico Tenochtitlan.

—¿Por qué? —preguntó dudoso—. ¿Para qué?

—La ciudad está destruida y la gente tiene mucho sin comer.

—Les daré permiso de salir —Malinche le dio la espalda y se marchó.

Al salir, llamó a los capitanes tlashcaltecas. En compañía de Jerónimo de Aguilar, la niña Malintzin y sus hombres más cercanos les ordenó que dejaran de matar a los meshicas y les notificó que en los próximos días dejarían salir a toda la gente que así lo quisiera. Pero los barbudos trataron de convencerlo de que le convenía más tenerlos como esclavos.

—¿Cómo pensáis alimentarlos? Se están muriendo de hambre.

—Yo creo que es un engaño de Guatemuz.

—Pero si tiene días encerrado, Alvarado, no digáis estupideces.

—¿Y si lo están haciendo para llevarse el tesoro?

—¿Cómo?

20   La cifra exacta de mexicas muertos —sin contar aquellos que perdieron la vida por la viruela, la hambruna y la diarrea— en este lapso es imposible de saber. Duran asegura que murieron cuarenta mil; Bernal, entre sesenta y ochenta mil; Gómara, cien mil; El *Códice Florentino* e Ixtlilxóchitl, doscientos cuarenta mil, por mencionar a algunos cronistas.

—El cihuacóatl lo dijo el otro día, que las mujeres se lo podían haber llevado entre las faldas.

—Entonces revisen a cada una de las personas que salga de la isla —finalizó Malinche.

A la mañana siguiente se anunció a los meshicas y tlatilulcas que podrían salir de la isla si así lo querían. En consecuencia, las calzadas se llenaron de gente por varios días.[21] Hacían filas para poder salir. Pero la espera se volvió larguísima ya que los barbudos revisaban minuciosamente a cada uno de los tenoshcas que pasaban por ahí. Se les interrogaba si tenían oro, cuánto, dónde o si conocían a alguien que lo tenía.

Entre las miles de personas que intentaron salir de la ciudad en esos días se encontraba Atzín, enclenque, sucia, enferma. Llevaba formada más de ocho horas bajo el sol, esperando su turno para poder cruzar la calzada. Vio la forma en que los barbudos le tocaban las tetas, las nalgas y entre las piernas a las mujeres, con la excusa de que les buscaban pepitas de oro.

—¿Y a esa qué le van a hacer? —preguntó Atzín a una señora que estaba formada delante de ella.

—La van a violar.

Atzín comenzó a temblar de miedo.

—No hagas eso. Vas a llamar su atención.

La mujer se agachó y orinó en la tierra. Luego revolvió el líquido con la tierra hasta hacer un poco de lodo y se lo untó en la cara y el cuerpo.

—¿Qué hace?

—Para provocarles repulsión a los barbudos.

Atzín hizo lo mismo.

---

21   Se calcula que salieron entre treinta mil y setenta mil personas en aquellos días.

—Rompe tus ropas. Entre más asco les provoques menos se fijarán en ti. Si lo que quieres es salir de aquí.

—¿Quién no?

—Hay muchas que prefieren quedarse a vivir con los barbudos para tener alimento seguro, pues salir de Tenochtitlan no garantiza encontrar casa y comida.

Atzín recordó el tiempo que vivió fuera de la ciudad.

—De igual forma, muchos hombres se están entregando a los barbudos como esclavos —continuó la mujer—. A todos ellos se les marcan las mejillas con hierro candente.

Ni la pestilencia ni la suciedad impidieron que los barbudos forzaran a las mujeres.

Cuando llegó el turno de Atzín, fue llevada a una casa en ruinas. En cuanto los barbudos la vieron ella les hizo señas. Comida a cambio de su cuerpo.

—Únicamente pido comida —dijo llorando—. Necesito comida —se arrodilló—. Me estoy muriendo de hambre.

Uno de ellos se apiadó de ella, la tomó del brazo y la llevó a otra casa, donde unas mujeres la recibieron y la alimentaron.

Cinco días después de la caída de Tenochtitlan —el día Cinco Agua del mes de Shocolhuetzi del año Tres Casas[22]— Malinche y sus hombres decidieron mudarse a Coyohuacan, para no tener que soportar la pestilencia de tantos muertos.

En el camino, los presos —Cuauhtémoc, Tetlepanquetzaltzin, Cohuanacotzin Coyohuehuetzin, Tlacotzin, Huanitzin, Motelchiuhtzin, Shochiquentzin, entre otros— observaron con profundo sufrimiento las calles de Tlatilulco atiborradas de cadáveres —que en lugar de colmarse de gusanos se secaban como momias, debido a la desnutrición y al salitre

---

22 17 de agosto de 1521.

de la tierra—, las paredes manchadas de sangre, los canales sucios, con basura flotando y otros llenos de escombros. Luego entraron a Meshico Tenochtitlan, donde la mayoría de las casas estaban completamente destruidas. Una pena indomable los torturó cuando cruzaron por el recinto sagrado. El Coatépetl estaba destruido, así como la casa de Quetzalcóatl, el calmecac, el juego de pelota, el teocali de Tonatiuh y los recintos de los guerreros águila y los guerreros ocelote. Al abordar una de las casas flotantes, apreciaron con nostalgia las montañas arboladas, los ahuehuetes, los cedros, los fresnos, los huertos de las chinampas, cual si ese día fuese el último de sus vidas, como si estuvieran yendo directo a la piedra de los sacrificios, lo cual habría sido mucho más reconfortante que saberse presos, y ver el imperio construido por los abuelos demolido, calcinado, muerto.

Pronto entre los meshicas germinó un canto de desconsuelo:

En los caminos yacen dardos rotos,
los cabellos están esparcidos.
Destechadas están las casas,
enrojecidos tienen sus muros.
Gusanos pululan por calles y plazas,
y en las paredes están salpicados los sesos.
Rojas están las aguas, están como teñidas,
y cuando las bebimos,
es como si hubiésemos bebido agua de salitre.
Golpeábamos, en tanto, los muros de adobe,
y era nuestra herencia una red de agujeros.
Con los escudos fue su resguardo,
¡pero ni con escudos puede ser sostenida su soledad!

Hemos comido palos de colorín,
hemos masticado grama salitrosa,
piedras de adobe, lagartijas,
ratones, tierra en polvo, gusanos...
Se nos puso precio.
Precio del joven, del sacerdote,
del niño y de la doncella.
Basta: de un pobre era el precio
sólo dos puñados de maíz,
sólo diez tortas de mosco;
sólo era nuestro precio
veinte tortas de grama salitrosa.
Oro, jades, mantas ricas,
plumajes de quetzal,
todo eso que es precioso
ya en nada fue estimado...[23]
El llanto se extiende, las lágrimas gotean allí en Tlatilulco.
Por agua se fueron ya los meshicas;
semejan mujeres; la huida es general.
¿A dónde vamos?, ¡oh, amigos! Luego, ¿fue verdad?
Ya abandonan la ciudad de Meshico:
el humo se está levantando; la niebla se está extendiendo...
Lloren, amigos míos,
tengan entendido que con estos hechos
hemos perdido la nación meshica.
¡El agua se ha acedado, se acedó la comida![24]

23 Birgitta Leander, *Flor y Canto*, pp. 255-257.
24 Ángel María Garibay, *Historia de la literatura náhuatl*, II, p. 91.

XX

Octubre de 1524. Tres años han transcurrido desde la caída de Meshico Tenochtitlan. Tres años en los que Cuauhtémoc ha estado parcialmente preso. Aunque libre de caminar por las calles, siempre vigilado por los guardias de Felnando Coltés que ya no es Malinche. Para la mayoría de los meshicas la pronunciación de la letra «r» sigue siendo difícil. Malintzin, ahora de veinte años de edad, es llamada por todos doña Malina, que hace dos años le dio un hijo al capitán Cortés.

El regreso a la ciudad isla representó para Cuauhtémoc la humillación más grande de su vida; más que la de haber tenido que pedirle a los meshicas que cesaran la defensa de la ciudad; o el haber sido presentado como el tlatoani derrotado al día siguiente ante los tetecuhtin de los pueblos enemigos.

—Ahí viene Cuauhtémoc —dijo un joven al verlo bajar de una de las casas flotantes.

Recibió miradas de desprecio y algunos improperios.

Aun así, prefirió aquella humillación que el suplicio de las cuatro paredes entre las que vivió por tres meses.

Los soldados de Cortés se encargaron de alejar a la gente que intentaba acercarse al tlatoani que los había abandonado a su suerte en medio de la peor guerra que la nación meshica había sufrido.

La ciudad seguía en escombros. La gente que ahí estaba —con una G cicatrizada en las mejillas— era la que había decidido entregarse en esclavitud a los barbudos. Las tropas aliadas se habían marchado a sus ciudades a disfrutar del botín, un tesoro que a los extranjeros no les interesaba: jade, chalchihuites, plumas, mantas, cerámica, prendas de vestir, sal y todo tipo de utensilios.

—¡Cobarde! —gritó uno de los meshicas que logró acercarse alrededor de cinco metros al tlatoani.

Cortés ordenó que la comitiva se detuviera y habló ante aquella multitud:

—¡Mejicas! ¡Guatemuz sigue siendo el tlatoani de esta ciudad, por lo tanto debéis respetarlo como lo habéis hecho en el pasado! ¡La única diferencia es que ahora todos vosotros rinden vasallaje a su Majestad el Rey Carlos Quinto!

En cuanto la niña Malintzin tradujo la gente cambió de actitud. No porque estuviesen de acuerdo con lo que se les había dicho sino porque creían que Cortés había llevado a Cuauhtémoc a la ciudad para humillarlo ante todos. Entonces volvió el temor entre la gente. Callaron para no ser castigados. Comprendieron la situación hasta ese instante: Cuauhtémoc únicamente sería un sirviente de Cortés.

También iban junto al tlatoani sus compañeros de celda, excepto Cohuanacotzin, quien fue enviado a Teshcuco a petición de su hermano Ishtlilshóchitl —a cambio de más oro que llevaron del reino de Acolhuacan—, ya que se encontraba en grave estado de salud debido a las cadenas que tenía en los pies y la falta de alimento.

Esa tarde Cortés le pidió a Cuauhtémoc que le diera los nombres de los pueblos que debían pagar impuestos a Tenochtitlan y la cantidad y calidad del tributo, a pesar de que esta información ya la había obtenido anteriormente en los libros de la renta de Motecuzoma, proporcionados y explicados por el tlatoani, casi dos años atrás.

En las semanas anteriores, Cortés había enviado a sus hombres a gobernar aquellos poblados ya sometidos y a pelear contra los que aún se declaraban en contra de ellos, como los mishtecas en Oashaca y zapotecas en Huatusco. Los barbudos accedieron tras recibir la promesa de que el verdadero tesoro no estaba en Tenochtitlan, sino en los pueblos vasallos, en las contribuciones, en el gobierno. Entonces ellos dejaron de exigir su parte del botín que Cortés les había prometido desde el inicio de su conquista.

Mientras tanto, Cortés adoptó los usos y costumbres de los meshicas, vivía como tlatoani, con los mismos privilegios, esclavos, concubinas. Cuauhtémoc, estuvo a cargo de la reconstrucción de la ciudad, pero a modo de las edificaciones españolas. Se comenzó por la institución de la traza de la ciudad: la parte central y sus alrededores específicamente para los españoles, en cuatro barrios; para los meshicas, con casas de adobe y tejados de tejamanil o zacate.

Se emplearon alrededor de cuatrocientas mil personas de todos los poblados vecinos para demoler todo lo que parcialmente seguía en pie y construir alrededor de cien mil casas, un monasterio, una cárcel y edificios para el gobierno. En donde anteriormente se hallaban Las casas viejas se edificó la casa de Cortés[25], que los primeros años fungió como palacio de gobierno e iglesia y, sobre los escombros de Las casas nuevas se edificó otra casa para Cortés[26]. También se construyó un mercado frente a las casas de Cortés[27]. Hasta el momento no se había trazado el sitio donde se construiría la iglesia[28]. Se llenaron más de la mitad de los canales con los escombros para construir calles, otras se ensancharon, debido a que eran estrechas como callejones. Hubo harta mortandad debido a las excesivas jornadas de trabajo, la falta de agua y alimento, y la negligencia de todos en general. Arrastraban con sogas las enormes piedras de los teocalis destruidos para fabricar las casas y edificios de los españoles y con frecuencia había derrumbes, con los cuales morían muchos. Tlatilulco, ahora llamada Santiago de Tlatelolco, quedó separada por el canal Tezontlali. También se construyeron presas y nuevos canales para la protección de la ciudad. Se repararon las calzadas y el acueducto de Chapultepec, destruidos meses atrás.

Ahora Cuauhtémoc contempla la ciudad que él ayudó a construir. Una nueva ciudad que no le pertenece, con la cual no se identifica y que no le genera satisfacción. Sus habitantes son hombres blancos, con barbas y ropas españolas. Los meshicas que caminan por las calles son tan sólo sirvientes, llamados indios, que van y vienen cumpliendo órdenes pero que al caer

25 Actualmente el Nacional Monte de Piedad.
26 Actualmente el Palacio Nacional.
27 El mercado se encontraba justamente donde hoy está la plancha del Zócalo.
28 Esta iglesia se construyó donde se hallaba el templo de Quetzalcóatl. En el futuro se edificó ahí mismo la que sería la primera catedral de la ciudad.

la noche deben salir del primer cuadro para habitar los cuatro barrios mal organizados y descuidados.

El gobernador de la Nueva España se encuentra montado en su caballo. A su lado está doña Marina y detrás de ellos yacen decenas de pajes, mayordomos, mil cargadores, dos mil soldados nahuas, trescientos soldados españoles —en ciento cincuenta caballos—, un doctor, músicos, halconeros y juglares[29], listos para partir a un lugar que Cortés llama Las Hibueras, en tierras mayas. Como un tlatoani, los cargadores llevan la cama y vajilla del gobernador de la Nueva España. Además los acompañan los miembros de la nobleza meshica, los cuales son pocos en comparación con los que había en tiempos de Motecuzoma y los tetecuhtin de Teshcuco, Tlacopan y Tlatilulco. Ishtlilshóchitl, también lo escolta y le proporciona veinte mil soldados a Cortés. Y entre tantos criados se encuentra Atzín, quien desde la caída de Tenochtitlan se convirtió en esclava y concubina de un español, de quién quedó preñada. Lleva en brazos una niña de piel morena, ojos verdes y rizos dorados.

Cuauhtémoc aún no logra comprender el motivo de este viaje tan largo y riesgoso. Le genera muchas dudas el que un hombre como Cortés, ahora con tanta riqueza y tanto poder esté dispuesto a abandonarlo todo.

Lo poco que sabe Cuauhtémoc sobre Cortés es gracias a lo que otros le han platicado. Desde el año en que se apoderaron de Tenochtitlan, Cortés se vio amenazado por otros españoles que intentaban derrocarlo. Había logrado, por medio de las leyes de España, demostrar que él era imprescindible en el gobierno de la recién fundada ciudad llamada Nueva España.

29 Artistas ambulantes en la Europa medieval.

Los enemigos de Cortés no se quedaron tranquilos e insistieron los años siguientes, acusándolo de traicionar a la corona española y de pretender adueñarse de las tierras conquistadas.

—¿Por qué estamos huyendo? —pregunta en castellano, Cuauhtémoc a Cortés mientras salen de la Nueva España.

Doña Marina le ayuda a Cuauhtémoc con las palabras que no sabe.

—No estamos huyendo —dice Cortés luego de esconder una sonrisa insegura.

—¿A qué vinieron los cuatro oficiales reales de España? ¿Qué hacen?

—Son recaudadores de impuestos, nada más.

—¿Por qué están molestos con vosotros?

—Porque quieren llevarse toda la riqueza de la Nueva España.

—Vosotros dijisteis muchas veces que rendías vasallaje a España. ¿Cuál es el problema ahora?

—Que para pagar impuestos primero hay que activar la economía. Hay que invertir para que haya más y luego se puedan pagar los impuestos.

—En Tenochtitlan jamás se hizo eso. A los pueblos vasallos se les obligaba a pagar tributo sin importar las circunstancias.

—Por eso se ganaron el odio de tantos pueblos. Si hubiesen sido más flexibles, ellos no habrían buscado mi ayuda.

—Ellos no os buscaron. Vosotros los buscasteis.

—Eso no importa ahora.

—No importa —Cuauhtémoc niega con tristeza.

—Su Majestad Carlos Quinto quiere que haya otro tipo

de esclavitud en la Nueva España, con menos derechos para los indios, que los españoles puedan invadir tierras de los indios, que haya una Santa Inquisición en la Nueva España.

—¿Qué es eso?

—Es decir que se les castigue a los indios con la muerte por adorar a otros dioses.

—No entiendo la diferencia. Vosotros habéis destruido nuestros templos, habéis prohibido la adoración a nuestros dioses y habéis obligado a muchos a adoptar vuestra religión cambiándoles el nombre.

—La Santa Inquisición es mucho más cruel de lo que podéis imaginar. Yo os he tratado de convencer de que recibáis el bautismo sagrado, ellos no os lo pedirán ni intentarán otros medios. Simplemente matarán a quienes no acepten y a quienes sean descubiertos practicando su religión.

—¿Es por eso que nos vamos?

El gobernador de la Nueva España detiene su caballo y observa el cielo despejado.

—No.

—¿Entonces?

—Envié a Cristóbal de Olid a conquistar aquellas tierras mayas, pero el traidor se sublevó, aliándose con Diego Velázquez, uno de los muchos españoles que me odian. Cuando me enteré envié cinco barcos al mando de mi primo Francisco de Las Casas, pero Olid lo venció y lo apresó.

—Ya entendí: vais a defenderlo.

—No exactamente. Mi primo y otro español que también quería adueñarse de aquellas tierras y que fue vencido por Olid, González de Ávila, se aliaron, se liberaron y derrocaron a Cristóbal de Olid. Lo juzgaron y condenaron a muerte. Le han cortado la cabeza hace algunos días.

—Esa no es una justificación para abandonar la Nueva España. En otras ocasiones habéis enviado a vuestros hombres.

—Yo sabía que esto no iba a durar por siempre, que tarde o temprano, la corona española se haría cargo de la Nueva España. Quise evitarlo, pero no pude. Pretendí engañar al Rey Carlos Quinto y tampoco lo logré. Le escribí cosas que quizá nadie se atrevería. Ahora debe estar furioso.

—Siempre creí que vosotros querías adueñaros de nuestras tierras y que habías inventado lo de vuestro rey. Ahora entiendo que a vosotros no os gusta el poder, sino la aventura, el peligro, el reto de lo imposible. Estáis aburrido de gobernar.

—Me pareció que ya tenía mucho tiempo de ocioso y no hacía cosas nuevas —Cortés evade las miradas de Cuauhtémoc.

—Dejadme aquí a cargo del gobierno —dice Cuauhtémoc.

Don Fernando Cortés lo mira de reojo y sonríe.

—Si hago eso, vosotros levantaréis un ejército y os revelaréis en contra de la corona. La gente está tranquila, se está adaptando a una nueva vida, está aprendiendo oficios y costumbres nuevas. Estamos construyendo una nueva casta. No podemos arriesgarnos a que haya otra guerra.

—Pero vosotros no queréis el gobierno.

—No de la manera que lo quieren todos, incluyéndoos a vosotros.

—¿Pensáis dejar a los meshicas a merced de los españoles?

—Dejarlos a vuestra merced sería aún más peligroso —sonríe Cortés y echa a andar su caballo.

Avanzan lentamente ante la mirada de españoles y meshicas. La ruta a seguir es Tlashcalan hasta las costas totonacas.

De la Villa Rica de la Vera Cruz seguirán por toda la costa hasta Itzancanac en tierras mayas, de ahí bajarán a Tayasal, San Gil de Buenavista, Bahía de Amatique y finalmente a Trujillo.

—Hay algo que jamás os he dicho —dice Fernando Cortés con una ligera sonrisa mientras su caballo avanza.

—¿Qué es eso? —pregunta Cuauhtémoc sobre otro caballo, pero con las manos atadas y un soldado cabalgando junto a él, sosteniendo la soga.

—El Rey Carlos I de España y V del Sacro Imperio Romano Germánico tiene la misma edad que vosotros. Y si vosotros os habéis sentido demasiado joven para el cargo, valga informaros que Carlos de Gante recibió la monarquía a los dieciséis años. Yo tenía doce años de haber abandonado Medellín, mi tierra natal, para embarcarme al Nuevo Mundo.

—Creo que no le tenéis aprecio.

—¿Creéis que los meshicas os apreciaban?

—Me despreciaban por ser joven e inexperto.

—Todos los reyes son despreciados por sus súbditos, aunque públicamente sean amados. A nadie le gusta saber que un hombre posee y mal gasta toda la riqueza de un imperio. Quitan y ponen arbitrariamente gente de los gobiernos.

Conforme pasan los días, la cabalgata y las caminatas se vuelven una tortura para todos. Los días son muy calurosos y las noches frías. Cuauhtémoc y los demás miembros de la nobleza caminan ya sin correas en las manos. Al llegar a un pueblo cerca de Orizaba, llamado El Tuerto, Fernando Cortés decide detenerse un par de días para proteger a su amada Marina: en medio de una borrachera, la casa con uno de sus amigos, llamado Juan Jaramillo, procurador en el ayuntamiento. Con esto Marina recibe las tierras de Oluta y Jaltipan, y una excelente posición social, en caso de que Cortés muera.

En el camino los dos oficiales reales, Salazar y Chirinos, se quejan con Cortés de los inconvenientes del viaje: el calor, las caminatas, los animales que los acechan, los mosquitos, el poco alimento, la tierra, la falta de baños y camas. Al mismo tiempo Fernando Cortés recibe correspondencia de la capital: los dos gobernadores interinos, el contador Albornoz y el tesorero Estrada, han entrado en severas diferencias. Además se han generado algunos alborotos entre españoles y meshicas. Cortés permite que Salazar y Chirinos regresen a la capital.

Al llegar a Tabasco recorren en canoas manglares, ciénagas, ríos y lagunas infestadas de cocodrilos, rodeados de una densa selva. En donde los caballos no pueden cruzar caminando se construyen alrededor de cincuenta puentes. Los lugareños se muestran temerosos y sumisos, pues han escuchado, gracias a los comerciantes —que viajan desde el centro hasta el sur— muchas historias sobre los extranjeros. Los reciben y le ayudan a Cortés a orientarse, dibujándole mapas. Fernando Cortés los escucha con atención y observa su brújula todo el tiempo, lo cual genera entre los pobladores una especie de asombro pues no entienden cómo funciona ese artefacto y concluyen que Cortés es un chamán y el dicho artilugio un don de los dioses.

Llegan a Cihuatán, pero lo encuentran desierto. Esperan cuatro días, ya que se han perdido y les urge que los orienten. Entonces Cortés decide enviar a dos de sus hombres en busca de algún nativo. Dos días más tarde regresan con dos hombres presos y cuatro mujeres, quienes se niegan a decir dónde se esconden los pobladores. Además ninguno de sus hombres habla la lengua de aquellos territorios. Únicamente logra entender que debe seguir rumbo a una sierra, a cincuenta y cinco kilómetros.

Siguen el camino hasta llegar a unas ciénagas enormes, por lo cual tienen que construir un puente de trescientos pasos de largo. Al llegar a Chilapan se encuentran con cientos de árboles frutales y mucho maíz pero nada de habitantes. Dos días más tarde encuentran a dos hombres, quienes les orientan para que sigan el camino rumbo a Tepetitan. Se encuentran otro río muy amplio y de aguas exaltadas, el Chilapan. Para cruzarlo deben fabricar canoas por cuatro días. Las fuertes corrientes hacen que se pierda mucho equipaje y un soldado. Luego cruzan decenas de ciénagas en las cuales los caballos se hunden hasta el cuello y apenas pueden avanzar.

Al llegar a Tepetitan, lo encuentran incendiado y abandonado. Siguen su camino hacia Iztapan, donde también la gente ha huido. Días más tarde llega el gobernante de aquel poblado con algunos regalos de oro. Cortés le asegura que no tiene intenciones de hacerles daño y les promete ayudarlos. El señor de aquel poblado ordena a su gente que construya un camino y un puente sobre un río, rumbo a Tlatlahuitalpan y le regala algunas canoas. Tlatlahuitalpan también lo encuentran destruido y vacío.

Días más tarde Cortés descubre que están transitando en círculos. Han llegado al mismo lugar. Se han quedado sin alimentos. Mueren algunos españoles y decenas de aliados. Otros son abatidos por las enfermedades y se quedan en el camino, el cual ahora tiene cruces de madera o marcadas con cuchillos en las ceibas, señalando la tumba de algún compañero, y notas de despedida, clavadas en los árboles. Con suerte logran cazar conejos, tlacuaches, comadrejas, ratones. Comienzan a escucharse rumores. Muchos están enfadados con Cortés.

Cihuatecpan, aunque abandonada y en cenizas, como

los pueblos anteriores, tiene milpas, verduras y frijoles listos para cosechar. Hay suficiente para alimentarlos a todos, por lo menos dos días. Mientras tanto, aprovechan para explorar la zona en busca de pobladores. Al llegar a una laguna encuentran una red de canoas, atadas entre sí. Doña Marina les dice en lengua maya que no vienen a atacarlos. No le creen, la destrucción de Meshico Tenochtitlan es ya sabida por todos los pueblos mayas. Los pochtecas, además de vender mercancías son los mejores informantes.

—Dicen que hace dos días estuvieron aquí otros barbudos —traduce Marina a Cortés. Se trata de la avanzada que envió para que exploraran la zona.

—Preguntadles a dónde se han marchado nuestros hermanos.

Doña Marina obedece y le responden que la avanzada se fue por el río hacia Petenecte, guiados por el hermano del señor local.

—Pedidles que los busquen y que les digan que regresen.

Se cumple la petición de Cortés, pero no los encuentran. Mientras tanto reciben alimentos y un poco de descanso. Al no recibir noticias de sus compañeros, la comitiva avanza por un río caudaloso, una selva espesa de cedros rojos, ramones, amates y ceibas. Alrededor vuelan zopilotes, águilas pescadoras, faisanes negros, chachalacas, palomas, búhos, lechuzas de campanario, tucanes de pico real, pájaros carpinteros, golondrinas y calandrias.

Cuauhtémoc y sus compañeros tienen semanas caminando con la misma libertad que cualquier otro acompañante de Cortés.

—Tal parece que Malinche ha dejado de preocuparse por

nosotros —le dice Tlacotzin a Cuauhtémoc, quien lo mira sorprendido, pues tienen mucho tiempo de no hablar entre sí.

—Está asustado. No sabe a dónde se dirige.

—Ésta sería una buena oportunidad... —Tlacotzin desvía la mirada hacia la sierra que los guías recomiendan cruzar en lugar del pantano de aproximadamente siete metros de hondo y quinientos pasos de ancho.

Cuauhtémoctzin sabe perfectamente que la gente de Malinche está muy cansada y hambrienta y que no se arriesgarían a perseguirlos en medio de esa selva tan difícil de cruzar. Los puentes que construyeron en los ríos anteriores ya deben haber sido destruidos por las corrientes que han subido en los últimos días, con tantas lluvias. Sabe que los españoles no arriesgaran su vida.

—Veinte días es demasiado —dice Cortés refiriéndose al tiempo que les tomaría cruzar la sierra—. Debemos construir un puente.

Ese *debemos* no lo incluye a él ni a los españoles ni a los pipiltin. Los macehualtin trabajan todo el día cortando árboles, cargándolos hasta la orilla del pantano y enterrándolos verticalmente en un fondo que tiene dos brazas de lama y cieno. Para la mayoría, aquella construcción parecía imposible. Los inconformes solicitan la cancelación de aquella expedición. Para tranquilizarlos, Fernando Cortés acude a una de sus más eficientes estrategias: las promesas. Incluso a los macehualtin les dice que cuando vuelvan a la capital los premiará. Cuatro días más tarde, hambrientos y cansados, terminan el puente que requirió mil doscientas veinticuatro vigas de sesenta a noventa centímetros de diámetro y quince metros de largo.

—Este puente no lo derribarán las corrientes ni las lluvias

—dice Cortés orgulloso mirando aquella construcción—. Sólo lo podrán destruir con fuego.

Todos cruzan sin que el puente se tambalee. Tras continuar su camino se encuentran con una ciénaga tan profunda que los caballos apenas si pueden cruzarla con sus hocicos y ojos al límite del agua. En cuanto salen a la superficie aparecen frente a ellos los avanzados con ochenta naturales cargando maíz y aves. Cortés y sus compañeros se apresuran a abrazarlos. Hay mucha alegría.

—Hemos llegado a Acalán[30] y el señor de este pueblo que se llama Apoxpalon nos ha dado un trato fenomenal —informa uno de ellos.

En el poblado son recibidos con honores por Pax-Bolón-Acha, el nombre correcto del señor de Acalán. Los lugareños hablan chontal de Tabasco, pero Marina conoce lo suficiente para darse a entender. Es un lugar con tanto comercio que los comerciantes son dueños de algunos barrios. Pax-Bolón-Acha es el señor principal por ser el mercader más rico. En cuanto haya un comerciante más rico que él recibirá el cargo.

Cuauhtémoc aprovecha un instante en el que Cortés está lejos de su alcance para hablar con Pax-Bolón-Acha.

—No te recomiendo que confíes en Malinche. Yo soy Cuauhtémoc, tlatoani de Meshico Tenochtitlan y prisionero de los barbudos desde hace tres años.

Pax-Bolón-Acha permanece sorprendido.

—No me lo habían informado.

—¿Sabes que destruyeron toda nuestra ciudad?

—Sí, eso sí...

—Malinche te está mintiendo porque en este momento

---

30 Situada al sur de Campeche, en la desembocadura de los ríos de la laguna de Términos, muy cerca de los límites con Tabasco.

quiere llegar al sur, pero te aseguro que cuando alcance su meta volverá para destruir tu ciudad y apoderarse de todas tus riquezas. El yugo de los españoles será cada vez más pesado. Es un buen momento para acabar con ellos. Matémoslos.

—Lo pensaré —dice Pax-Bolón-Acha al ver que Cortés se acerca a ellos.

—Disculpad que no os haya presentado —dice Cortés y Marina traduce inmediatamente—. El tlatoani de Méjico ha sido tan gentil de acompañarnos en este trayecto.

La expedición puede alimentarse y descansar varios días mientras la gente de Pax-Bolón-Acha construye para ellos un puente para que crucen el río más cercano.

Cuauhtémoc aprovecha el tiempo para hablar con los pipiltin. Lo hace uno por uno. Les pide perdón por haberlos ofendido y les promete tierras y riquezas.

—Eso no importa ya —dice Tlacotzin—. Ahora es momento de unir fuerzas. Es una gran oportunidad.

Tetlepanquetzaltzin, Cohuanacotzin, Coyohuehuetzin, Huanitzin, Motelchiuhtzin y Shochiquentzin y el resto de los pipiltin meshicas y tlatilulcas se muestran entusiasmados. Cuauhtémoc les pide que sean discretos.

Días más tarde parten rumbo a un poblado llamado Itzancanac[31] sin que Pax-Bolón-Acha le dé una respuesta a Cuauhtémoc. Los macehualtin construyeron algunas chozas para los españoles.

Una de esas noches, mientras todos cenan en la plaza central, Meshicalcincatl —uno de los pipiltin meshicas— se acerca a Cortés y discretamente le entrega un papel. Disimula.

—¿Qué es esto? —pregunta Cortés.

---

31 Hoy conocido como la zona arqueológica de El Tigre, en Campeche.

—Es uno de nuestros amoshtli, o como usted dice, códices. Lo traje porque es importante para mí y me gustaría que vosotros lo conservarais —dice en voz alta—. Os puedo interpretar lo que está dibujado, si os parece.

Cortés frunce el ceño, pero accede.

—Cuauhtémoc, Tetlepanquetzaltzin, Cohuanacotzin y Temilotzin —susurra mientras señala el dibujo y finge que le explica su significado a Cortés— han estado planeando darle muerte a usted.

Fernando Cortés levanta la mirada con asombro y luego vuelve a su actitud pasiva para escuchar lo que Meshicalcincatl le está contando.

—También quieren matar a todos los españoles, para volver a Tenochtitlan y recuperarla. Ya decidieron la forma en que se dividirán las tierras.

—Gracias. Sabré recompensar vuestra lealtad.

La noche es muy larga. Cortés observa su entorno. Vuelve la desconfianza que había abandonado en días anteriores. Cuauhtémoc y los pipiltin platican con alegría, como si celebraran algo.

A la mañana siguiente le advierte a sus hombres que mantengan la guardia y manda llamar al cihuacóatl.

—Me han informado que están organizando una rebelión.

—Así es, mi señor —responde Tlacotzin con un castellano atropellado—. Pero yo les he dicho que no pienso traicionar al gobernador de la Nueva España ni al Rey Carlos Quinto.

Marina, como siempre, está presente, le ayuda a Tlacotzin a decir lo que no puede.

—¿Por qué no me lo habéis informado antes?

—Porque quería saber con exactitud quiénes estaban involucrados.

—¿Y quiénes son los implicados?

—Cuauhtémoc, Tetlepanquetzaltzin y Cohuanacotzin.

Fernando Cortés le agradece su lealtad a Tlacotzin y manda llamar a los pipiltin. Tetlepanquetzaltzin, Cohuanacotzin, Coyohuehuetzin y Shochiquentzin niegan todo, excepto Motelchiuhtzin y Huanitzin, que denuncian a Cuauhtémoc con el mismo cinismo con el que lo hizo el cihuacóatl.

Enfurecido el capitán Cortés sale de la choza donde ha estado interrogando a los pipiltin y gritando le ordena a los barbudos que apresen a Cuauhtémoc, a Tetlepanquetzaltzin y a Cohuanacotzin.

—¡Así que pretendéis traicionarme y matarme! —grita frente a Cuauhtémoc que no se inmuta—. ¡Responded, indio del demonio!

—Yo no te puedo traicionar, porque no somos aliados.

—¿Así que vosotros también estabais en el complot? —le pregunta a Tetlepanquetzaltzin.

—Cuauhtémoc y yo habíamos platicado que valía más morir de una vez que morir cada día por el camino con la gran hambre que estamos pasando. Sólo eso —responde Tetlepanquetzaltzin.

—¿Vosotros qué tenéis que decir? —le pregunta a Cohuanacotzin.

—Nada. Yo no estaba enterado de ningún complot.

—Capitán Cortés —trata de interceder Ishtlilshóchitl por su hermano.

—¡Esto no os incumbe! —le grita Cortés—. ¿O es que también estáis involucrado?

—Si así fuera, no necesitaría de Cuauhtémoc... —responde Ishtlilshóchitl con serenidad. Tiene casi veinte mil soldados en este momento.

Los españoles apuntan sus armas para prevenir cualquier levantamiento por parte de los soldados de Ishtlilshóchitl.

—Cuauhtémoc, Tetlepanquetzaltzin y Cohuanacotzin, habéis sido descubiertos infraganti en la elaboración de un complot en contra del gobernador de la Nueva España y de los hombres que rinden vasallaje a la corona y por lo tanto en nombre de su Majestad, el Rey Carlos Quinto, los condeno a la horca.

Los frailes que han participado en la expedición también intentan detener a Cortés pero él no está dispuesto a escuchar a nadie.

—¿Tenéis algo que decir antes de que os quitemos la vida? —pregunta Cortés al último tlatoani de Meshico Tenochtitlan.

—¡Oh, Malinche —dice Cuauhtémoc de pie, con la soga en el cuello, que cuelga de una gigantesca ceiba—: días había que yo tenía entendido que esta muerte me habías de dar y había conocido tus falsas palabras, porque me matas sin justicia! •

Junio 2015

Epílogo

Tras la muerte de Cuauhtémoc, Tlacotzin fue bautizado con el nombre de Juan Velázquez Tlacotzin, vestido como un español, con espada y caballo, y nombrado huey tlatoani. (1525-1526); murió en Nochixtlán, de una enfermedad desconocida, antes de volver a Tenochtitlan. Le sucedió Motelchiuh, quien fue bautizado como Andrés de Tapia Motelchiuh (1526-1530), y murió en Aztatlán, herido por una flecha chichimeca, mientras se bañaba. A este último le sucedió Shochiquentzin (1530-1536), bautizado como Pablo Shochiquentzin. A quien a su vez le sucedió Huanitzin, bautizado como Diego de Alvarado Huanitzin, y quien recibió el nombramiento de primer gobernador de Tenochtitlan en 1538; murió en 1541. Todos gobernaron bajo el sistema colonial español.

CRONOLOGÍA[32]

Siglo I	Surgimiento de Teotihuacán
Siglo V	Esplendor de Teotihuacán
Siglo VIII	Decadencia de Teotihuacán
Siglo IX	Surgimiento del imperio tolteca.
Siglo XI	Desaparición del imperio tolteca.
Siglo XII	Salida de las siete tribus nahuatlacas de Chicomóztoc.
1063	Nacimiento del Quinto Sol.
1244*	Llegada de los chichimecas al Valle del Anáhuac. Xólotl se proclama primer rey acolhua.
1325	Fundación de México Tenochtitlan.
1375*	Acamapichtli es proclamado primer tlatoani.
1396*	Huitzilíhuitl es proclamado segundo tlatoani.
1402	Nacimiento de Nezahualcóyotl.

32 Las fechas marcadas con asterisco son aproximadas, el dato exacto se desconoce.

1409*	Ixtlilxóchitl hereda el reino acolhua.
1417*	Chimalpopoca es proclamado tercer tlatoani.
1418*	Muerte de Ixtlilxóchitl, padre de Nezahualcóyotl y señor de Acolhuacan. Conquista de Texcoco al mando de Tezozómoc, señor de Azcapotzalco.
1427*	Muerte de Tezozómoc, señor de todo el Valle del Anáhuac.
1428*	Maxtla, hijo de Tezozómoc, asesina a Chimalpopoca y a Tayatzin (hermano de Maxtla), quien había heredado el trono y se hace proclamar señor de toda la Tierra.
1429*	Derrota de los tepanecas. Itzcóatl es proclamado cuarto tlatoani. Creación de la Triple Alianza entre Texcoco, Tlacopan y México Tenochtitlan.
1440	Motecuzoma Ilhuicamina es proclamado quinto tlatoani.
1469	Axayácatl es proclamado sexto tlatoani.
1473	Conquista de Tlatelolco.
1474	Isabel de Castilla es proclamada reina de Castilla.
1479	Fernando es proclamado rey de Aragón.
1481	Tízoc es proclamado séptimo tlatoani.
1485	Nace Hernán Cortés en Medellín, Extremadura.
1486	Ahuízotl es proclamado octavo tlatoani.
1472	Muerte de Nezahualcóyotl.
1492	Fin del gobierno moro en Granada. Rodrigo Borgia es proclamado papa Alejandro VI. Llegada de Cristóbal Colón a las Lucayas, actualmente Las Bahamas y luego a La Española, actualmente Haití y Cuba.
1494	Se funda La Española (Haití), primera ciudad española en el Nuevo Mundo.

1500	Nace Carlos de Gante. Portugal se apropia las tierras de Brasil.
1502	Motecuzoma Xocoyotzin es proclamado noveno tlatoani.
1504	Hernán Cortés sale de Sanlúcar y llega a Santo Domingo. Muere Isabel «la Católica».
1511	Naufragio del navío en el que viajaban Gonzalo Guerrero y Jerónimo de Aguilar.
1515	Muerte de Nezahualpilli, rey de Acolhuacan.
1516	Muerte del Rey Fernando «el Católico» y proclamación de Carlos de Gante como rey de Castilla.
1517	Expedición de Francisco Hernández de Córdova a la península de Yucatán.
1518	Expedición de Juan de Grijalva a la península de Yucatán y el Golfo de México.
1519	Expedición de Hernán Cortés a la península de Yucatán y el Golfo de México. Recorrido de Cortés desde Veracruz hasta México Tenochtitlan. Moctezuma es retenido por los españoles en el palacio de Axayácatl. El Rey Carlos I de España es proclamado emperador de Alemania.
1520	Batalla entre Cortés y Narváez en Cempoala. Matanza del Templo Mayor. Muerte de Moctezuma Xocoyotzin. Salida de los españoles de México Tenochtitlan. Cuitláhuac es proclamado décimo tlatoani. Llegada de la viruela a todo el Valle del Anáhuac. Muerte de Cuitláhuac. Cuauhtémoc es proclamado undécimo tlatoani.

1521   Caída de México Tenochtitlan.

1522   Comienza la construcción de la Nueva España.
            Carlos V nombra capitán general, justicia mayor
            y gobernador de la Nueva España a Hernán
            Cortés. Muere en Coyoacán Catalina de Xuárez,
            esposa de Cortés, poco después de haber llegado
            a la Nueva España. Nace Martín Cortés, hijo de
            Malintzin y Hernán Cortés.

1523   Cortés derrota a los rebeldes en la Huasteca.

1524   Llegan a América los primeros doce franciscanos,
            entre ellos Toribio Paredes de Benavente
            (Motolinía). Cristóbal de Olid viaja a Las
            Hibueras y traiciona a Cortés, quien a su vez es
            derrotado por González de Ávila y Francisco de
            Las Casas, ellos juzgan, condenan y decapitan
            a Cristóbal de Olid. Hernán Cortés abandona
            la Nueva España y sale rumbo a Las Hibueras
            con miles de sirvientes y miembros de la nobleza
            como rehenes, entre ellos Cuauhtémoc.

1525   El 28 de febrero, Hernán Cortés condena a la
            horca a Cuauhtémoc y algunos miembros de la
            nobleza acusados de intento de rebelión.

Tlatoque en orden cronológico

Tenoch, «Tuna de piedra», fundador de Tenochtitlan. Nació aproximadamente en 1299. Gobernó aproximadamente entre 1325 y 1363

Acamapichtli, «El que empuña la caña» o «Puño cerrado con caña». Primer tlatoani. Hijo de Opochtli, un principal mexica y Atotoztli, hija de Náuhyotl, tlatoani de Culhuacan. Nació aproximadamente en 1355. Gobernó aproximadamente entre 1375 y 1395.

Huitzilíhuitl, «Pluma de colibrí». Segundo tlatoani e hijo de Acamapichtli y una de sus concubinas. Nació aproximadamente en 1375. Gobernó aproximadamente entre 1396 y 1417.

Chimalpopoca, «Escudo humeante». Tercer tlatoani e hijo de Huitzilíhuitl y Miahuehxichtzin, hija de Tezozómoc, señor de Azcapotzalco. Nació aproximadamente en 1405. Gobernó aproximadamente entre 1417 y 1426.

Izcóatl, «Serpiente de obsidiana». Cuarto tlatoani e hijo de Acamapichtli y una esclava tepaneca. Nació aproximadamente en 1380. Gobernó entre 1427 y 1440.

Motecuzoma Ilhuicamina, «El que se muestra enojado, Flechador del cielo». Quinto tlatoani e hijo de Huitzilíhuitl y Miahuaxíhuatl, princesa de Cuauhnáhuac. Nació aproximadamente en 1390. Gobernó entre 1440 y 1469.

Axayácatl, «El de la máscara de agua». Sexto tlatoani. Nieto de Motecuzoma Ilhuicamina, cuya hija, Atotoztli se casó con Tezozómoc, hijo de Izcóatl. Ambos padres de Axayácatl, Tízoc y Ahuízotl. Nació aproximadamente en 1450. Gobernó entre 1469 y 1481.

Tízoc, «El que hace sacrificio». Séptimo tlatoani. Nieto de Motecuzoma Ilhuicamina, cuya hija Atotoztli se casó con Tezozómoc, hijo de Izcóatl. Ambos padres de Axayácatl, Tízoc y Ahuízotl. Nació aproximadamente en 1436. Gobernó entre 1481 y 1486.

Ahuízotl, «El espinoso del agua». Octavo tlatoani. Nieto de Motecuzoma Ilhuicamina, cuya hija Atotoztli se casó con Tezozómoc, hijo de Izcóatl. Ambos padres de Axayácatl, Tízoc y Ahuízotl. Se desconoce la fecha de su nacimiento. Gobernó entre 1486 y 1502.

Motecuzoma Xocoyotzin, «El que se muestra enojado» o «el joven». Noveno tlatoani. Hijo de Axayácatl y la hija del señor de Iztapalapan, también llamado Cuitláhuac. Nació aproximadamente en 1467. Gobernó de 1502 al 29 de junio de 1520.

Cuitláhuac, «Excremento divino». Décimo tlatoani e hijo de Axayácatl y la hija del señor de Iztapalapan. Nació aproximadamente en 1469. Gobernó de septiembre 7 a noviembre 25 de 1520.

Cuauhtémoc, «Águila que desciende» o, más correctamente, «Sol que desciende», pues los aztecas asociaban al águila con el Sol, en especial la nobleza. Undécimo tlatoani. Hijo de Ahuízotl y Tiyacapantzin, hija de Moquihuixtli, el último señor de Tlatelolco antes de ser conquistados por los mexicas. Nació aproximadamente en 1500. Gobernó de enero 25 de 1521 a agosto 13 de 1521.

Tlacotzin (bautizado Juan Velázquez Tlacotzin). Duodécimo tlatoani. Nieto de Tlacaélel y Cihuacóatl durante el mandato de Moctezuma Xocoyotzin y Cuauhtémoc, fue capturado junto con Cuauhtémoc y torturado para que confesara la ubicación del «tesoro de Moctezuma». Cortés lo designó tlatoani tras ejecutar a Cuauhtémoc el 28 de febrero de 1525 en Taxahá Campeche. Tlacotzin fue el primer tlatoani en usar ropa española, espada y caballo, se dice que por órdenes de Cortés. En realidad nunca ejerció el gobierno ya que el año que ostentó el cargó estuvo en la expedición que Cortés había emprendido a las Hibueras (Honduras) y que había durado tres años. Murió en 1526 de una enfermedad desconocida en Nochixtlán.

Motelchiuhtzin (bautizado Andrés de Tapia Motelchiuh). Decimotercer tlatoani. Fue nombrado tlatoani de Tenochtitlan en 1526. Fue un mazehual que llegó a ser capitán de las tropas mexicas, y capturado por los españoles junto con Cuauhtémoc y torturado para que confesara la ubicación del «tesoro de Moctezuma». Murió en Aztatlán en 1530, herido por una flecha, mientras se bañaba. Las tropas mexicas y españolas habían llevado una campaña en contra de los chichimecas que se negaban a aceptar el gobierno español.

Shochiquentzin (bautizado Pablo Shochiquentzin). Decimo-
cuarto tlatoani. Fue un mazehual nombrado tlatoani de
Tenochtitlan en 1530. Murió en 1536 después de gobernar
durante cinco años.

Huanitzin (bautizado Diego de Alvarado Huanitzin). Decimo-
quinto tlatoani. Fue nieto de Axayácatl, tlatoani de Ecatepec
y capturado por los españoles junto con Cuauhtémoc y
torturado para que confesara la ubicación del «tesoro de
Moctezuma». Cortés lo liberó cuando regresó de su expedición a las Hibueras y le permitió retomar su gobierno en Ecatepec. En 1538 Antonio de Mendoza, primer virrey de Nueva
España, lo nombró primer gobernador de Tenochtitlan, bajo
el sistema español colonial de gobierno. Murió en 1541.

Tehuetzquititzin (bautizado Diego de San Francisco Tehuetzquititzin). Decimosexto tlatoani. Fue nieto de Tízoc y nombrado
tlatoani y gobernador de Tenochtitlan en 1541. Comandó las
tropas mexicas, obedeciendo al virrey Antonio de Mendoza,
en la Guerra del Mixtón en Nueva Galicia (Xochipillan).
Debido a esto el Rey Carlos V y su madre Juana emitieron
una concesión de un escudo personal en reconocimiento
a su servicio, el 23 de diciembre 1546. Sus armas incluían el
símbolo de un nopal que crece en una piedra en medio de un
lago y un águila. Murió en 1554, tras gobernar 14 años.

Cecepacticatzin (bautizado don Cristóbal de Guzmán Cece-
tzin). Decimoséptimo tlatoani. Fue hijo de Diego Huanitzin, alcalde en 1556 y gobernador de Tenochtitlan de 1557
hasta su muerte en 1562.

Nanacacipactzin (bautizado Luis de Santa María Nanacacipactzin). Decimoctavo tlatoani. Fue el último tlatoani
y gobernador de Tenochtitlan. Gobernó del 30 de septiembre de 1563 hasta su muerte el 27 de diciembre de 1565.

CALENDARIO AZTECA

Xiuhpohualli es el nombre original del calendario de 365 días usado por los aztecas. Existen dos formas de contar los días en el calendario azteca: la primera es por medio del año solar, de trescientos sesenta y cinco días, y la segunda es con el ciclo adivinatorio de doscientos sesenta, donde veinte signos de los días se combinan con trece números. Cuando se agota toda posible combinación de los trece números con veinte nombres se cierra la cuenta: trece por veinte igual a doscientos sesenta. De ahí tienen que transcurrir doscientos sesenta días para que se repita la combinación del mismo signo del día con el mismo número. Las veinte unidades de trece días se llaman trecenas.

Como el ciclo de doscientos sesenta días es más corto que el de un año de trescientos sesenta y cinco días, con un remanente de ciento cinco días, en cada año solar se repiten ciento cinco signos del calendario adivinatorio.

Sobre la rueda calendárica de doscientos sesenta días se desliza otra más grande de trescientos sesenta y cinco días.

Esas dos ruedas se juntan cada cincuenta y dos años, y es cuando se acaba la posible combinación de los días del ciclo solar con los del Tonalamatl. Ese momento se llama Toximmolpilla (se atan nuestros años). El gran ciclo de cincuenta y dos años contiene setenta y tres ciclos del Tonalamatl. Estos son los veinte días del calendario.

NOMBRE DEL DÍA	DEIDAD ASOCIADA
Cipactli, «caimán o lagarto»	*Tonacatecuhtli*
Ehécatl, «viento o aire»	*Quetzalcóatl*
Calli, «casa u hogar»	*Tepeyóllotl*
Cuetzpallin, «lagartija»	*Huehuecóyotl*
Cóatl, «serpiente»	*Chalchiuhtlicue*
Miquiztli, «muerte o calavera»	*Tecciztécatl*
Mázatl, «venado»	*Tláloc*
Tochtli, «conejo»	*Mayáhuel*
Atl, «agua»	*Xiuhtecuhtli*
Itzcuintli, «perro»	*Mictlantecuhtli*
Ozomatli, «mono»	*Xochipilli*
Malinalli, «hierba muerta»	*Patécatl*
Ácatl, «caña o flecha»	*Tezcatlipoca*
Océlotl, «ocelote o jaguar»	*Tlazoltéotl*
Cuauhtli, «águila»	*Xipe Tótec*
Cozcacuauhtli, «buitre»	*Itzapapalótl*
Ollin, «movimiento»	*Xólotl*
Técpatl, «cuchillo de pedernal»	*Chalchiuhtotolin*
Quiáhuitl, «lluvia»	*Tonatiuh*
Xóchitl, «flor»	*Xochiquétzal*

Estos veinte días se combinan con trece números y se comienza con el «Uno Caimán», «Dos Viento», «Tres Casa», hasta llegar al trece. El signo que sigue «Jaguar», ya no lleva el número catorce sino que vuelve al uno. Es decir que la segunda trecena empieza con el día «Uno Jaguar» y termina con «trece muerte».[33]

NOMBRES DE LOS 18 MESES

Atlcahualo o Xilomanaliztli

Tlacaxipehualiztli

Tozoztontli

Huey tozoztli

Tóxcatl o Tepochtli

Etzalcualiztli

Tecuilhuitontli

Hueytecuilhuitl

Tlaxochimaco o Miccailhuitontli

Xocotlhuetzi o Hueymiccailhuitl

Ochpaniztli

Teotleco o Pachtontli

Tepeilhuitl o Huey Pachtli

Quecholli

Panquetzaliztli

Atemoztli

Tititl

Izcalli

Los años en el calendario azteca se cuentan por medio de dos ciclos interminables: el primero es contando del 1 al 13,

33   *Códice Borgia.*

y el segundo consta de cuatro nombres *tochtli* (conejo), *acatl* (caña), *tecpatl* (pedernal), y *calli* (casa).

1400	12 *pedernal*	1428	1 *pedernal*	1456	3 *pedernal*
1401	13 *casa*	1429	2 *casa*	1457	4 *casa*
1402	1 *conejo*	1430	3 *conejo*	1458	5 *conejo*
1403	2 *caña*	1431	4 *caña*	1459	6 *caña*
1404	3 *pedernal*	1432	5 *pedernal*	1460	7 *pedernal*
1405	4 *casa*	1433	6 *casa*	1461	8 *casa*
1406	5 *conejo*	1434	7 *conejo*	1462	9 *conejo*
1407	6 *caña*	1435	8 *caña*	1463	10 *caña*
1408	7 *pedernal*	1436	9 *pedernal*	1464	11 *pedernal*
1409	8 *casa*	1437	10 *casa*	1465	12 *casa*
1410	9 *conejo*	1438	11 *conejo*	1466	13 *conejo*
1411	10 *caña*	1439	12 *caña*	1467	1 *caña*
1412	11 *pedernal*	1440	13 *pedernal*	1468	2 *pedernal*
1413	12 *casa*	1441	1 *casa*	1469	3 *casa*
1414	13 *conejo*	1442	2 *conejo*	1470	4 *conejo*
1415	1 *caña*	1443	3 *caña*	1471	5 *caña*
1416	2 *pedernal*	1444	4 *pedernal*	1472	6 *pedernal*
1417	3 *casa*	1445	5 *casa*	1473	7 *casa*
1418	4 *conejo*	1446	6 *conejo*	1474	8 *conejo*
1419	5 *caña*	1447	7 *caña*	1475	9 *caña*
1420	6 *pedernal*	1448	8 *pedernal*	1476	10 *pedernal*
1421	7 *casa*	1449	9 *casa*	1477	11 *casa*
1422	8 *conejo*	1450	10 *conejo*	1478	12 *conejo*
1423	9 *caña*	1451	11 *caña*	1479	13 *caña*
1424	10 *pedernal*	1452	12 *pedernal*	1480	1 *pedernal*
1425	11 *casa*	1453	13 *casa*	1481	2 *casa*
1426	12 *conejo*	1454	1 *conejo*	1482	3 *conejo*
1427	13 *caña*	1455	2 *caña*	1483	4 *caña*

1484	5 pedernal	1500	8 pedernal	1516	11 pedernal
1485	6 casa	1501	9 casa	1517	12 casa
1486	7 conejo	1502	10 conejo	1518	13 conejo
1487	8 caña	1503	11 caña	1519	1 caña
1488	9 pedernal	1504	12 pedernal	1520	2 pedernal
1489	10 casa	1505	13 casa	1521	3 casa
1490	11 conejo	1506	1 conejo	1522	4 conejo
1491	12 caña	1507	2 caña	1523	5 caña
1492	13 pedernal	1508	3 pedernal	1524	6 pedernal
1493	1 casa	1509	4 casa	1525	7 casa
1494	2 conejo	1510	5 conejo	1526	8 conejo
1495	3 caña	1511	6 caña	1527	9 caña
1496	4 pedernal	1512	7 pedernal	1528	10 pedernal
1497	5 casa	1513	8 casa	1529	11 casa
1498	6 conejo	1514	9 conejo	1530	12 conejo
1499	7 caña	1515	10 caña	1531	13 caña

Bibliografía

Acosta, José de, *Historia natural y moral de las Indias*, José Alcina
Franch (ed.), Dastin, sin lugar ni fecha de edición.

————, *Anales de Tlatelolco*, Consejo Nacional para la Cultura y las
Artes (Conaculta), México, 1948.

————, *Anales de Cuauhtitlan*, Conaculta (Cien de México), México,
2011.

————, *Anónimo de Tlatelolco*, Ms., (1528), E. Mengin (ed. facs.), fol.
38, Copenhague, 1945.

Alva Ixtlilxóchitl, Fernando de, *Obras Históricas*, t. I, Relaciones; t.
II, Historia chichimeca, 2 vols., Alfredo Chavero (anot.), México,
1891-92.

Alvarado Tezozómoc, Hernando de, *Crónica mexicana*, Manuel
Orozco y Berra (anot. y est. cronol.), Porrúa, México, 1987.

Barjau, Luis, *La conquista de la Malinche*, Instituto Nacional de
Antropología e Historia (INAH) / Planeta, México, 2009.

————, *Hernán Cortés y Quetzalcóatl*, El tucán de Virginia / INAH / CONACULTA, México, 2011.

BENAVENTE, fray Toribio «Motolinía», *Relación de la Nueva España*, Nicolau d'Olwer (introd.), Universidad Nacional Autónoma (UNAM), México, 1956.

————, *Memoriales*, Nancy Joe Dyer (ed. crit., intr., n. y apénd.), El Colegio de México (COLMEX), México, 1996.

————, *Historia de los indios de la Nueva España*, Porrúa, México, 2001.

BENÍTEZ, Fernando, *La ruta de Hernán Cortés*, Fondo de Cultura Económica (FCE), México, 1964.

CASAS, Bartolomé de Las, *Los indios de México y Nueva España*, Edmundo O'Gorman (pról., apénd. y n.), Porrúa, México, 1966.

CHAVERO, Alfredo, *Resumen integral de México a través de los siglos*, t.I, Vicente Riva Palacio (dir.), Compañía General de Ediciones, México, 1952.

————, *México a través de los siglos*, t. I-II, Cumbre, México, 1988.

CHIMALPAHIN Cuauhtlehuanitzin, Domingo, *Las ocho relaciones y el memorial de Colhuacan*, Conaculta, México, 1998.

CLAVIJERO, Francisco Javier, *Historia Antigua de México*, Mariano Cuevas (pról.), Porrúa, México, 1964.

MANN, Charles C., *1491. Una nueva historia de las Américas antes de Colón*, Taurus, México, 2006.

————, *Los días y los dioses del Códice Borgia*, Krystyna Magdalena Libura (est. y textos), Tecolote / Secretaría de Educación Pública (SEP), México, 2000.

————, *Códice Florentino*, «Textos nahuas de los informantes indígenas de Sahagún, en 1585», Dibble y Anderson: *Florentine Codex*, Santa Fe, 1950.

————, *Códice Matritense de la Real Academia de la historia*, textos en náhuatl de los indígenas informantes de Sahagún, Francisco del Paso y Troncoso (ed. facs.), vol. VIII, Madrid, 1907.

————, *Códice Ramírez*, Manuel Orozco y Berra (est. cronol.), Porrúa, México, 1987.

CORTÉS, Hernán, *Cartas de relación*, Tomo, México, 2005.

DAVIES, Nigel, *Los antiguos reinos de México*, FCE, México, 2004.

DÍAZ del Castillo, Bernal, *Historia verdadera de la conquista de la Nueva España*, núm. 5, Porrúa, México, 1955.

DURÁN, fray Diego, *Historia de las indias de Nueva España, 1581*, Porrúa, México, 1967.

DUVERGER, Christian, *Cortés, la biografía más reveladora*, Taurus, México, 2010.

ESCALANTE Gonzalbo, Pablo, *Los Códices*, Conaculta, México, 1997.

FERNÁNDEZ de Echeverría y Veytia, Mariano, *Historia antigua de México*, t. II, Editorial del Valle de México, México, 1836.

GARIBAY, Ángel María, *Poesía náhuatl*, t. II, *Cantares mexicanos, Manuscrito de la Biblioteca Nacional de México, primera parte* (contiene los folios 16-26, 31-36, y 7-15), UNAM-Instituto de Investigaciones Históricas, México, 1965.

————, *Teogonía e Historia de los mexicanos*, Porrúa, México, 1965.

————, *Llave del náhuatl*, Porrúa, México, 1999.

————, *Panorama literario de los pueblos nahuas*, Porrúa, México, 2001.

HILL BOONE, Elizabeth, *Relatos en rojo y negro. Historias pictóricas de aztecas y mixtecos*, FCE, México, 2010.

ICAZBALCETA García, Joaquín, *Documentos para la historia de México*, t. I y II, Porrúa, México, 1971.

KRICKEBERG, Walter, *Las Antiguas Culturas Mexicanas*, FCE, México, 1961.

LONGHENA, María, *México Antiguo. Grandes civilizaciones del pasado*, Folio, España, 2005.

LEÓN-PORTILLA, Miguel, *Visión de los vencidos. Relación indígena de la conquista*, UNAM (Biblioteca del Estudiante Universitario), México, 1959.

————, *Los antiguos mexicanos a través de sus crónicas y cantares*, FCE, México, 1961.

————, *Trece poetas del mundo azteca*, UNAM-Instituto de Investigaciones, México, 1967.

————, *Toltecáyotl, aspectos de la cultura náhuatl*, FCE, México, 1980.

————, *Historia documental de México*, t. I, UNAM, México, 1984.

————, *Aztecas-mexicas. Desarrollo de una civilización originaria*, Algaba, México, 2005.

————, *El reverso de la conquista*, Joaquín Mortiz, México, 2006.

LÓPEZ Austin, Alfredo y Luis Millones, *Dioses del norte, dioses del sur*, Era, México, 2008.

———— y Leonardo López Luján, *Monte Sagrado. Templo Mayor*, UNAM-Instituto de Investigaciones Antropológicas / INAH, México, 2009.

————, Miguel León-Portilla, Felipe Solís y Eduardo Matos Moctezuma, *Dioses del México Antiguo*, DGE / Antiguo Colegio de San Ildefonso / UNAM / Conaculta / Gobierno del Distrito Federal, México, 1995.

LÓPEZ de Gómara, Francisco, *La conquista de México*, José Luis Rojas (ed.), Dastin, 2001.

MARTÍNEZ, José Luis, *Nezahualcóyotl, vida y obra*, FCE, México, 1972.

————, *Hernán Cortés*, UNAM / FCE, México, 1990.

————, *América antigua*, SEP, México, 1976.

MENDIETA, Jerónimo, *Historia eclesiástica indiana*, 4 vols., Joaquín García Icazbalceta (ed.), Antigua Librería Robredo, México, 1870.

MIRALLES, Juan, *Hernán Cortés. Inventor de México*, Tusquets, México, 2001.

MOLINA, fray Alonso de, *Vocabulario en lengua castellana y mexicana, y mexicana y castellana*, Porrúa, México, primera edición 1970.

MONTELL, Jaime, *La conquista de México Tenochtitlan*, Porrúa, México, 2001.

OROZCO y Berra, Manuel, *Historia antigua y de las culturas aborígenes de México*, t. I y II, Fuente Cultural, México, 1880.

————, *La civilización azteca*, SEP, México, 1988.

PIÑA CHAN, Román, *Una visión del México prehispánico*, UNAM-Instituto de Investigaciones Históricas, México, 1967.

POMAR, Juan Bautista, *Relación de Tezcoco*, 1582, Joaquín García Icazbalceta, Nueva colección de documentos para la historia de México, México, 1891.

————, *Revista Arqueología Mexicana*, números 34, 40, 49, 111 y 127.

ROMERO Vargas Yturbide, Ignacio, *Los gobiernos socialistas de Anáhuac*, Sociedad Cultural In Tlilli In Tlapalli, México, 2000.

SOLÍS, Antonio de, *Historia de la conquista de México*, t. I y II, Editorial del Valle de México, México, 2002.

SAHAGÚN, fray Bernardino de, *Historia general de las cosas de la Nueva España*, Porrúa, México, 1982.

TAPIA, Andrés de, *Relación de la conquista de México*, Colofón, México, 2008.

HUGH, Thomas, *La conquista de México*, Planeta, México, 2000.

————, *Tira de la peregrinación*, Joaquín Galarza y Krystyna Magdalena Libura (est. y textos), Tecolote / SEP , México, 1999.

TORQUEMADA, fray Juan de, *Monarquía Indiana*, Miguel León-Portilla (selec., intr. y n.), UNAM, México, 1964.

Cuauhtémoc, el ocaso del imperio azteca
de Antonio GUADARRAMA COLLADO
se terminó de imprimir y encuadernar en agosto de 2015
en Programas Educativos, S. A. de C.V.
Calz. Chabacano 65 A, Asturias DF-06850, México.